"最美奋斗者"丛书

面对大海的诉说

李朝全　曹征平　主编

河北出版传媒集团
河北教育出版社

图书在版编目（CIP）数据

面对大海的诉说 / 李朝全，曹征平主编. -- 石家庄：河北教育出版社，2021.3（2021.4 重印）
（"最美奋斗者"丛书）
ISBN 978-7-5545-6176-8

Ⅰ. ①面… Ⅱ. ①李… ②曹… Ⅲ. ①纪实文学 – 作品集 – 中国 – 当代 Ⅳ. ①I25

中国版本图书馆CIP数据核字(2020)第233237号

"最美奋斗者"丛书
面对大海的诉说
MIANDUI DAHAI DE SUSHUO

主　　编　李朝全　曹征平
出 版 人　董素山
责任编辑　姬璐璐　王　丽
装帧设计　于　越　牛亚勋
插　　图　李　奥
出版发行　河北出版传媒集团
　　　　　河北教育出版社　http://www.hbep.com
　　　　　（石家庄市联盟路705号，050061）
印　　制　河北荣恩印刷有限公司
开　　本　787mm × 1092mm　1/16
印　　张　18.75
字　　数　210千字
版　　次　2021年3月第1版
印　　次　2021年4月第2次印刷
书　　号　ISBN 978-7-5545-6176-8
定　　价　48.00元

序 奋斗者最美

奋斗就是为了理想和目标而撸起袖子加油干。所有的奋斗都是为了实现理想抱负，其目的和追求是崇高的、正义的、向善的，于社会、国家、人类都是有利、有益、有助的，因此，它是顺应历史发展前行趋势的。奋斗，绝不是蝇营狗苟，也不是鼠目寸光，绝不是纯粹为个人谋求一己私利的，而必定是注目于高远的目标和未来。

为理想而奋斗需要埋头苦干，需要俯首甘为孺子牛的实干精神。奋斗就是辛勤劳作、播种耕耘、期待收获的一个过程。实现理想别无他途，唯有奋斗，唯有撸起袖子加油干。一个理想的社会应该能够让每个人都能人尽其能、才尽其用，发挥出个人最大的积极性、能动性和创造性。

奋斗需要锲而不舍、坚持不懈、久久为功、滴水穿石的精神。罗马城不可能一夜建成，理想不可能一蹴而就。通往理想的路途往往崎岖坎坷，甚至荆棘密布，因此，奋斗既需有披荆斩棘、开山架桥的勇气，更要有前赴后继、咬定青山不放松、千锤百炼浑不怕的意志和毅力，要能吃得了苦中苦，受得了挫折与磨难，勇于不断地从失败中站起，心中永葆理想的灯火，孜孜以求，持之以恒，生生不息，奋斗不已，不达目标，永不言弃。

奋斗者最幸福。生存的意义和生命的价值不在于索取、获得与享受，而在于创造、奉献与成功，在于为了实现理想而不懈地筑梦逐梦、奋斗不止，从而让生命焕发出光彩的过程。幸福的真谛在于为社会创造价值，同时实现自己的个人价值。这个过程也就是奋斗的过程。不经风雨，怎见彩虹？奋斗的过程中虽有百般辛酸苦累，更有成功的狂喜与欢乐。

奋斗者最美丽。奋斗者留给世界的永远是劳作的背影，是负重前行的身姿。美来自生活，来自生产与劳作。劳动创造美，劳动者最美。为了实现理想而不屈不挠、顽强拼搏、积极作为，这一过程就是为了将一个人生命的最大能量最充分地激发出来，使人始终保持昂扬向上、生机蓬勃的奋斗姿态。这也是一个人一生中最有光彩的高光时刻。奋斗者给予人的是一种力的美、一种雄壮的伟岸的美、一种崇高的美、一种凝结着真与善的美，它代表着人类积极向上的方向和力量。

奋斗者最伟大。劳动最光荣，奋斗者作为杰出的劳动者，为世界和人类不断地创造财富及价值，通过付出自己个人的心血汗水来推动文明进步和历史前行。他们无疑是正能量与主旋律的化身。奋斗者往往又是心怀祖国和人民、心系家国天下的一群人，他们同时又是爱国主义者，怀存爱国之心、报国之志，甘愿将自己的一切奉献给时代和人民。他们无疑最值得赞美和讴歌，也最值得书写与铭记，书写他们的辛勤付出，铭记他们的功绩和英名。

时代赋予了每个人依靠奋斗获得成功的机会。我们每个人都要争当奋斗者，勇敢地去追梦、筑梦、圆梦，持续不断加油干，努力去实现个人的梦想。一个民族、一个国家的进步发展，必须依靠这个民族和国家每个个体的共同奋斗。一个勇于奋斗、坚持奋斗、奋斗不息的民族永远是最有生机与活力的，拥有最有希望且可期待的美好未来。

2019年，为隆重庆祝中华人民共和国成立70周年，经党中央批准，中央宣传部等部门在全国范围内开展了新中国“最美奋斗者”评选表彰活动。这些奋斗者都是中华人民共和国成立以来各地区、各行业、各领域涌现出来的先进人物。书写和宣传这些优秀的时代劳动者，旨在大力弘扬他们的崇高精神和价值追求，在全社会积极倡导一种主流的正面的价值观，激励广大干部群众以“最美奋斗者”为榜样，自觉地把自身的前途命运同国家和民族的前途命运紧密联系在一起，高举爱国主义伟大旗帜，培养爱国之情、砥砺强国之志、实践报国之行，始终做爱国主义精神的坚定践行者；大力弘扬“幸福源自奋斗、成功在于奉献、平凡造就伟大”的价值理念，把人民对美好生活的向往作为奋斗目标，撸起袖子干、挥洒汗水拼，始终做新时代长征路上的不懈奋斗者。

全国一共有278名个人和22个集体荣获“最美奋斗者”称号。我们从中精选了80位最美奋斗者的故事，将描写他们的文学作品汇编成册。同时依据内容将其分成10卷，每卷都取该卷内一篇作品的标题作为书名。这些作品，通过讲述精彩好故事，刻画出彩中国人，彰显不竭奋斗情。最美奋斗者是时代的一座座丰碑，更是人们学习的榜样与楷模。我们希望读者朋友能够从这些奋斗者身上，从他们的奋斗经历中获得激励与启迪，特别是青少年读者、党员干部能够从这些最美奋斗者身上汲取青春热血和奋斗激情，接受精神的熏陶与洗礼，成为一个个拥有高尚情操和远大抱负的人，终生都当一名真正的奋斗者。

在本丛书策划编辑过程中，河北教育出版社给予了高度的重视和大力的支持，优秀编辑付出了辛勤的劳作，书中收入作品的众多作者也给予了鼎力支持和帮助。在此，谨向作者和出版者致以衷心感谢！

李朝全

2020年秋于北京

目录

CONTENTS

面对大海的诉说

◎ 朝煜

上级派我去守开山岛

鲁河乡小伙子王继才

1986年7月正是盛夏季节，灌云县鲁河乡鲁河村28岁的小伙子王继才，背着一些简单的生活用具，去开山岛赴任了。王继才一米七八的个子，敦敦实实的，站在那里犹如苏北无边的高粱地里一株熟透的红高粱。苏北的高粱地是个惊心动魄的去处，如无边的血海、无际的哨兵，王继才就是这无边无际高粱地里的一株。

灌云县人武部政委王长杰叫王继才上午8点到燕尾港镇码头登岛。他激动得一夜没睡好觉，一早6点钟就到了。几天前，王长杰政委对他说："给你一个绝密任务，派你为祖国戍边，去守开山岛。燕尾港镇人都说那地方是水牢，条件非常艰苦，但你还不能说不去。"王继才说："不就是苦吗？苦点儿算什么，为国戍边，我认了。"王长杰说："好。你父亲是老退伍军人，我们已向他老人家打过招呼了。你母亲、你妻子都不知道，你就别对他们讲了。"王继才说："你放心，我绝对不讲。"王长杰又说："你去之前要少拿衣服，带多了会引起你爱人的怀疑。""知道了。"

开山岛属于灌云县燕尾港镇。此时的燕尾港镇正是夏季捕鱼的黄金季节（那时还没有休渔一说），来往的渔船在港口出出进进，整筐整筐的马鲛鱼、大黄鱼从船上抬上抬下。闲不住的王继才放下行李，帮起忙来，只见他端起一大筐马鲛鱼"嘿"的一声，便端下船来。“好一块力气。”有人暗暗地说。有人仔细地打量这小伙子，只见他生得竖高横大，结结实实，脚蹬一双解放鞋，身穿一件老头衫、一条黄军裤，戴一块最不值钱、当地人号称是“山芋干”的钟山表，一看就知道是农村来的。忙了一会儿，就有人放过话来：“哪里人？”“灌云鲁河乡人。”“是来找工做？”“不，上级派我去守开山岛。”“你是去守开山岛的？”不少人惊奇地围了过来。“是啊。”“失敬，失敬，原来是开山岛第五任岛主来了。”

王继才从渔民那带有几分嘲讽的语言中，明白了他们话中有话。有一位年纪大一点儿的像是船老大的人说：“小伙子，留下来吧，我看你是块干活儿的料。燕尾港镇到处都是黄金，我给你每月1000元，另外还包吃、包住。这一年下来，就是1万多元，怎么样？”王继才想，月工资1000元不少了，这年头儿是天价了，县人武部要我去守开山岛，每月才300元。王继才说：“不行，我要守开山岛。”有个汉子听罢横插一句道：“小子，你执意去守开山岛，你知道开山岛吗？”“不知道。”“不知道你守什么开山岛？”“真不理解，好好的小伙子为什么要去坐水牢？”又有人插上一句：“该不是犯了什么罪，被发配充军上了开山岛了吧？”王继才有点儿不高兴了，说：“话怎么说得这样难听，怎么叫坐水牢，怎么叫发配充军了呢？”“上开山岛就是去坐水牢，就是发配充军，我们燕尾港镇人就是这样叫的，不信，你去了就知道了。”

有人悄悄地告诉王继才：“那开山岛是个十分险恶的地方，岛上有害人的双头蛇，有目如铜铃、口如血盆、专吃人心肝的海怪，山崖下有吃人的大鲨鱼，山上有海盗出没，岸边还有‘大元宝’。”“大元宝？那我多捡它几个。”众人哈哈大笑。王继才被笑红了脸，被笑得一时不知所措。“这小子，连‘大元宝’都不懂，还去守什么开山岛。”

还是那个船老大说：“不要拿一个不懂海事的人开玩笑了。”又和颜悦色地对王继才说：“‘大元宝’是海中漂上来遇难者的尸体。渔民为了讨吉利，称其为‘大元宝’。那‘大元宝’都是在海水里泡了多少天的，暴睁两眼，张大嘴巴，这样的‘大元宝’，你也敢捡吗？”

王继才被吓得两眼发直。“傻小子，自从部队撤走以后，派上去四批人都纷纷下岛了，难道你真的要成为第五批？”

初登开山岛

正说着，县人武部政委王长杰来了。王继才带着无限的疑虑和忐忑不安的心情，在人武部政委王长杰的带领下，登上一叶扁舟，经过一个多小时的航行，终于登上了开山岛。

“1986 年 7 月 14 日早晨 8 时 40 分。”王继才说这个日子他终生难忘，他记到了分。在开山岛，王长杰政委说：“开山岛向东 12 海里，是我国的海域，向南、向北、向西都是我们的海域。开山岛周围的这片海域，从现在开始就交给你了，这块阵地你一定要守好了。”“行。请领导放心。”“说说你的责任和任务。”面对这片辽阔无垠的海域，王继才从心底里“腾”地升起了一种使命感，不由得双腿立正，背诵着在人武部经过简单培训而熟记于心的开山岛哨所职责和使命：“一、观察监视和报告当面海上和空中情况；二、防敌内潜和外逃……”

王继才一字不漏地回答出来了。王长杰拍着王继才的肩膀说：“好小子，行。大家都说你与众不同，你果然与前四位守岛人有明显的不同。”王继才嘿嘿地笑笑，说：“这算啥，我在村里传达上级会议精神时，一讲就是一个多小时，不带落下一件事的。”说完又嘿嘿地笑笑。王长杰说：“你小子三天后还能笑得出来吗？”“没问题。”王继才说。

接着王长杰开始交代在岛上的生活情况：“年补贴3700元，平均每月补贴300多元，是少了点儿，但开山岛四周都是海，你可以在这里捕鱼捉蟹，以劳养武，生活应当没有问题。部队撤走了，岛上留下几十间营房，门窗完好。房子住哪间，随你便。有床、有被子，生活用具应有尽有。吃水也没有问题，岛上有部队撤走时留下的一个蓄水池，够你吃用的。还有煤、炉子，够你用一阵子的。”王长杰又从船上搬下大米100斤，挂面50斤，云山白酒6扎，烟6条。王继才说：“我不抽烟，不喝酒，用不着这个。”王长杰说：“到时候你就用得着了。”最后王长杰又交代几句：“刮大风时千万不要出门，好生地待在屋里，不要让风刮到屋里；每天晚上7点钟用这里的手摇电话和我联系一次，汇报这里的情况；一个月后再来看你。”“记住，一定要先坚持一个月。”王长杰强调说。王长杰政委布置完这里的一切，便下岛去了。

一艘永不沉没的航空母舰

王长杰政委走了，小小的开山岛变成了一人世界，岛上一下子静了下来。

王继才认真地打量着这个曾经是一级军事禁区的开山岛。

开山岛实在太小了，绕着岛转一圈，用不了半个小时。岛的西边有几排营房，营房上有一排排排列整齐的窗户，像是轮船上的舷窗，再加之开山岛地形南陡北尖，如果西眺开山岛，就如一艘巨大的客轮正在黄海里航行。这让王继才自豪了好一会儿：说开山岛是祖国黄海前哨的一艘永不沉没的航空母舰，我王继才就是这艘航空母舰的舰长。这话让王继才说对了，这开山岛说到底也就是一艘航空母舰那么大。

如果东眺开山岛，开山岛就是另一个模样了。这里怪石嶙峋，到处是悬崖峭壁，一座座山崖像一把把利剑一样直指苍穹，又像一位位哨兵，忠实地守护着开山岛。据说当年日本人利用夜晚贼一样地在此偷偷登陆。俗话说，做贼心虚。这帮日本人就心虚得很了，他们乍一看开山岛，说，不好，开山岛有士兵把守。吓得他们急忙要掉头，后来仔细一看，原来是一座座低低的山峰，日本人骂了一声“八嘎”，这才放心大胆地登上开山岛。

此时的王继才正站在岛的西面，远眺着大陆，他可以隐隐地看见对岸，那是灌云县的燕尾港镇。今天天气晴朗，隔着茫茫的大海远远望去，对岸燕尾港镇的几座高楼犹如竖起的火柴盒，高大的烟囱犹如竖起的火柴棒。这就是所说的12海里的距离了，据说稍一有雾气，便什么也看不见了。向北望，是无边的大海，向东望是无边的大海，向南望是无边的大海，王继才忽然觉得这开山岛就是这无边无垠的大海里的一片树叶，而他王继才就是这片树叶上的一粒尘埃。

一种无尽的孤独感产生了。

海浪拍打着礁石，发出永无休止的“哗——轰！”“哗——轰！”的响声，几只海鸥在蓝蓝的大海上翱翔，高声地鸣叫着：“啊——啊——”有三条大鲸鱼，围着开山岛，在海面上悠哉悠哉地游弋着，那大鲸鱼喷出一丈多高的水柱，王继才可清晰地听到那“呼——呼——”的呼吸声。王继才看了好长一会儿，入了神。

双头蛇、“海怪”、大鲨鱼及其他

岛上没有一棵树，到处都是一人高的蒿草，王继才一不留神就掉进这一人多高的蒿草里。想起蒿草里有双头蛇的传说，王继才吓出了一身的冷汗。奇怪了，这岛上怎么一棵树也不栽？“我一定要把这些该死的蒿草拔了，全部栽上树，让这岛上绿树成荫。”王继才想。想起双头蛇，王继才就想起了这岛上种种可怕的传说：海怪、海盗、大鲨鱼、“大元宝”，这些东西真会出现吗？一旦出现了我该怎么办？王继才毫无目的地沿着山上的小路走着。

“妈呀，大鲨鱼！”

王继才不知不觉走到崖底下，无意中与崖底下的一群大鲨鱼“相遇”了。那是一群饥饿的大鲨鱼，个个张开血盆大口，对着王继才，有一条大鲨鱼竟然蹿起一人多高，直冲王继才，只差几厘米就把王继才拖下水了。大鲨鱼身上那刺鼻的腥臭味，王继才闻得清清楚楚，大鲨鱼溅起的水花，弄湿了王继才的衣裳。王继才吓得魂飞魄散，连连后退，跌跌爬爬地瘫坐在一块岩石上。“妈呀！还真有吃人的大鲨鱼呀！”惊出一身冷汗后，王继才突然憋足了劲儿，一声长吼：“啊——”这一声长吼，便吼出了许多故事。从此王继才紧张了，便一声长吼；遇到险情了，便一声长吼；孤独难受了，便一声长吼。

天渐渐地黑下来，起大风了，大海上空乌云密布，大风掀起阵阵巨浪，撞击在礁石上，发出震耳欲聋的“轰轰”声。今晚是既无星星，又无月亮的“双黑月头”。农村里也有这样的双黑月头，但要比开山岛好多了，至少远处会有村灯、鬼火，可这开山岛连一闪一闪的鬼火都没有，更别说村灯了。王继才活在这个世界上 20 多年了，这才真正体会到海岛上的黑夜才是真正的黑夜，那是黑得可以把人压垮的黑夜。岛上没有电，王继才胆战心惊地点起了那盏如豆的煤油灯，开始摇动着那台老式的手摇电话机，汇报一天的工作。“王政委吗？我是王继才，我这里一切都正常。”“岛上起大风了吧？”“是的，你怎么知道的？”“电话里听到了哗哗的海浪声。一个人在岛上，紧张吗？”王继才使劲儿地挤了挤脸颊，好不容易才“挤”出点儿干瘪的笑容来，说：“嘿！嘿！还好。”“不要紧张，岛上除了大风、大浪，其他啥也没有。”“谢谢，知道了。”“还有，岛东边的山崖下，你不要去，那里有大鲨鱼。”“知道了，领教过了。”王长杰听得出，王继才回答此话时似乎有了几分哭腔。

王继才刚挂了电话，一个黑影在窗户上一闪。“海怪！”王继才头一炸。

那黑影在窗户上又一闪，又一闪，而且是和真人一般大小的黑影，绝对不是幻觉！“哗——哗——哗——”海怪走路的声音，听得真真切切，一点儿都不假！王继才头一炸，又一炸，又一炸，汗毛一根根地竖了起来，骨架都几乎吓塌了。海怪，一定是海怪，因为这个岛上除了他王继才绝对没有第二个会喘气的。王继才头又一炸一炸的，全身冒冷汗。弄不好，我王继才今晚就被海怪当点心吃了。真要是被海怪吃了，我王继才情何以堪，命何以堪哪！

王继才唯一能做的，就是把门关得更紧了，窗户关得更严了。

相持了一段时间，他突然想到了王部长送给他的那些白酒，他抓过一瓶白酒，想起“酒壮英雄胆”这句话，一仰脖子，把这瓶白酒喝了个精光，然后手握空酒瓶，摆出一副要和海怪搏斗的架势。奇怪的是，海怪并没有来，一阵酒意袭来，王继才支持不住，倒在床上，心里却明白：好哇，好哇，一醉方休，一醉解千愁。

第二天天大亮，王继才酒醒了。推开门窗，哇！是个大晴天，昨天夜里下了一夜的雷暴大雨，自己却浑然不知！出门去看看。一抬头，海怪的迷全解开了，原来对面那墙壁上不知是谁，也不知什么时候挂着一件破雨衣，夜里海风呼呼地刮着，活像海怪的鬼影，那“哗哗”的声音活像海怪的走路声。

王继才觉得自己好笑，真是草木皆兵了。

开山岛美极了

王继才大步登上山顶，这才发现，开山岛美极了，瓦蓝瓦蓝的天空，飘着一朵朵肥羊似的白云，在蓝天上悠哉悠哉地啃青。大的又如一堆堆棉花堆，村里秋天棉花丰收采摘时就是这样。大海平静得如一位美丽的处子，又像一块硕大无边微微飘动的蓝绸子。王继才忽然觉得，自己脚下的开山岛犹如无边的蓝绸子上嵌着的一块白色的象牙雕，白云在天空移动，似乎这块白色的“象牙雕”也在移动。王继才觉得自己心潮激荡，作一首诗吧，赞美一下这美丽的海景。王继才搜肠刮肚，也没想出半个字来。他自嘲说，自己上高中的那点儿语文底子，大部分还给老师了。王继才想起了苏联大作家高尔基的名著《海燕》，这篇散文他在中学里学过，现在面对大海他想朗诵这篇散文，可怎么也记不起来了，只记得文章的最后一句：“让暴风雨来得更猛烈些吧！”王继才想，他的妻子王仕花在校时语文成绩很好，又是小学语文教师，她一定记得。三条大鲸鱼又出现了，巨大的黑色鱼背像是浮动的山梁，“呼——呼——”喷着高高的水柱。“大鲸鱼，你们好，我叫王继才，今后我们就是邻居了。”“呼——呼——”大鲸鱼喷着高高的水柱，像是回答。后来，王继才向渔船上的渔民打听这三条大鲸鱼的情况，渔民告诉王继才，这三条大鲸鱼是开山岛“护岛的大鱼神”，常年不离开开山岛。

王继才向崖底下看，一种叫“靠山红”的红色海蟹成群结队地爬上礁石，把一大片礁石都染红了。那蟹一个个傲慢地竖起两只眼睛，冷冷地打量着王继才。这种海蟹是连云港特有的珍馐美味，肥肥的蟹膏令人眼馋。这么多蟹呀，看来在开山岛可以捕鱼捉蟹，生活是不成问题了。整个上午，王继才的心情好多了，初上岛时那种紧张、恐惧的心情开始平静下来。

王继才忽然想起，为了避免忘记日子，应当每过一天在岛上的岩石上划刻一刀，这样就有了日历，日子就过得有头有尾、心中有数了。于是王继才在一块岩石上刻下：“1986 年 7 月 14 日上午 8 时 40 分王继才登上开山岛。”然后在岩石上又重重地划了一刀。

晚上，王继才关好门窗，准备好好地睡一觉，这才发现海岛的夜晚真热啊，热得像蒸笼。蚊子也特别大，大得几乎像陆地上的“豆娘娘”，一咬一个紫疙瘩，钻心痛。这些倒也罢了，最难熬的是海涛声，已是午夜，门外狂呼的海风伴随着近在咫尺的海浪声音，“轰——轰——”像一颗颗炸弹，震得床在摇晃，由于离海浪太近，整个床如同漂在水面上，摇哇摇的。王继才这才想起燕尾港镇人为什么把这开山岛称之为水牢了。王继才自嘲道，哪里如坐牢，坐牢还有牢友说说话，坐牢还有一天三顿饭呢。王继才辗转反侧，很难入睡。奇怪的是昨天晚上怎么没注意到这海涛声，这硕大的蚊子，还有这闷热的蒸笼？想想终于明白了，那是让“海怪”闹的。既然睡不着，还是喝酒吧，喝醉了就啥也不知道了。

于是王继才又打开了一瓶云山白酒。

他又在岩石上狠狠地划了一刀

就这样，王继才一天天扳着指头算日子，一天天地喝酒、一天天地熬下去。那块岩石上已被王继才重重地划下第15刀了。

这又是一个难熬的白天。王继才觉得，时间仿佛凝固了：天上的白云像一张张破碎的白纸，被图钉牢牢地钉在蓝天上，一动都不动；几只海鸥懒懒地缩着脖子，趴在礁石上，大白天在睡大觉；三条大鲸鱼呼吸的节奏似乎也放慢了，“呼——！呼——！呼——！”然后像三座黑礁石一样停在那里一动也不动。开山岛的一切似乎都凝固了。只有飞鱼到来的时候，开山岛才有了一点儿活力。飞鱼是开山岛周围的一种鱼类，一群有数千条，甚至上万条，它们都有一对银色的翅膀，游着游着，遇到三条大鲸鱼，受到惊吓，一齐银箭似的飞出海面，数千条飞鱼鼓动着湿漉漉的翅膀，飞出海面三四米高，发出哗哗的响声。同时无数个水珠落入海面，如大珠小珠落玉盘。飞二三百米远后，飞鱼又一起银箭似的插入海底，十分壮观。而吃饱喝足了的大鲸鱼，对此熟视无睹，依然是一动不动地停在那里。就这样，来了一批飞鱼跃出海面，飞了一段距离后，钻入海底，又来了一批飞鱼跃出海面，飞了一段距离后，又钻入海底。今天上午，王继才已经数了八批飞鱼了，他觉得时间已经过去很久很久了，大概是中午了，该吃午饭了吧？再看一看他的那块钟山表，才上午9点钟，王继才深深地叹了口气：时间过得真慢哪！王继才想，如果能睡一大觉，这一觉睡3天、4天、10天、15天，一觉醒来，他的守岛任务完成了，下岛了，和妻子王仕花见面了，那该多好哇！可是他睡不着哇，越急越睡不着哇！他失眠了。

他又在岩石上狠狠地划了一刀。

闲得无聊时王继才突然想到，海岛上有这么多的鱼，我何不以钓鱼为乐，这一来可以改善生活，二来可以打发一下这枯燥的时间。可是要钓鱼，谈何容易，开山岛上一没有鱼竿，二没有鱼线，三没有鱼钩。王继才决定在兵营的房间里一间一间地找。鱼竿找到了，那是一根战士挂蚊帐的竹竿。又找了几天，发现宝贝似的找到了战士的一个针线包，里面有线还有针。王继才拿来一根大一点儿的针，在小油灯上把它烧红了，将其弯成钩状，这便是鱼钩了。岸边有一只死去的山雀，王继才把它撕巴撕巴，作为鱼的饵料。就这样，王继才的海岛钓鱼计划开始实施了。

刚放下鱼钩，鱼就上钩了，一拉，就拉上了一条活蹦乱跳、三斤多重的海鲈鱼，王继才高兴得手舞足蹈。“中午有鱼吃了。”“海上的鱼太好钓了。”王继才想。

当王继才第二次放下鱼钩钓鱼时，情况变化了。还是刚放下鱼钩，鱼就上钩了，但王继才一拉、再拉，拉不动，再使劲儿一拉，竹竿断了，鱼线断了，鱼钩被拉直了。

王继才惊呼：“妈呀！这是什么鱼，这么大呀！”正当王继才惊魂未定的时候，海里被钓的大家伙露面了。“是条大鲨鱼！”那条大鲨鱼示威似的向王继才张了张血盆大口，又示威似的在水面上翻了个跟头，然后狠狠地向深海游去。王继才吓得脸变了色，第一次钓鱼就这样失败了。

就这样熬着熬着，一个月渐渐地熬过去了，该是王长杰上岛的日子了。就在这个月的最后几天，忽然刮起了 14 级台风。这片海域属于祖国的黄海，8、9、10 月， 三个月， 正是台风横行的日子，最高可达 15 级，这回让王继才赶上了。如果没有台风，开山岛周围还有星星点点的渔船，王继才可以和这些渔船打招呼：“喂，你好，今天收获怎样？”“很好，有事吗？”“没有事。”“有事只管言语一声。”“谢谢，你们有需要我帮忙的，也只管说。”“谢谢。”虽然只有几句话，王继才却有无尽的快乐，一天的时光也就在这几句话中打发了。一刮台风，渔船避港了，开山岛周围便成了一片死海。满海的滔天巨浪，鱼也钓不成了，寂寞呀寂寞，孤独哇孤独。王继才是个好动好玩能说会道的青年，村里开村民大会，王继才不用稿子，一讲就是一个多小时。在家是老婆孩子热炕头，在岛上是海风海浪冷石头，王继才整天只能对着无尽的大海发呆，听着震耳的涛声发呆。王继才想老婆了，想他那结婚不久、娇小婀娜又文文静静、美丽的女教师王仕花了。

从不抽烟、喝酒的他，开始猛抽烟、喝酒。王继才这才明白，王长杰政委为什么要给自己带来这么多的烟和酒。第31天酒喝完了，第35天烟抽完了，他把岛上的一种大叶草烘干了，切成丝，用报纸卷起来：抽！猛抽！王继才快要急疯了！对着大海猛喊道：“我坚持不下去了，我要下岛，我要下岛！”没有人回答他，他王继才就是把喉咙喊破了，就是跳进大海也没有人帮助他。“人呢？人呢？”王继才大声地吼叫着。“中国有十多亿人口，随便来一个闲人和我聊聊天也好，可是人呢？人呢？这么大的茫茫大海里就我一个王继才，就我一个王继才呀！”王继才急疯了，他真的要跳海了。他体会到，在开山岛，寂寞和孤独远比海怪可怕多了。

开山岛哇，那足以令人发疯的寂寞和孤独！“啊——啊——”王继才又开始长吼了，王继才又开始满山遍野奔跑着长吼了，王继才又开始像野人一样一声声地长吼了。他止不住自己狂吼的欲望。他完全变成一个野人了：头发长长地蓬起，胡子长长的像钢针，光着双脚，赤裸着上身，海风和烈日把他烤成了古铜色。他整天不停地在山路上奔跑，不停地在这座荒岛上呐喊，他的喉咙彻底哑了，两眼也变得赤红，他暴怒了：“啊——啊——”他觉得自己的声音越来越大，但发出的声音却越来越小。他彻底绝望了！这情景被一个偶然路过的渔船上的渔民看到了。回去，他对大家说开山岛上有一个疯子，说这个疯子光着脚，赤着上身，满山跑；说这个疯子不会说话，只会“啊——啊——”地狂喊。知情的人说：“王继才疯了，可怜哪！”

王继才只能和大海说说心里话

王继才就这样跑了多天，喊了多天，冷静下来以后，觉得这样下去不行，得找人说说话。找谁呢？这个荒岛还有谁？只有大海了。于是王继才把狂吼声变成一种诉说，变成一种向大海的倾诉。王继才说：“大海啊，大海，我们是朋友了。我得好好想一想，如何和你聊天，聊哪些呢？倾诉我的哪些苦衷呢？”

王继才躺在海边的礁石上苦思冥想起来。海风在昏天黑地地刮，海浪在昏天黑地地翻腾。巨大的海浪有时冲上十几米高的山崖，浪花冲上了屋顶，从屋顶上盖下来，“哗，哗，哗”，一尺多长的海鱼被海浪冲上屋顶，又从屋顶上摔下来，在屋前的台阶上“吧嗒、吧嗒”地跳动着。房子在震动，王继才人在震动，王继才的心在震动，太可怕了。在这昏天黑地的摧压下，人的忍受已达到了极限。

下午，王长杰政委打来电话：“王继才，你要坚持住，风浪太大，我们几次派船去看你，都无法靠岸，你一定要坚持住，风浪稍小点儿我们立即就派船，听到了吗？”“听到了。”王长杰左一个“一定要坚持住”，右一个“一定要坚持住”，让王继才想起了在临上开山岛的前一天晚上他二舅给他讲的一个故事。王继才的二舅是王继才崇拜的偶像，这位老人16岁就参加了八路军，一生经历过无数次战斗，参加过解放战争、抗美援朝战争，多次立功，多次负伤，至今身上还留有几块弹片，是二等甲级残疾军人。解放战争时，二舅就是解放军某部的一位连长，一次守阵地，原计划是阻击一个排的敌人，结果来了一个连，后来又来了两个营。二舅这个连支持不住了，师部不断打来电话："一定要坚持住，一定要坚持住，援兵马上就到。"敌人那个机枪打得猛啊，一扫他们就倒下一大片，一扫他们就倒下一大片。二舅硬是顶住了，援兵到时，全连只剩下5个人。二舅搂住增援部队的连长，二人抱头痛哭。

二舅对王继才说："小二子，你要记住了，上级交给我们的阵地千万不能丢，丢了就是逃兵，丢了就是人民的敌人。"王继才的父亲也是1942年入党的老革命，对王继才说："小二子，二舅的话你记住了吗？"王继才说："记住了。"

老父亲说："打江山时，你们没有参加，你去守开山岛，守江山你参加了。我们老王家出了你这么一个守江山的，我们感到非常光荣，你一定要给我们守好了，不要丢了我们老王家的脸，不要丢了你二舅的脸，否则你就不是老王家的种。"

"老爸，如果我去守开山岛，就不能在您面前尽孝了。""傻二子，家事不能干扰国事，家事再大也是小事，国事再小也是大事。古人认为为国尽忠是大孝，吾儿能为国尽忠，老父满足矣！"想到此，王继才只觉得阵阵豪情涌了上来。他大声吼道："王继才，你这是干什么，难道你要做战场上的逃兵？难道你要做人民的敌人？不就是寂寞吗，不就是孤独吗，不就是不能老婆孩子热炕头吗？我这点儿困难和革命先烈们比起来算什么？王继才呀王继才，祖国把这么重要的岗位交给你，你害怕了？退却了？你对得起祖国人民对你的信任吗？你对得起革命先烈们吗？你对得起二舅吗？”

远处，海风大作，惊涛际天，阴云如墨，浪如走山，风声如鼓，涛声如雷，震耳欲聋。王继才站在高高的礁石上，面对浩瀚的大海，如山的海浪，胸中涌动着一股激情，那股激情像一头小鹿，在胸中撞击着、撞击着，终于冲出口并彻底地喷发出来。王继才大声（他必须大声，因为声音稍小就会被如鼓的风声、如雷的涛声淹没得连自己都听不到）而急切地诉说着：“是国土就得有人守。我王继才一个人守着金子一样的一大片国土，银子一样的一大片海域，我王继才就是为国守边的大臣了，是岳飞、是戚继光、是杨六郎、是——”那天，他搜肠刮肚，动用了他高中所有的历史基础知识，大概历数了七八个中国历史上为国守边的大臣，连女将梁红玉、穆桂英、樊梨花也被列入名册（樊梨花是否是为国守边的大臣，就无须考证了，王继才说是就是了），王继才觉得自己和他们一样光荣，一样自豪，一样有价值。

“王仕花，你的丈夫是堂堂正正的为国守边的男子汉，我王继才为祖宗争光了，为你王仕花脸上争光了！王仕花，你应当更爱我了！”王继才站在高高的礁岩上，面对大海高声地呼喊着。后来王继才觉得，这段话说起来不那么朗朗上口，读起来不那么顺溜，于是便逐渐演化成如下内容：“是国土就得有人守。我王继才为国家坚守一大片国土、海域，我活得自豪，我活得光荣，我活得最有价值。如果祖国需要，我要在这开山岛上坚守一辈子。”“我发誓：开山岛从今往后，决不能再做日本人侵略中国的跳板，小鬼子再敢来，中国人定打你个满地找牙！”

王继才，这个朴实的庄稼汉子站在祖国黄海的一座小岛上，把自己的誓言说了一遍又一遍，直到说得口干舌苦，喉咙哑了，说不出话来了，便倒在一块礁石上，大睡一觉，醒来后，又开始向大海发出自己的誓言。

可是誓言之后，接踵而来的仍然是无限的孤独和寂寞。在这无限孤独和寂寞的环境里，王继才真的十分想老婆了，王继才想他那结婚不久、娇小婀娜又文文静静、美丽的女教师王仕花了。王继才望了望空寂的大海，扯开喉咙，向大海喊了句在陆地上怎么也喊不出口，而在这里就是喊破喉咙也没人听见的私房话："王仕花，你在家干什么呢？想我吗？我非常想你呀！王仕花，我爱你！"

通过这一诉说，王继才觉得自己的心情好多了，像是把自己的心里话对自己的亲人说了。大海似乎也听懂了，发出巨大的呜呜声。王继才觉得自己和大海交上了朋友，大海是自己最亲的人了。从此王继才和大海有了一个约定：今后凡是遇到困难的事、烦恼的事、高兴的事、幸福的事都要向大海——最忠实的朋友诉说一番："大海你知道了吗？大海你听懂了吗？大海……"极度疲惫的王继才，躺在大海——他最忠实的朋友面前再次睡着了。醒来后，他又在岩石上狠狠地划了一刀。从此王继才安静了下来，不再疯了似的满山跑了，不再疯了似的满山地狂喊了，王继才突然觉得自己长高了许多，头脑也清醒了许多。

2012 年我采访王继才，提起这段往事，王继才说："在这大海上，不用自言自语的方法来排解一下寂寞，又能做什么呢？清白鼓嘴的（灌云方言，意为冷清清的）难受啊！就这么说两句，孬好还能听到人的声音，时间就在这自言自语中，被打发走了。"

夫妻哨所正式开张

鲁河乡小学教师王仕花

灌云县鲁河乡小学教师王仕花这两天慌了神，对她恩爱有加的丈夫王继才不见了。王仕花和王继才结婚不足2年，有一个不满1岁的女儿。王仕花娇小婀娜、美丽贤惠，是小学民办教师。王继才高大威猛，是村里的民兵营长。这对夫妻的结合自然成了人们羡慕的对象。村里的小姐妹没人时就对王仕花耳语："有钱找个高大汉，不会干活儿也好看。王仕花，你个小丫头片子，把王继才看好了，别让他给跑了。"王仕花就说："臭丫头，看我不撕破你这张臭嘴。"

于是就打成一团，笑成一团。

几天前，王继才对她说："仕花，我要出去几天，不要找我，到时我会回来的。"然后他就拿了换洗衣服什么的，出门了。1天、2天、3天……7天、8天，王继才像一汪水被蒸发掉了一样，在这个世界上消失了。王仕花问婆婆："继才哪里去了？"婆婆回答："不知道。二子是个老实人，不会出什么事的。"

又过了几天，王仕花再问婆婆："妈，继才哪里去了？这都10多天了，连个音信都没有。"婆婆说："你去问你爸，兴许他知道。"

又过了几天，王仕花大着胆子问公公："爸，继才到哪里去了？""干大事去了。"王仕花再问公公，公公黑着个脸，说："瞎打听个啥呀，女人家，不该知道的事就不要知道。"没头没脑地一顿

“呲”，王仕花委屈地走了出来。

婆婆道：“你爸呲你了？这个老东西，说话冲倒山，一辈子说不出一句好话，就连对我都没有一个好脸色。不过人是个好人，没坏心。”

一个多月后，王继才还是没有音信。王仕花向村里小姐妹打听，村里的小姐妹们说：“丫头，慌了吧。我早就说过要你把那小子看好了，没想到这一天终于来了。”本想王仕花又会和往常一样和她们打在一起、闹在一起，没想到王仕花委屈的泪水一下子流了出来，抱着小姐妹痛哭了一场。小姐妹们傻眼了，拍着王仕花，哄道：“好乖、好乖，听话、听话。王继才那小子我们都知根知底的，绝不是个坏种。你放心，一定是发生了什么事情。他真的要把你给甩了，我们小姐妹们把这小子一人一口给啃了！”说得王仕花“扑哧”一声笑了。

又过了几天，王仕花的婆婆当着王仕花的面问丈夫：“老头子，你儿媳妇到处打听你儿子的下落，你倒是说话呀，你把我儿子弄到哪里去了？”“守岛去了。”“守啥岛呀？”“你们这些娘儿们少打听男人的事。”“这个老东西。”婆婆愤愤地说。第 47 天，王仕花突然接到县人武部的一个通知，要她带上王继才的换洗衣服上开山岛看王继才。“开山岛，开山岛在哪里？”“开山岛是燕尾港镇海里的一个小岛，离燕尾港镇大约有 12 海里，燕尾港镇离这里大约 40 公里，加在一起大约有 60 公里。”王仕花的公公说。第 48 天，王仕花几经周折，最终和灌云县人武部政委王长杰一起登上了开山岛。

难道前面站着的就是她朝思暮想的丈夫王继才？这个人的胡子像一把钢针，嘴被深深地埋在里面。头发长得拖到了衣领上，乱七八糟得像一蓬乱稻草。身上的白衬衣，已经辨不出是什么颜色了。

由于多天没洗澡，散发出一股腥臭味，而且这个人又黑又瘦，她的丈夫可是一个又白又胖的帅小伙子。直到王继才喊了一声：“王仕花。”王仕花这才惊愕地回过神来，一下子扑到王继才的怀里大哭：“王继才，这些天你死到哪里去了？你死到哪里去了？”她在王继才的胸脯上又拍又打。王长杰立即为王继才安排洗澡、理发（随船带了一名理发师上岛）、换衣服、吃饭。饭后，王长杰把王继才带到岛的最高处，面对大海问：“王继才，你在岛上48天，这48天来你最大的体会是什么？”王继才站了起来，正了正身子，从心底里涌动着一股豪情，大声地说：“我王继才为国家坚守一大片国土、海域，我活得自豪，我活得光荣，我活得最有价值。如果祖国需要，我要在这开山岛上坚守一辈子。”王长杰连连称赞后说：“王继才，经组织研究，决定任命你为开山岛民兵哨所第一任所长，这是你的任命书。”王长杰把红头文件交给王继才，王继才用颤抖的手，向王长杰敬了一个规范的军礼，然后庄重地接过红头文件，放进胸前的口袋里。王继才的“如果祖国需要，我要在这开山岛上坚守一辈子”这句话如飞溅的钢花，撞击在开山岛坚硬的礁石上，又火花四溅，经开山岛的海风一吹，散落在全县各地，引起全县人的一片喝彩之声：“说得好！王继才是条硬汉子，有他在，我们就放心了。”

王仕花吃惊了，她不敢相信刚才那段充满豪情的话是自己的丈夫王继才说的。那段话无论是思想内涵和修辞水平，都是上乘的。事后王仕花悄悄地问王继才：“那段话是你想起来的？”“我在岛上琢磨了48天，就琢磨出这几句话来，怎么样，我的语文老师，还行吧？”

王仕花一下子扑到丈夫的怀里，从此对丈夫王继才刮目相看了。

回家后，王仕花宣布了一个惊人的决定：辞掉小学民办教师的职务，和丈夫去守开山岛。理由是丈夫在岛上太苦了，丈夫的生活不能没有她，开山岛不能没有她。首先支持王仕花的是王仕花的公公。公公说：“老二家里的选择得对，是老王家的儿媳妇，有出息。”王仕花的婆婆有点儿不高兴了，说：“再怎么说仕花也是小学民办教师，好好的书不教了，去守那个破岛，值得吗？”

公公正色道：“妇道人家，头发长，见识短。这要往远里说，你儿子王继才就是镇守边关的大臣，就是杨宗保、杨文广，你儿媳妇就是穆桂英。这一说是守岛重要还是教书重要，就全明白了。妇道人家，啥也不懂。”“就你懂，就你懂。”公婆在屋外一句一句地斗嘴，王仕花在自己的房间里“扑哧、扑哧”地笑。

当王仕花把自己要辞掉小学教师职务的想法汇报给校长时，校长正色道：“王老师，这你可要好好考虑了。你是代课教师，代课教师马上就要转正了，我们学校研究过了，认为你表现好，成绩突出，就是有一个转正名额也要给你，你现在辞职了不是太可惜了？”王仕花说：“岛上需要我，我丈夫的生活离不开我。”

灌云县人武部很快批准了王仕花的请求，并任命王仕花为开山岛民兵哨所哨员。接到任命后，王仕花要把不满周岁的女儿带上岛，婆婆坚决不同意，说岛上条件那样艰苦，带大丫上岛，遭罪呀，不能让孙女受那罪。

为了丈夫，为了丈夫能更好地完成守岛大业，王仕花一抹眼泪，走了。

“开山岛”号航空母舰

王仕花再次上岛的时候，王继才着急了：“谁叫你来的，你在家小学教师干得好好的，谁叫你辞掉的，你和我商量了吗？”王仕花理直气壮地说：“你在家民兵营长干得好好的，跑到开山岛上来守岛，你跟我商量了吗？”王继才被妻子反问得张大了嘴，一句话也说不出来。别看王仕花个子小，斗嘴往往是王继才甘拜下风，四两压千斤啊！“那好吧，从今往后，咱夫妻俩就共同守岛吧。”

从此，江苏省灌云县开山岛民兵夫妻哨所便正式开张了。

他们在开山岛的制高点上，安装了一台高倍望远镜。别小看了这台高倍望远镜，它可是祖国安放在黄海深处的一只眼睛。这台高倍望远镜在当时可算是比较先进的一种。王继才、王仕花每天不定时地对着这台高倍望远镜向祖国广袤的海域观察，看看有没有可疑目标。这一天，王仕花发现一艘不明国籍的船只，晕头晕脑地闯进了中国的领海，受到警告后，又晕头晕脑、狼狈不堪地退出我国的海域。王仕花看着那艘船急急慌慌的样子，心里顿时升起了一种无上的自豪感和使命感。也就是从这个时候起，周边国家才把这小小的开山岛作为注意对象：船到开山岛，凡事得小心点儿。王继才问她：“怎么样，我们的岗位重要吧？”“重要，十分重要。”

王仕花套用丈夫王继才的话说：“放弃小学教师的工作值得。”“还是我的妻子了解我。”“王继才，我就是在你‘如果祖国需要，我要在这开山岛上坚守一辈子’这句话的影响下，放弃工作、放弃女儿上岛的。”“难道我个人长相就没有一点儿魅力？”“美了你。”王仕花嘴上这么说，心里却在想，丈夫这句“如果祖国需要，我要在这开山岛上坚守一辈子”，确实为丈夫增强了不少魅力，丈夫变得有理想、有抱负，是一个胸怀大志、深明大义的人了，这样的男人难道不值得深爱一辈子吗？王继才说：“开山岛是祖国的黄海前哨，我最大的愿望就是把它建成一艘不沉的航空母舰。”王仕花说：“从现在起，军功章有你的一半，也有我的一半，建成这艘不沉的航空母舰，也有我一半的责任了。”王继才说：“既是航空母舰，总该有个名字，就叫‘开山岛号’怎么样？”王仕花点头称是。王继才说：“从今往后，我就是‘开山岛号’航空母舰的舰长，你就是副舰长，我们夫妻二人共同开着这艘航母，在黄海里航行。”

王继才用手向前方一指，王仕花就觉得这艘航母真的动了起来，在祖国的黄海里，乘风破浪，奋勇前进，巡视着祖国广袤的海洋。

后来据统计，王继才夫妇守岛32年来，为公安、边防部门提供各种有价值的线索达50多条，有力地守护了我国黄海的一方平安。

王仕花掉进了“新石器时代”

可是王仕花发现，要在这艘“不沉的航空母舰”上生存下去，困难确实太大了。

首先，岛上没有电。所以，电灯没有，电视没有，电冰箱也没有，总之，一切与电有关的生活用品都没有。这对具有较高文明水准的小学教师王仕花来说，不亚于从文明的现代社会一下子退回到蒙昧原始的“新石器时代”。夜晚，昏天黑地的荒岛中，只有一盏如豆的小油灯，一晃一晃的，岛上所有的对外联系就靠一部手摇电话机和一台老旧了的收音机。

岛上没有淡水，只有一口水窖用来存放雨水，这是岛上唯一赖以生存的淡水资源。因为经常混进海水，洗衣、浇菜可以，但不能直接食用。

岛上到处都是一人多高的蒿草，竟没有一棵树。王继才夫妇开始拔蒿草，说是要栽上树，让全岛披上绿荫，长上瓜果蔬菜。可要真正干起来，王仕花发现，岛上种树的难度太大了。岛上栽树，先要在石窝窝里凿坑，一天最快凿一个坑，有时几天甚至几十天才能凿一个。坑凿好了，还要燕子衔泥似的到离这里几十公里的陆地上背土。

岛上没有动物，甚至连一只老鼠都没有。用王继才的话来说，由于岛上没有动物，就是看见一只老鼠都觉得亲切。临来开山岛，王仕花的小姐妹们说："王仕花，你疯了，那开山岛上连海鸟都不落脚，你却要在开山岛上安家落户。"来岛后，王仕花果然发现，这开山岛虽在深海中，可真的连一只海鸟都很少来。这是为什么？后来王仕花终于找到了原因，原来这开山岛上没有自然存在的淡水，所以就根本没有什么动物。至于双头蛇之说，根本就是无稽之谈。

王继才夫妇在岛上养了鸡、鸭、狗、羊，这才使岛上有了点儿生机。可惜，岛上的 4 只羊一夜之间就被台风掀到大海里去了，从此岛上再没有羊，只有几只鸡、鸭和一只叫乐乐的小狗活了下来。乐乐是一只聪明的小狗，据王继才说，乐乐多次立功，是开山岛的功臣之一。乐乐发现海上有不明漂浮物会汪汪地叫，发现可疑目标也会汪汪地叫，且每隔一小时就会自动巡山一次，很多次可疑目标都是乐乐首先发现的。

他们还有一个乐趣，就是给小鸟喂水。

岛上不知从什么地方飞来了几只黄雀，几只蜡嘴鸟，几只野鸽子。它们飞来便无法飞走了，善良的女主人每天都要端一盆淡水放在山坡上，几只小鸟便立刻飞来，围着女主人飞舞，然后挥之不去、旁若无人地喝着，因为这是它们唯一的水源。这里的鸟儿没有欢快的歌声，有的只是凄惨而惊诧的鸣叫，因为这些鸟总是试图逃离这座缺水、少食、可怕的开山岛，然而就在它们飞出去不久，就又被那无边的大海、汹涌的波涛吓得退了回来，悲哀而绝望地围着开山岛鸣叫着，为开山岛铁铸一样的山峰涂上一层凄厉的色彩。

王继才夫妇就在这鸟不愿落，连老鼠都不能生存的开山岛上生活了下来，而且一生活就是一辈子，这确实不是常人能做到的事情啊！

“雪皑皑，野茫茫，高原寒，炊断粮”

王仕花上开山岛不久，便遇上了台风，罐装煤气用光了，他们开始吃生米，抓一把生米，放在嘴里嚼，嚼得满嘴流白浆，冒白沫。在陆地上生活惯了，王仕花胆小，从未见过这样大的台风，吓得躲在丈夫的怀里。王继才轻轻地拍着王仕花说：“莫怕，莫怕。天塌下来，有高个子顶着。”说完便呆呆地望着远海。看着正在发呆的丈夫，王仕花苦笑着问：“想什么呢？”“一碗香喷喷的米饭，一只油旺旺的烧鸡……”王继才美美地笑笑。“我想吃一碗红烧肉。”王仕花说。夫妻双双吮了吮即将流出的口水，又咂了咂嘴，苦笑了笑。

王继才问：“我们吃生米已经几天了？”“3 天。”“看来还要吃 3 天，3 天后会有补给船来的。”王继才又抓过一把米，放在嘴里慢慢地嚼着。

王仕花说：“我给你唱首歌吧。”“好”。“你最喜欢哪一首？”“《长征组歌》中的《过雪山草地》，这首歌我特别喜欢听，一听就觉得浑身有劲儿。”“那我就给你唱。”王仕花站起来，正了正身子，开始唱：“雪皑皑，野茫茫，高原寒，炊断粮，红军都是钢铁汉，千锤百炼不怕难……革命理想高于天。”

丈夫为妻子鼓掌，说：“仕花，你唱得真好。”

“当年，我可是乡里的演出队员，经常到县里、乡里和各村演出。”

“记得。那时你扎两个短辫子，跳舞时辫梢一跳一跳的，好看极了。当时我就想，这是哪家的小丫头，将来我准把她娶过来，做我的女人。”

王仕花扳着手指头一算，故意怒道：“好你个王继才，当年我才15岁，还是一个小黄毛丫头，你就打我的主意，你坏，你坏。”王仕花知道，她这样说，这样做，这样逗着丈夫，丈夫会非常高兴的，会忘记烦恼的。果然不出所料，王继才哈哈大笑起来，说：“王仕花，我终于娶了你，如愿以偿了。”

在条件艰苦的情况下，想起愉快的事情而开怀一笑，是多么弥足珍贵啊，王仕花就是这样，在丈夫苦闷的时候，总是想尽一切办法让丈夫开心一笑，这是困苦时的笑，这是艰难时的笑，这是含着眼泪的笑！

王继才说：“王仕花，你喜欢唱哪首歌？”“我喜欢歌剧《江姐》中的《绣红旗》。”“那你就唱《绣红旗》吧。”当王仕花唱完《绣红旗》的时候，王继才突发奇想：一是开山岛上要升一面五星红旗。开山岛是祖国的领土，就要有祖国的国旗。开山岛既然是祖国的航空母舰，就一定要在这艘航空母舰上升起国旗。二是要在岛上定期举办文娱晚会，地点就在战士礼堂。

开山岛上有个条件不错的战士礼堂，有舞台，观众席上有座位，主演当然是王仕花。王仕花会唱歌，会跳舞，会朗诵，也会讲故事，过几天再把大丫头带上岛，这样岛上就有两名观众了。王仕花完全同意。王继才说：“那就这样说定了。”王继才觉得，由于有了妻子王仕花的加入，开山岛的生活不再那么孤独可怕了。王继才说他守岛30多年，没有王仕花他是无法坚持下来的。

那天，王仕花应丈夫之邀，为其朗诵了高尔基的《海燕》：“在苍茫的大海上，风聚集着乌云。在乌云和大海之间，海燕像黑色的闪电，高傲地飞翔。”

窗外，几只海燕在苍茫的大海上飞翔着。王仕花在朗诵：“看吧，狂风紧紧地抱起一层层巨浪，恶狠狠地甩到悬崖上，把这些大块的翡翠摔成尘雾和碎末。”

窗外，巨浪敲击着山崖，发出震耳欲聋的轰鸣声：“哗——轰！哗——轰！哗——轰！”

王继才只记得最后一句，于是和妻子一齐朗诵道：“让暴风雨来得更猛烈些吧！”

一场暴风雨在他们夫妻两人高亢的朗诵声里，就真的这样来临了。好一个大舞台呀，这可是世界上最真实的、最大的大舞台了。

一连嚼了七天生米，饿得话都说不出来。风停了，远远地看到补给船来了，王继才夫妇忍不住哭了。狂风暴雨、孤独无助、饥饿难忍，他们都没有流泪，看到亲人来了，这眼泪却怎么也止不住……

这是王仕花上岛的第一次断炊。

岛上断炊是常有的事

王仕花说：“岛上断炊是常有的事。”

第一次断炊是因为罐装煤气没有了，粮食尚存，所以只能吃生米。第二次断炊却相反，粮食没了，罐装煤气尚存。那天，开山岛又遇上了特级台风，供给中断了，王仕花一查，罐装煤气尚有些，粮食一粒都没有了。王仕花便到海里抓一些海鲜煮着吃，这当然要比生嚼大米好多了，可天天吃海鲜，顿顿吃海鲜，长时间一粒粮食都没有，就这么吃海鲜，吃到最后就不是海鲜了，而是“海臭”了。满嘴的腥臭味，全身也散发出一股难闻的腥臭味。王继才说：“再这么吃下去，我们都要变成‘臭海鱼’了。”

“粮食，粮食。王仕花，我的老婆大人，能不能给我搞点儿粮食来？”

本是一句无可奈何的话，倒是一下子提醒了王仕花，王仕花一拍脑袋说：“王继才，我想起来了，我们还有二斤黄豆。”于是王仕花便把二斤黄豆炒了炒，放点儿盐，做成一碗盐豆子，饿了，就抓一把一粒粒地放在嘴里嚼。哎呀！黄豆好香啊，比海鲜好吃十倍、百倍。俗话说：“一个黄豆三个屁，十个黄豆一台戏。”王继才大把大把地嚼着黄豆，开山岛上便“好戏”连台了。娇小婀娜又文文静静的女教师王仕花就有了几分羞涩，几分责怪：“你不能忍着点儿？”高大威猛的王继才说：“没事，没事。”说罢，夫妻俩苦中作乐地哈哈大笑起来。

开山岛又传来一次含着眼泪的笑。

王继才说：“我要去巡逻了。外面风太大，你在家，别出门。”王仕花说：“不，我要跟你一起走。”“外面危险。”“你不是说天塌下来有高个子顶着吗？”王继才拗不过妻子，只好按常规找根背包带子把两人的腰扎起来，就这样手拉手去巡逻。在这个岛上，王继才夫妇每天都要定时巡逻，不论是刮风还是下雨，也不论是白天还是黑夜，巡逻是他们每天雷打不动的必修课。

开山岛岩石陡峭，不利于日常巡逻，特别是遇到强台风，稍有不慎，就有可能从岩石上滚下去，被海水吞没。所以，每次大风天气巡逻，王继才夫妇就用一根背包带，以 1 米的距离互相拴住，防止风把人刮跑。曾经有几次，王仕花被风吹得倒在山崖下，幸亏王继才眼疾手快，拉住背包带，将王仕花从危险边缘拉回来。这次王仕花坚持要和丈夫一起去巡逻，一是不放心丈夫，二是一个人留下来害怕。丈夫说过，在这昏天黑地的台风里，最容易出现“大元宝”。一想到“大元宝”那暴睁的两眼，王仕花吓得头皮都发麻了。

就在几天前，开山岛就出现过“大元宝”。那是一天下午，风也是这样昏天黑地地刮，浪也是这样昏天黑地地翻，就在自己住处不远的海滩上，“大元宝”出现了。“大元宝！”王仕花魂都吓掉了。

这是一具男人的尸体。因为海水长时间的浸泡，致使这具男尸两眼疾睁，嘴张得大大的、黑洞洞的，形成一个可怕的圆，像是在拼命地呐喊。一些海虾在这具男尸的嘴里爬进爬出，海浪拍打着这具男尸，致使这具男尸头一摇一摇的，像是一副很不情愿的样子。这具男尸手上有厚厚的老茧，手指弯曲，这是长期拉网所致，说明这是一位渔民。王继才说死者为大，就按照当地渔民的习惯，找来几支香，点着了，又烧了几张纸，嘴里念道：“这里不是您老的久蹲之处，您老还是早点儿动身吧。”又几个巨浪打过来，“大元宝”不见了。

王继才说，这种事情在20世纪90年代以前很常见，因为那时渔民用的都是木帆船，吨位小，又没有GPS导航，一遇台风，渔民很容易因迷航而失事，直到20世纪90年代末，渔民的条件好了，木帆船换成了铁壳机器船，吨位加大了，再加上GPS导航，现在渔民打鱼基本上不会再出事了。

下午，风更猛烈了，巡逻的时候王继才坚持一个人去。王仕花说：“你可要注意点儿。”王继才带着小狗乐乐巡逻去了。这次巡逻，王继才被台风吹到峭崖下，摔伤了，不能动了，小狗乐乐慌慌张张地回来报信，王仕花在乐乐的带领下，找到了摔伤的丈夫，好不容易才把王继才弄回家。

小狗乐乐又立了一大功。

王继才对妻子说：“我摔伤了。”“别动，别动，我给你检查检查。”在学校里学过简单医学常识的王仕花给丈夫认真地检查起来。“你有什么感觉？”“有点儿胸闷。”王仕花在为丈夫认真检查后说：“你的肋骨摔断了。就这么躺着，风停了，上医院检查一下。”这时的王继才便十分听话了，一动不动地躺在床上静养着。

这次台风刮了二十几天，二斤黄豆救了夫妻俩的命。

王继才说，岛上断炊，如果“三股麻绳一齐断”：断粮、断煤气、断交通，那结局就更惨了，只能生吃海鱼、海虾，那滋味，想想都能吐。

升国旗——小岛上最庄严的时刻

他自掏腰包买国旗，32 年来升坏了 200 多面国旗

刮了二十几天的台风终于停了。王继才按照妻子王仕花的要求，下岛去医院检查，果然如妻子所说，自己的肋骨断了两根。医生说，不要紧，包扎一下，开点儿消炎药，静养几天，再观察观察。王继才拿着处方笺，到收费处一划价，45.8 元，王继才吓了一跳，他身上一共只有 80 多元，准备交党费和买国旗用。燕尾港镇党组负责人说，王继才夫妇虽然工资不高，但党费都是第一个交。他们难得下一回岛，下岛第一件事就是到他这里交党费。对于困难党员，我党有规定可以不交党费，但王继才说无论怎么困难，党费一定要按时交上。

这次王继才下岛交了两个人一个月的党费，身上只剩下 60 多块钱了，就是说交了药费，就不能买国旗，买了国旗就不能交药费，二者必取其一。王继才好不容易说服了医生，将伤口简单包扎一下，又拿了点儿消炎药，医疗费只用了 20 多元。王继才买了一面五星红旗和一些升旗用的必备工具，共用去 30 多元，当王继才再次登上开山岛的时候，怀里已揣着一面鲜红的五星红旗。

“回来啦？”“回来了。”“国旗呢？”“在怀里。”王继才郑重地从怀里捧出五星红旗，交给妻子王仕花。王仕花慢慢地将国旗展开，幸福地笑了，说：“我们国家的五星红旗，就是喜庆，红的，又镶有金黄色的五颗星，看了都让人舒坦。”王继才说：“是的，当我把五星红旗揣进怀里的时候，心跳都加速了。”

为了把升旗搞得更隆重些，王继才夫妇自己编排了一套升旗仪式。首先是要确定升旗时间。天安门国旗班升旗是太阳初升之时，王继才想到了哨所里的那台高倍望远镜，对，就是它了，明天一早用它来观看日出，用它来确定升旗的时间。王继才很满意自己的决定。第二天是正式升旗的日子。天蒙蒙亮，王继才醒了，王仕花也醒了。“醒了吗，睡得怎么样？”“激动得一夜没睡好觉。”“我也是。”夫妻俩没再说话，穿衣、洗漱，整理好民兵的着装。妻子王仕花扛着国旗，迎着轻轻的海风，踏着陡峭的石阶走向升旗台。王继才则走向哨所里的那台高倍望远镜，将其打开，观看日出。也许是起得太早了，大海的东方黑黢黢的，什么也看不见。据说在中国看日出，有两个最佳处：泰山极顶、黄山之巅。中国散文家杨朔还写了一篇著名的散文《泰山极顶》，说泰山极顶看日出，是一部难得的大戏。他们哪里知道，在祖国的黄海开山岛之巅看日出，那才是一部十分难得的大戏，是一部大戏中的大戏。试想想，在高倍望远镜下，在碧波万顷的大海上，一轮红日突然喷薄而出，那是多么震人心魄？笔者曾在开山岛的高倍望远镜下看过一次日出，那气势，那画面，终生难忘，心情激动了整整一个上午。

王继才趴在高倍望远镜上，一动不动地认真观察着。

太阳在大海深处憋得太久太久了，就像一个人做了深呼吸潜入海底，迫不及待地要冲向海面，急切地要大口呼吸一下新鲜的空气一样。就这样憋着，憋着，终于，太阳一下子冲出了海面。这一冲，动作并不大，似乎有一种神秘的力量把太阳紧紧地向下按，黑黢黢的东方仅有一点点拳头大小的血红色，而这一点点拳头大小的血红色，在无边无际黑幕一样的天空中，肉眼根本看不见，只有在高倍望远镜下才能发现那一点点拳头大小的血红。太阳再一次向上冲的时候，东方才喷出了半张竹席大的鲜血红，王继才知道，太阳就要出来了。“王仕花，准备！”

太阳第三次向上冲的时候，黑黢黢的东方开始燃烧了，这烈火般的燃烧把大海染成了一大片红，荡荡悠悠的，那才是血的海洋啊！

王继才说，他在高倍望远镜中看过无数次日出，那天的日出是最美的，因为那天是开山岛第一次升旗。

王继才立即跑到王仕花面前，一声令下：“升旗！”

王仕花拉动旗绳，五星红旗迎着初升的太阳，在朝霞、碧海上冉冉升起！“敬礼！”夫妻二人向庄严的国旗敬礼。“唱国歌。”“起来，不愿做奴隶的人们……”

第一次，这座荒无人烟的开山岛升起了五星红旗。王继才对媳妇王仕花说：“今天岛上第一次升旗，改善生活，我要喝酒。”

中午，王继才喝醉了，想起了和大海的约定：今后我王继才凡遇困苦的事、高兴的事、幸福的事都要向大海诉说一番。喝醉酒的王继才摇摇晃晃地向大海走去，在一块礁石上坐了下来，说："大海呀，我的老朋友，我看你来了。我今天高兴啊，看到了吗？五星红旗在你的身边升起来了。碧海、蓝天、红旗，多喜庆呀，开山岛这才像个家。"他想再多诉说一些，突然想起一首歌，于是他大声地唱起来："五星红旗迎风飘扬，胜利歌声多么嘹亮。歌唱我们亲爱的祖国，从今走向繁荣富强……"

大海静了下来，是柔和的静、梦幻般的静。王继才天生五音不全，唱歌跑调，又加上喝醉了酒，唱歌水平就更不敢恭维了。"老王，喊啥呢？"王仕花问。"这话说得不好听，咋叫喊啥呢？我在唱歌。""听了半天，听出点儿道道来了，好像是在唱歌。因为是我丈夫唱的，虽然有点儿跑调，但我还是觉得，这是世界上最美的歌。我丈夫王继才，是最美的歌唱家。"王仕花深情地说。王继才说："这才是我的媳妇。"

从此，这一简单的升旗仪式，坚持了 32 年，而且一天没有间断过。

笔者看到一沓厚厚的发票，数了一下，王继才 32 年来共升坏了 200 多面国旗，这些发票从未报销过！王继才深通《国旗法》，他说根据国旗法，国旗不能脏、旧，必须经常更新。于是更新国旗就成了他们生活中一件重要的事情，也是他们经济上的重要负担。

开山岛夫妻哨所自掏腰包买国旗，坚持每天早晨升旗，30 多年从未间断过，这件事令天安门国旗班新老班长们十分感动，高度赞扬他们胸怀祖国、情系国防的爱国情怀。天安门国旗班决定在 2012 年 1 月 1 日这一天向开山岛夫妻哨所捐赠一台手动不锈钢升旗台和一面由天安门国旗班新老班长们共同签名的国旗，并决定在开山岛举行特别的升旗仪式。国旗班班长董立敢说:“同一面国旗，你们在祖国的小岛边陲升起，我们在祖国的心脏升起，不同的场景，一样的骄傲，让开山岛连着北京。”这一天，全国各大媒体都争相报道了这件事，成为当天的头号新闻。小小开山岛，一个极为普通的升旗仪式，产生这么大的影响，这在全国也是十分罕见的。

2011年国庆节前夕，中央电视台主持人董卿邀请王继才夫妇参加《五星红旗我为你骄傲——庆祝新中国成立62周年文艺晚会》。在休息室里，董卿从王继才面前走过，王继才说:“这是谁家的姑娘？个子长得高，模样儿又好看。”一位工作人员吃惊地问:“你这位同志难道是外星球来客？她叫董卿，你不认识？”王继才苦笑了一下，暗暗说，她那地方和外星球差不多。这位工作人员把这件事告诉同事，说:“外面那个人是怎么回事？竟然不认识董卿。”

董卿的同事听了个个瞠目结舌。

董卿听到后有了十分的同情，十分的感慨，同情的是王继才老哥的生活环境太艰苦了，感慨的是开山岛的信息封闭竟然这样严重。

中央电视台当家花旦董卿不愧是一位优秀的电视节目主持人，在主持这档节目时，她立即抓住了这一契机，一开口切入点就非同一般:“各位观众，今天我要向大家介绍一位朋友，他叫王继才。对别人，我没有必要自我介绍，对王继才这位老哥哥，我要自我介绍一下，因为王继才同志为保卫祖国的海防驻守在江苏省连云港市一个海岛上，长达25年。25年来王继才夫妇每天早晨在海岛上坚持升起五星红旗。25年来因为海岛上无电，他们夫妻几乎从未看过电视。”董卿深情地转向王继才说:“王老哥，我叫董卿，是中央电视台节目主持人。”董卿说这段话的时候，显得非常激动，显然是被王继才夫妇的事迹深深地打动了。董卿大大方方地称王继才为“王老哥”，王继才也大大方方地称董卿为“董小妹”，董卿这位中央电视台的当家花旦，竟也高兴地应了下来。

全场掌声雷动。

“开山岛小学”连着南京航空航天大学

“杨文广”出生记

岛上的生活是真正的二人世界，夫妻生活是甜蜜的。王仕花很快就发现自己怀孕了，一算预产期，还早着呢，于是夫妻俩又忙于站岗、巡逻、观察、瞭望，谁也没有想到，就是这么一大意，一场危险正悄悄向他们逼来，这场危险几乎毁掉他们夫妻甜蜜的生活、他们幸福的家庭，甚至毁掉他们夫妻的守岛大业!

1987 年 7 月 8 日晚 6 点 30 分。

岛上突起大风，浪高 5—6 米，这样的大风，这样高的巨浪，任何船都上不来了。王继才夫妇吃过晚饭，简单收拾一下，上床休息了。

9 日夜 1 点 20 分。

王仕花肚子有点儿痛，一算预产期，王仕花大惊失色，预产期算错了！准确的预产期就在这几天。天哪，这大风大浪，可如何下得了岛？王仕花急忙推醒丈夫王继才，说明情况，王继才大惊：“你没算错吧？”

“没有，现在就肚子痛，可能要生了。”

9日早晨7点钟。

老婆肚子越来越疼，豆粒大的汗珠子直往下滚，听到老婆痛苦的喊声，王继才心疼得心都碎了，只好任凭妻子在他身上捶打，说不出一句安慰的话来。生孩子是大事，万一遇上难产，是要出人命的，而且是两条命！如果母子俩遇到不测，一家就完了。窗外，海风呼啸，海浪"哗——轰！""哗——轰！"一声高过一声，任何船都不可能靠岸了，对外一切交通都断了，老婆不停地埋怨王继才、捶打王继才。在那一刻，王继才十分后悔，后悔自己当初是不是脑子进水了，怎么会同意她留在这么个不是人待的地方。老天爷难道真要发难于自己？

王仕花绝望了，剧烈的疼痛使她失去了理智，大骂："王继才，你害死了我。我王仕花凭什么要和你守这荒岛？你害死我了，我要死在这个荒岛上了。"

王继才急得六神无主，浑身冒冷汗，几乎要用脑袋去撞山崖！万般无奈之中，王继才"砰"的一声，跪了下来，以头碰地祈告苍天："苍天呀，大地呀，我老王家一家从未做过坏事。我王继才奉国家之命驻守开山岛，为国为民，忠心耿耿，请苍天大地保佑我，保佑我妻子平安生产，保佑母子平安。"妻子感动了，首先平静下来，说："王继才，你来一下。事情已经这样了，我们不要乱了自己的阵脚。刚才我骂你的那些话，不应该，我错了，向你赔礼道歉。"王继才说："王仕花，你骂得好，你跟着我受苦了。你向我赔礼道歉，我心里更难受。"王继才热泪长流。

上午8点整。

王继才突然想到了那部手摇电话机，他立即抓过电话，向燕尾港镇武装部徐正友部长求救："徐部长，徐部长，救救我们一家吧，我妻子要生孩子了。”

“什么，你妻子要生孩子了，那为什么不早做准备？”

“我妻子算错预产期了，救救我们吧，救救我们吧。”

徐正友不愧是当过几年兵的，颇有几分指挥若定的“大将风度”，说：“你别着急，我让我妻子和你通电话。”

徐正友的妻子接受过几天的医护培训，在接生方面有一些经验。

“什么情况？”“肚子痛。”“羊水破没破？”“没有。”“胎位正不正？”“我一个大老爷们哪里知道？”“说的也是。”徐正友的妻子笑了笑，说：“估计再过一个小时羊水就破了。好，王继才，你听我指挥，不要紧张，不要乱，一切听我的。”“是。”“有纱布吗？”“没有。”“小汗衫子呢？”“有。”“烧开水，把汗衫子放在锅里煮20分钟。剪刀有吗？”“有。”“放在炉子上烧红了，放在水里煮20分钟。”“是，照办。”“都煮好了吗？”“都煮好了。”“将小汗衫子剪成10厘米宽的长条，备用。剪刀放在干净的地方，备用。”“是，照办。”

上午9点整。

羊水破了。王继才立即汇报：“羊水破了。”“好，叫王仕花使劲儿。”“是，照办。王仕花，你使劲儿。”“头露出来了……”“衣包出来了。”“衣包确实出来了吗？”“确实出来了。”“哇！”孩子的哭声。“好。是个男孩儿吧？”“是个男孩儿。你怎么知道的？”“这小子哭声好大，不是男孩儿是什么。恭喜你，王继才，祝贺你喜得贵子。下面剪脐带。注意，脐带一定要留两指宽，留了吗？”“留了。”“剪断。”

王继才的手在颤抖，剪刀都握不住了，远在燕尾港镇的部长夫人听到了这微弱的剪刀颤抖的响动，说：“王继才，你手在颤动，不要紧张，先做深呼吸，放松，放松，再放松，好，注意脐带留下两指宽，剪脐带。”“剪断了。”“留下两指宽了吗？”“留下了。”“好。将剪断的脐带环头，用消过毒的汗衫布包起来，扎好。”

忙完这一切，已是中午12点3分。

王继才身上的汗衫、裤子都被汗水浸透了，像是刚从水里捞起来一般。儿子平安落地，王继才瘫坐在地上，不由地大哭起来。王仕花说：“我们母子都平安了，你哭什么？”王继才说：“老天爷呀，王家的祖宗先人呀，你救了我们全家的命，谢谢你呀，我王继才给您老人家磕头了。”

王继才在岛上帮妻子接生的事传到了岸上，传到母亲和岳母的耳朵里，她们都吓出了一身冷汗。第五天，大风停了，海浪小了，岳母和母亲就上岛来看望王仕花和孩子了。

王继才心里很是紧张，因为岳母听说王继才在岛上为仕花接生，她在对讲机里对王继才破口大骂。果然，岳母一上岛，看见王继才就像看见了仇人，指着王继才凶巴巴地说：“王继才，你一个大男人，把我女儿带到这个鬼地方，你还是不是一个负责任的男人。”“亲家母，别这样，你女儿不是好好的吗？”“什么好好的，我女儿迟早会被他害死。”岳母又生气地对王继才的母亲说：“我说你也真是的，儿子儿媳到这个鬼地方来，你不但不劝阻，还支持他们，有你这样做老人的吗？”王仕花急忙说：“妈，这事不怪王继才，是我算错了预产期。是王继才救了我的命，他一个大男人为我接生，世上这样的男人真少见，我感谢他还来不及呢。”王继才的母亲说：“亲家母，不要怨天怨地了，你闺女女婿是国家赴边守疆大臣，是当代的杨宗保，你闺女就是穆桂英，如今你又有了大外孙，将来就是杨文广，我们这些佘老太君应当高兴才是。”

一句话说得岳母破涕为笑，大家也都大笑起来。

数月之后，忽一日，王仕花觉得闲暇无聊，要找点儿事说说，对王继才说：“王继才，你好大胆，在这叫天天不应，叫地地不灵的开山岛竟敢给我接生，如遇难产我死了怎么办？”“你死了，我就把你葬在这开山岛上。冬天我给你的坟头盖床被子，开山岛冷啊。夏天我就睡在你旁边，一年四季在你身边吃饭，这开山岛屁大点儿地方，我饭碗一端就到了。心里烦了，就在你面前拉拉家常。但我有个条件你要记住了。”王仕花想，你王继才敢对一个死人提条件，要求太过分了。

王继才说：“你要经常托梦给我，否则我不饶你。”

几句话说得王仕花眼泪哗哗的，她知道她的丈夫是说到做到、一口唾沫一颗钉的主儿，便把头深深地贴在王继才的怀里，把王继才的胸脯都弄湿了。

有网友评论说：“王继才、王仕花是中国人的脊梁。他们的爱情故事，是中国最美的爱情故事。”笔者对此十分认同。他们生死相随，堪比梁祝恋；他们不计贫富，远胜董仙配。王仕花是小学教师，每月有较高的工资收入，且享受现代的文明生活，可为了爱情，为了支持丈夫的工作，毅然放弃已有的生活，去过一种月生活补贴只有 150 元、极原始的“新石器时代”的日子。从文明的现代社会，一下子掉入“新石器时代”，其间的差距，甚似天上人间。他们志同道合，为了祖国的海防事业，吃尽千辛万苦，在困难中互相勉励，高唱“革命理想高于天”。他们的爱情故事，难道不值得我们肃然起敬吗？

“开山岛小学”开学了

王继才的儿子取名王志国，有立志报效国家之意。儿子王志国很聪明，活泼可爱，在岛上生活了 8 年。王志国 5 岁时的一天，当过小学教师的母亲王仕花教给儿子学写字，要他做作业，他端端正正地写在习字本上，并一字不错地认了下来。第二天又教了几个字，又是如此。第三天再教，儿子贪玩，忘了做作业，被打了屁股。第四天，王仕花对王继才说，她要在开山岛办一个“开山岛小学”，让儿子享受正规教育。王继才说好。

于是开山岛小学开学了。

王志国端端正正地坐在自己的小墩子上，小黑板、小课桌齐全。王仕花手拿教鞭，站在讲台上。王仕花讲：“同学们好！开山岛小学今天正式开学了。开山岛小学共有 3 人，校长王继才，教师王仕花，学生王志国。现在宣布几条纪律：一是上课时学生说话应先举手报告，得到老师同意后才能发言；二是上课时儿子不能叫妈妈，应叫老师，不能叫爸爸，应叫王校长。”

“报告。”王志国举起小手。“好，请讲。”“王老师，我认为儿子也不应叫儿子，应叫王志国同学。”“说得对，请坐下。”王仕花吃惊了，为一个仅有 5 岁的孩子能说出这样的话而吃惊。“报告王校长，昨天王老师打了学生王志国的屁股。”王仕花想笑，憋住了。王继才也想笑，也憋住了。王继才说：“王志国同学，你说一说老师为什么要打你的屁股？”“因为，因为我……我没有按时完成老师布置的作业。”“王仕花老师打学生的屁股是不对的，应向王志国同学赔礼道歉。王志国同学没按时完成老师布置的作业，也是不对的，以后一定要改正。”

王继才夫妇暗暗喝彩，为开山岛小学的开学，更为儿子王志国的聪明机智。

“这孩子将来必成大器。”王继才信心十足地说。从此，这个小小的开山岛，除了风声、海涛声外，又多了学子雅童的琅琅读书声。

王仕花在岛上养了一只芦花老母鸡，这只芦花老母鸡勤快，每天一个蛋，这个蛋就成了儿子王志国唯一的高级营养品。每天芦花鸡一叫，幼小的王志国就把手伸进鸡窝里，抓出那个还热乎儿的鸡蛋说：“妈妈，芦花鸡又下蛋了。”王仕花说：“乖儿子，拿来，妈弄给乖儿子吃。”这已经成为小岛上多年来的“固定节目”。

王志国 6 岁那年，一次台风刮了 20 多天，陆地上的补给船上不来了，家里的粮食吃光了，持续多天的大雨打到室内，被褥、衣服、生活用品都被打湿了，油盐、煤球及用于照明的煤油等生活必需品也相继断了，前所未有的饥饿加寒冷无情地向他们袭来。开始大人还能坚持住，可孩子哪里受得了饥寒交迫的煎熬呢？年幼的娃娃又冷又饿，哭闹不止，任凭王继才夫妻再怎么哄也无济于事。实在没办法，王继才夫妻只得一边搂着孩子，一边顶着狂风暴雨，赶到海滩边上去捡拾那些半死不活的海螺，然后带回来砸开螺壳扒肉吃。

孩子哪里能吃得惯这样奇怪而又有些腥臭味的“饭”呢？王仕花只得先把螺肉放进自己嘴里咀嚼，当觉得腥臭味减轻了，才往孩子嘴里填。就这样，王继才一家人顿顿吃海蛎子，吃得 6 岁的儿子王志国看见海蛎子就摇头：“妈妈，我不想吃海蛎子，我恶心想吐。”

王仕花说：“儿子，家里的粮食没了，为了活命，要坚持吃下去。”

就这样坚持吃，吃到最后儿子的小便都是白的，王仕花心疼得直哆嗦，面对茫茫大海，面对无边的巨大海浪，王仕花绝望地说：

“现在唯一的办法就是把芦花鸡杀掉。”6 岁的小志国抱着芦花鸡，跪在妈妈面前，哭成了泪人儿：“妈妈，芦花鸡不能杀呀，杀了鸡我就没有鸡蛋吃了。”妈妈紧紧抱住小志国也哭成了泪人儿：“儿子啊，我的好儿子啊，如果不杀这只鸡，全家就得饿死了。”

芦花鸡杀了，熬了一大锅鸡汤，全家人喝了一个多星期。一只芦花鸡帮助王继才全家度过了那段艰难的日子，一只芦花鸡救了全家人的命。

2011 年，王志国在南京航空航天大学上学时，被河北电视台请去做一档节目，回忆在岛上的 8 年生活，说起那次遭遇大台风，说起那只芦花鸡，说到王志国跪在妈妈面前说：“妈妈，芦花鸡不能杀呀，杀了鸡我就没有鸡蛋吃了。”已经是研究生的王志国嘴张圆了哭，哭得现场人人泪流满面，哭得节目做不下去了。王继才、王仕花看了，对着电视荧屏哭着说：“儿子，委屈你了，爸爸妈妈对不起你呀。”

王志国的学习成绩很好。儿子在校品学兼优，王继才心里暗喜。

2001 年 6 月王志国参加了中考，由于那年正好赶上中考制度改革，学校招收分数线提高了，1000 多人的招生计划，只有前 100 名是免费入学，王志国需要缴纳 5000 元的学费才能入学。到了 8 月，离到学校报名的时间越来越近了，是否去报名入学王继才还没有决定下来。王志国知道，前一年爸爸生病还欠了挺多钱没有还，因此他偷偷地收拾了几件衣服，准备和“落榜”的同学出去打工，而王继才每天却依然为了给王志国凑学费奔波着。

眼看还有几天就到 9 月了，那天下午，王继才从岛上请渔船捎回了一张纸条，王志国看到纸条上写着：“一定要让王志国读书！”王志国的眼泪忍不住地流了下来，一边为自己的不争气感到羞愧，一边下定决心再不能给家里增加负担了。王继才决定下岛借钱给儿子读书。下岛后的一天晚上八九点钟，王继才才回来，从他下岛给儿子借学费这10多天来，儿子第一次主动坐到他身边：“爸，我们班好几个同学都要去苏南打工了，我想和他们一起去。”

“我快想到办法了，你小孩子不要管那么多，这两天在家好好看书，别辜负了我和你妈的期望！”

抬头看到父亲那布满血丝的双眼，儿子又不知所措起来。

“去了学校要认真读书，我们家的希望全寄托在你身上了。爸爸为你找殷小慧她爸担保，去向人借了4500块钱，三分利的高利贷，你去了学校若不好好学习，就真的对不起爸妈了。”姐姐郑重地对弟弟王志国说。

原来，因为家里经济状况差，根本就没人敢借那么多钱给王继才，连放高利贷的人，都提出要有担保人才能贷。王继才听说儿子要出去打工，急坏了，于是，下定了决心借高利贷给儿子读书。

那天晚上，王志国一个人去了海边，在海堤上来来回回地走到了深夜，他觉得亏欠父母的太多了！当时真想不辞而别，可脑海中怎么也抹不掉父亲那张憔悴而期待的脸庞。儿子王志国在父母无私大爱的感召下，彻底放弃了外出打工的念想。高中毕业了，王志国顺利地考上了大学，被南京航空航天大学录取，后又考取了该学校的硕士研究生，成了国家航天事业的栋梁之材。

夫妻俩做梦也没想到，10多年前“开山岛小学”的大门，竟然和南京航空航天大学连接起来了，夫妻俩激动得几天几夜没睡好觉。

穷人的孩子早当家

王继才说，他能够在岛上坚持下去，还有一个大功臣，就是他的大女儿王苏。一提到大女儿王苏，王仕花的眼圈就红了。王仕花说欠大女儿王苏的，这辈子怕是没办法还了。

王继才夫妇上岛那年，王苏才 1 岁多，硬是跟奶奶给“留守”了。那时候，他们不管谁下岛，大女儿都抱住父母的腿哭着拼死拼活不让走。还是奶奶想了一个办法，他们要上岛时，奶奶就把孙女带到邻家去玩，回家时大女儿王苏就满村找妈妈。一次大女儿为找妈妈跌进水塘里，幸好被人救了，夫妻俩听了心都碎了。到了上学的年纪，两个孩子都要上学，谁照顾谁呀？那时姐姐王苏 12 岁，弟弟王志国 9 岁。大女儿王苏对此有一段辛酸的回忆：“爸爸和妈妈去开山岛守岛，我和弟弟要上学，只好回到村里，跟着奶奶过日子。奶奶年纪大了，身体又不好，自己都照顾不了自己。本该在妈妈怀里撒娇的我，扛起了家里的担子。”

12 岁那年，王苏考上了中学，当王苏接到录取通知书的时候，和所有的孩子一样，激动万分。可是让王苏感到不解和诧异的是，爸爸显得并不高兴，蹲在一边默默地抽烟，妈妈也是愁容满面。难道是家穷，交不起学费？“是不是怕花钱？”王苏生气地冲他们喊。“孩子，不是爸爸狠心，你走了，弟弟怎么办？奶奶怎么办？”“孩子，不是妈妈无情，你应该理解妈妈。”妈妈哽咽了。“你们怎么不理解我的感受？馒头大的开山岛，别人都不愿去，你们却想死守一辈子，别人的爸爸妈妈处处替孩子着想，你们却从来没有想到过孩子，为了那馒头大的开山岛，你们竟然牺牲我的前途？”王苏的泪水哭干了，哭累了。她发现，爸爸一个劲儿地抽烟，妈妈也哭得稀里哗啦。

王苏陷入了深深的矛盾和痛苦之中，思虑再三，做出了人生最艰难的一次选择，也是决定王苏命运的选择：辍学回家，照顾奶奶和弟弟！看着同龄人背着书包快快乐乐地上学校，王苏又羡慕又妒忌。在家里，王苏就像一个小大人，洗衣、做饭、喂猪、送弟弟上学，还要去田里干农活儿。烈日当空，咬牙坚持，12岁的王苏过早地体会了生活的艰辛，成了这个三人家庭的“小家长”“小铁梅”。开始弟弟还哭闹着要去开山岛，要和爸爸妈妈在一起，时间一长，他把爸爸妈妈忘了，一切都依靠12岁的姐姐王苏。

王志国回忆说：“离开开山岛，到了岸上以后，世界变得好复杂，到处都是陌生人：早出晚归的邻居、严肃的老师、爱捉弄人的同学，回家后经常吃姐姐做的夹生饭……”学校开家长会时，由于王志国没有父母参加，就被小朋友取笑说是孤儿，那时候王志国会躲起来哭。

有几次，下午天气突变，不一会儿就下起了暴雨，小伙伴们都陆续被家长接走了，唯有王志国一个人留在学校里。到天黑了若雨还没有停，王志国常会一个人站在漆黑的走廊里或躲进臭烘烘的厕所里，有时被茅坑里的老鼠叫或不知什么奇怪的动静吓得号啕大哭……哭累了，就长时间抽泣着思念爸妈……

还有一次，让母亲王仕花彻底放心不下了。

那是一个夏天的晚上，王苏带着弟弟在家睡觉，滑下床沿的蚊帐被蚊香点着了，火苗蹿了起来，惊醒了姐姐王苏，王苏一跃而起，端起小盆跑到水缸里舀水，直到把火泼灭。看着湿漉漉被火烧焦了的被子，姐弟俩抱头痛哭。

王苏写了一封信，托上岛的渔民捎给王继才。看完信，王继才、王仕花一下子僵住了，急忙惊慌失措地跑回家。“爸爸、妈妈，我们差点儿见不到你们了。”王苏哭着说。王继才、王仕花一把把他们搂得紧紧的，一家人泪流满面。

后来王仕花大哭一场，对丈夫王继才说：“老王，我们下岛吧，孩子们的生活太苦了，小志国可是我们唯一的儿子啊！”铁打的汉子在儿女亲情面前也动摇了：是啊！儿子，儿子，那是他唯一的儿子啊！不干了，下岛去！

王继才的手颤抖着，决心写辞职报告，可几次拿起笔来又放下了，最后下了最大的决心，一咬牙写了一份辞职报告，大意是：我守岛已经七八年了，算是守岛时间最长的民兵了，对组织也算有了交代了吧，能不能请组织找人代替？我上有老，下有小，实在放心不下，请领导考虑。报告上呈后，再没有回音，如石沉大海。一不做，二不休，王继才决定当面向领导辞职。到了县人武部后，有人告诉王继才，你要找的领导王政委病了。

在王政委的病床前，还没等王继才开口，王政委就抢先拉着王继才的手说：“继才呀，你爸是我的老朋友了，你要答应叔叔，一定要把那个岛守下去，你下岛就真的再也找不到人守岛了。那可是我们国家的神圣国土哇，是烈士的鲜血换来的国土哇！”由于激动，王政委剧烈地咳嗽起来。王继才为他轻轻地拍打着后背，他的咳嗽才停了下来。见此情景，王继才只好把到嘴边的“辞职”两字又咽了回去，含着眼泪离开了王政委，从此再也不提辞职的事了。

不久王政委去世了。王继才“辞职”的事就这样黄了。

日本人的红砖墙

在开山岛上，有一面红砖墙，与岛上其他灰泥瓦的房屋显得格格不入。每个人上岛后都在想，这面墙有什么用？王继才每每经过这里都要多望几眼。后来，王继才被告知了真相，原来这面墙是日本侵略者留下的。

1939年7月日本人占领开山岛，并盘踞开山岛达7年之久，直到日本投降才撤出开山岛。日本人在开山岛修建了牢固的军用设施，这面墙就是当年的遗迹。虽然历经多年，这面墙却始终不倒，仿佛在述说着当年日本军国主义侵华的罪行。每当王继才经过这面墙时，他都会驻足沉思，从中明白了国防事业的重要性。每天的巡港放哨变得更加频繁，即便是夜里也时刻不敢放松警惕。

王继才和王仕花在红砖墙前发誓说："小日本亡我之心不死，侵我中华之心不死，开山岛是祖国的前哨阵地，我要时时为祖国巡好每一次逻，站好每一班岗，做到时时不脱岗，生病不离岗。"

从此，"时时不脱岗，生病不离岗"成了王继才夫妇终生的誓言。

王继才父亲病重，正赶上上级领导来哨所检查，直到检查结束，王继才才请假回家，而父亲已去世了，只看见了一座新坟。王继才趴在父亲的坟前大哭一场："爸呀，虽然您说为国尽忠是大孝，可我还是觉得未能给您老送终，心中对不起您老人家，您儿子我心中有愧呀！"

两年后的10月，王继才的大哥突然去世，又恰逢大风大浪，没有船。10天后，风停了，浪息了，回到家又只是看到一座新坟堆……大哥的儿子冷冷地对他说："你是大忙人，守岛去吧，回来干什么？"王继才想去大哥坟上上炷香，可他的侄儿始终不让，甚至说："这个社会上，像你这样的人都已经死绝了，从现在开始，我就当你已经死了。"这让王继才更加悲痛。后来，家里人百般求情，侄儿才同意让王继才去坟上添把土。

有一次王继才回家看望母亲，老母亲说："你是谁呀？"王继才说："妈，我是二子啊。""你是二子啊，我都认不得了。"知道母亲说的是气话，王继才跪在母亲面前，久久不起来。

对此，他女儿王帆最有感触，王帆说：“由于开山岛地理位置的特殊，加上气候环境的恶劣，家中的亲友经常联系不上爸爸妈妈。亲朋好友遇事光想图个热闹，儿子结婚，女儿出嫁，盖新房，考大学，都要请客的，一个电话打过去，不是信号不通，就是爸爸妈妈忙，脱不开身。即使有时间，又没有过往的船只，下不了岛。一次、两次，情有可原，时间一长，那些亲朋好友就不理解了，说话就难听了。认为他是在找借口，是故意冷淡他们。”

王继才的母亲病危，连邻居都责怪王继才，怨他只顾守岛不来看望老母亲，母亲却说：“你们别怨继才了，二子他守岛很不容易啊！”王继才得知母亲病重的消息，急得团团转，只是苦于无船，无法下岛。他只能心中默默地祈祷，直到母亲去世的当天夜里才赶到家。

30 多年来，王继才为了守岛，不知得罪了多少亲朋好友，就连他的儿女开始都不理解，说他是“不近人情的爸爸”。王继才的大女儿王苏结婚时化了五次妆，都被泪水打湿了，就是为了想让爸妈参加她的婚礼，可左等右等，爸妈就是不来。“真是狠心的爸爸。”王苏只能一次次地流泪。进礼堂的时候，新娘一步三回头，埋怨新郎说：“你不能走得慢一点儿，或许我爸妈就能赶上来了。”

而这个时候，王继才夫妇正站在开山岛上，无助地望着被一阵阵台风撕裂的大海，心里虽然在流泪，却也有一种无奈的自豪感：“祖国的大门随时都要有人守。丫头，老爸为你的婚礼站岗，不能参加你的婚礼，你能原谅你爸吗？”

王继才面对大海一遍遍大声地喊着，表达着对女儿的歉意。

儿子王志国在灌云县杨集镇上高中时，下楼不小心与同学迎面相撞，导致肩膀锁骨撞裂。经简单处理后，王志国吊着绷带给姐姐王苏打了电话。

姐姐王苏吓得赶紧把这个坏消息写成了纸条，请出海的渔民带到岛上去，满指望爸妈会下岛来看望受伤的儿子，可怎么也没想到，王苏等来的是王继才托人捎来的100元钱和一句话："他一个大男人，这么点儿事情自己处理。"

当姐姐王苏拿着钱赶到学校来看望弟弟王志国时，听到姐姐捎来的这句冷冰冰的话，想起别的同学只要有一丁点儿小毛病，父母便会在第一时间赶到学校陪着上医院，而自己呢，都粉碎性骨折了，这么伤筋动骨的大事情，他们竟然还这样无动于衷。王志国想，自己还算不算是他们唯一的儿子啊？

看来，在他们的心中，守护开山岛远比守护他们受伤的儿子更重要！

王志国眼巴巴遥望着开山岛，却等不来父母哪怕是一分一秒的陪伴，心中不禁对开山岛充满了羡慕、忌妒和恨，各种心酸和委屈一下子涌上了心头。王志国的眼泪像泉水一样涌出来，从心底里责问起爸爸妈妈来："爸呀，妈呀！我到底是不是你们亲生的呀？"

王志国摔成了骨折，王继才居然也没当回事。王继才的母亲知道了这件事，心疼得老泪横流，一双眼看着可怜巴巴的大孙子，这回母亲真的生气了："哪有你这样当爹的呀？孩子还小，你要多多关心才是啊！再这样下去，我也不认你这个儿子了！"王继才知道母亲那是气话，他带着忏悔，跪在老母亲面前，迟迟不肯起来！

后来王志国才知道，父亲下不了岛，是因为战备，而且形势很紧张。

谈到守岛30多年，王继才十分自豪地说："我可以毫不含糊地说，我王继才守岛30多年，真正做到了‘时时不脱岗，生病不离岗’，我王继才无愧于自己的誓言。”

少得可怜的生活补贴

“以劳养武”名存实亡

1986年王继才初上岛时年生活补助是3700元，每月生活补助只有300元，说是可以“以劳养武”。“以劳”者，可以在开山岛捕鱼捉蟹，补贴生活，达到“养武”之目的。后来妻子王仕花上岛，年补助还是3700元，说是俩人在岛上，更有利于“以劳养武”，补助就不增加了，这样每人的生活补助只有150元。那时的开山岛周边海域鱼虾蟹真多，只要捉一个上午，自己吃不了不用说，还可以拿出一部分交给来往的渔船代卖，每月有一笔稳定的收入，加上当时的物价较低，3700元一年，足够生活下去了。

王继才在渔民的指导下，学会了一种叫“团网”的捕鱼技术。这种叫“团网”的网，如一对口扣在一起的大洗脸盆子，里面放上鱼饵，边上有一处门，鱼进去就出不来了。王继才一天可下几十只团网，一天可捕几十斤甚至100多斤的鱼。这些鱼、虾、蟹除供王继才夫妇食用外，还可以交给过往的渔船，请他们拉到鱼市上卖，这样，王继才就有了一笔稳定的收入，上级称之为“以劳养武”，为此还被江苏省军区评为“以劳养武”先进单位。

后来的情况变化大了，先是开山岛周围的鱼、虾、蟹没了，所谓“以劳养武”根本就不存在了。20 世纪 90 年代末期，受工业发展和城市化建设的影响，开山岛周围的鱼、虾、蟹越来越少，燕尾港镇近海几乎无鱼可捕，渔民都捕不到鱼了，王继才这个靠小网小笼捕点儿小鱼虾的非专业捕鱼者，便更无鱼可捕了。记得 20 世纪 90 年代末的一个夏天，开山岛的三条“大鱼神”因开山岛周围无鱼虾可食了，便艰难地围着开山岛转了三圈，最后才一步一回头地离开了开山岛，有一条“大鱼神”竟恋恋不舍地向开山岛摇了摇尾巴，好像在说，再见了，开山岛！从此这三条“大鱼神”便消失在深海里，再也没有来过开山岛。“鱼神”没了，开山岛哪来的鱼？“鱼神”走了，鲨鱼崖下的鲨鱼也绝迹了。

因为无鱼可捕了，王继才夫妇的生活也成了大问题。笔者在开山岛和王继才共同生活了 4 天，真正体会到王继才夫妇生活的艰辛。王继才夫妇平时很少下岛，岛上种点儿小青菜、葱等，要吃时摘一点儿。要改善生活，王仕花会拿着竹篮到海边拾一种叫生蚝的海蛎子。笔者第一顿吃这种海蛎子，觉得口感很好；第二顿再吃，发现这海蛎子海腥味很重；第三顿再吃，就觉得海腥味刺鼻了；第四顿、第五顿，最后见到海蛎子就想吐，根本无法再吃了。要知道这种所谓的“吃”，绝不是我们平常想象的那样当作佐饭的一道菜，而是当作主食来吃的，这种吃法你受得了吗？真不敢想象王继才吃这种叫海蛎子的东西竟吃了 30 多年，这日子是怎么过的？

王继才爱喝酒，爱抽烟，喝的都是最低档的酒，抽的都是最低档的烟。喝酒时，妻子炒一盘豆腐他就觉得太奢侈了，这是吃的。

再说穿的。王继才夫妇穿的衣服，每件都是穿了十年八载的。为了节省，夏天，王继才在岛上很少穿鞋子，大多时候穿个大裤头，光脚赤膊干活儿。一件棉袄穿了十几年，面子都破光了，只剩下棉花，王仕花用针线把棉花缝在一起，就这样又穿了好几年。岸上人偶尔上岛，说王继才是“野人”，还有人风趣地说他是“拿破仑”。别人家里有存款单，王继才家里有欠账单。大女儿结婚时几乎没一件像样的嫁妆；儿子考大学贷款3万元，银行催着还；修建房屋的6万元是借姐姐的。还欠款成了王继才第一大头痛的事。

王继才第三次和大海说说心里话

笔者在岛上采访进入第三天。那天晚上，晚饭后，大海喧闹了一天，似乎也平静了下来。

今晚采访的主题是：岛上生活情况。王继才沉默了一会儿，似乎很动感情，说：“老哥呀！”——笔者多次采访王继才，双方已经很熟了，他对我一口一个“老哥”地叫，我也一口一个“老弟”地回答。王继才觉得这样还不够亲切，便叫“我哥”，更进一步便是“我高老哥”，这样的氛围，很适合采访的深化。

“我哥呀，一提到生活的艰苦，你老弟虽是个刚强的汉子，但我也心酸，有些话也很难说出口，丢人哪。我上开山岛之前，那些比我穷的人现在都发了财了，他们有的在县城、市里、省城都有了自己的房子，还有小汽车。而我有啥呢？只有满身的债务。一些好心的渔民有时上岛来指着鼻子对我说：‘王岛主，你这叫什么生活，你下去看看，哪家不比你好，你这叫自己糟蹋自己。’”

那天他真的下岛了，还认真地打扮了一下，上身穿一件短袖老头汗衫，下身穿一条破军裤，一双张了嘴“前卖生姜，后卖鸭蛋”的解放鞋，这套服装，还是他10多年前上岛时穿的，在岛上是舍不得穿的，这也是他唯一的外出会客的衣服了。还是那块钟山表，不过这块钟山表已经十分破旧了，黄黄的表面，像是一个垂暮老人毫无光泽的眼球，这种表早就被人扔到垃圾箱里了，可王继才还把它当宝贝一样地戴着。他踏上燕尾港镇的码头，见好多渔民在那里把一筐筐的鱼往码头上搬，10 多年前刚上岛的那一幕又出现了。

“王继才，王岛主，不认识我了？”“你是？”“10 多年前要你跟我打工的那一位。”“哦，想起来了，是船老大。”“王继才呀王继才，你这身‘行头’，可让我菜刀擦屁股——开眼了。”码头上的人哈哈大笑，有的人笑弯了腰。

“你这双解放鞋不少年了吧？怕是有点儿‘道行’了。有个好处，穿了这样的鞋子不生脚气。”码头上的人再次哈哈大笑，有的人再次笑弯了腰。

“怎么？ 10 多年了你就混成这个样子？你到燕尾港垃圾箱里翻一翻，垃圾箱翻出来的衣服都比你这身衣服强。你穿这衣服上街，不觉得丢了燕尾港人的脸？”

王继才的脸唰地白了。

“每月 150 元的生活补贴，要饭的比你强多少倍。你看看现在的燕尾港，哪家不是小院子、小楼房、小汽车，日子过得红红火火的。你一个竖高横大的男子汉混成这个样子，你对得起遍地黄金的燕尾港吗？”

王继才大惭，说，没脸去燕尾港了，乘着一条小渔船又返回开山岛，趴在床上，足足地哭了一个多小时。王继才对我说这话时，十分动容，眼圈红红的，讲不下去了。我几乎落泪，趁机说休息一会儿，便冲出门外。门外近在咫尺处就是大海，大海波涛声又起了：“哗——轰！”“哗——轰！”“哗——轰！”

我的心潮伴着阵阵海潮声，涌上头顶，手脚都凉了。休息一会儿后，采访继续进行。王继才对我说：“老哥呀，那天我哭了一个多小时后，突然爬起来冲向大海。我妻子被我吓坏了，急忙问：‘老王，你要干什么？’我说：‘你放心，我要到大海边散散心，和大海说说话。’”来到大海边，王继才躺在一块礁石上。这块礁石就是王继才第一次上岛时在那里睡了一觉的那块礁石，这次他又躺在那儿，仿佛又听到了王长杰急促的呼叫声：“王继才，你要坚持住，你一定要坚持住！”

王继才大声地反问自己：“王继才，王继才，难道你动摇了吗，难道你要当逃兵吗！这块阵地要是丢在你王继才手里了，你回家如何面对父亲、二舅两位老人家？”

王继才振奋起来：“我王继才就认一个死理，我苦是苦了点儿，但如果和那些为打江山而牺牲的烈士相比，我这点儿苦算个啥啊，烈士打下的江山没人守，一个个都去过甜日子了，我们还有脸去见为国牺牲的烈士吗？如果我为了过甜日子，就把该守的国土丢了，这是多么丢人的事啊！丢中国人的脸，丢老祖宗的脸！”

王继才大悲！

王继才突然反问自己：“你王继才为什么要哭，难道你做了什么亏心事了吗？难道你做了对不起党、对不起人民的亏心事了吗？你是国家守边大臣，你应当挺起腰杆、理直气壮、堂堂正正地走在燕尾港镇最繁华的大街上，堂堂正正地走在县城最繁华的大街上，堂堂正正地走在中国最繁华的大街上。你不应当哭，当哭者应当是那些富了口袋、穷了脑袋的人，当哭者应当是那些富了口袋而麻木不仁的人。”王继才发誓：“你数你的票子，我守我的海岛，永不动摇！”王继才站起来，面对大海再次发出了自己的誓言：“为了祖国的开山岛，我要在这里坚守一辈子！”说完哈哈大笑。

我问王仕花：“那天你听到王继才的笑声了吗？”“听到了，是狂笑，笑得有点儿不正常。我吓坏了，知道老王这次下岛受了刺激，作为妻子，我心里难受极了。我的丈夫堂堂七尺男子汉，要模样有模样，要能力有能力，为什么混得连一套像样的衣裳都没有？我这做妻子的对不起丈夫啊！可我毫无办法，我的口袋里没有分文。”王仕花心如刀绞，暗暗落泪，只能正面开导丈夫。王仕花想起了一个故事，就对王继才说：“今晚是星期六，按规定是周末晚会，我给你讲个故事吧。”王继才说：“听你的安排。”

那天他们的大女儿也在岛上，大女儿报幕，王仕花主演。王仕花说：“各位观众，晚上好，今晚我要讲的故事是‘草鞋将军——陈赓’。

“1933 年 3 月，当时担任红军师长的陈赓不幸被捕。国民党捕获如此大官，如获至宝，立即向蒋介石报告。蒋介石亲自给陈赓上茶让座。陈赓知道其用意，直截了当地对蒋介石说：‘你不要演戏，不要对我抱任何幻想。’蒋介石对他说：‘你不要激动，不要那么激动嘛，我看你还是当年在一块共事的脾气。年轻气盛干什么？今天不谈这个，谈点儿别的，我们多年没见面了，啊……有好几年了……’

“蒋介石站起来踱着步子，若无其事地说：‘你还年轻啊，前途无量嘛，俗话说，人生一世草木一秋，转眼就百年啊，你还是想开点儿。’看到陈赓衣衫褴褛，十分破烂，蒋介石接着说：‘你也是大官了，还穿着这满是虱子的衣服，有失体面，有失体面啊。’陈赓冷笑道：‘虱子天生和我陈赓有缘分，虱子是革命虫！怕你还生不得！’这番话气得蒋介石发抖，可他仍装出很有涵养的样子说：‘那你的鞋子总该换换吧。’‘我天生就是草鞋将军！用不着换。’

“一番话令蒋介石彻底丧失了信心，无奈，只得让人把陈赓押回了监狱。蒋介石大概永远不会理解，共产主义为何令陈赓如此坚定不移。”

7岁的大女儿拍着手说：“爸爸是草鞋将军。”

王继才苦笑了一下说：“是的，看来爸爸这一辈子都要做草鞋将军了。”

采访完草鞋将军的故事，已是下午5点多了。是夜，我和王继才一起夜巡开山岛。王继才说，他今天是上半夜值班巡岛，妻子王仕花是下半夜值班巡岛。王继才背着一支压满子弹的五六式步枪，我抖擞精神，跟在王继才后面，和王继才登上开山岛最高山头，开始巡岛值班了。

王继才对我说过：“我守开山岛，就是为了守岛、守家、守国门。”

大海安静了下来，似乎睡着了；小岛也安静了下来，似乎是个无人的世界。开山岛这孤悬祖国海外12海里的拳头大的小岛，身后便是十几亿正在酣睡的国人，我突然觉得自己的使命崇高、神圣起来。我长长地出了一口气，站在开山岛最高峰向四周眺望，四周是无边的漆黑漆黑的大海；向天空眺望，天空是无边的漆黑漆黑的天空，黑幕一样的天空上，只有北斗七星在闪烁着，我想起唐朝西鄙人的《哥舒歌》，不禁豪情满怀，慷慨赋诗一首：

小岛七星高，巡海夜带刀。
当年玩火者，不敢过惊涛。

王继才连说：“好诗，好诗。”王继才笑了笑，完全忘记了今天下午采访时，那草鞋将军引起的烦恼与悲痛。

顶天立地的中国人

王仕花说，在岛上最难堪的日子就是过大年。每逢过年，女儿闹，要穿花衣裳；儿子闹，要吃饺子，要放鞭炮。可他们哪来的钱哪？

有一年年底，要过年了，王继才提前下了岛，回来时，一脸的愁云。儿子看到别人家都忙着买年货，本以为爸爸也是下岛去大办年货的呢。可没想到的是，王继才空手而归，原来人家都知道他是从荒岛上下来的，根本没有什么经济来源，估计人家是担心借出去的钱，指不定猴年马月才会还，所以，王继才好几天都没有借到一分钱。最终王继才费尽周折只搞来了四十几元钱。

"那就是我家过年的全部费用了。"儿子王志国回忆说。

王继才拿着这四十几元钱，去街上买了40斤大米、1斤猪肉、1袋大白菜，还有3元钱一串的小爆竹，就算是办齐了年货。这就是王继才一家过年的全部年货！说到底，王继才一家人这一年过年的年货就是1斤猪肉、一串小爆竹！哦！过年了。儿子王志国高高兴兴地提着一串小爆竹，就跟着父亲上岛过年了。王继才说："能借到四十几元钱过年就非常不错了，经常是，过年一分钱都没有，大年初一干咬牙，那是常有的事。"王继才笑笑，对笔者说："俗话说，有钱也过年，没钱也过年，多少年来，我们家就是这样过大年的。"一天他的姐姐来了，在开山岛上东转转，西转转，说："二子，我真不明白，开山岛有什么好的，竟把你给迷住了。"王继才傻笑了一下。"这个岛你不能守下去了。现在哪个不认钱，你不为你自己着想，也要为孩子着想。中国的海岛多着呢，你守得过来吗？再说你已经守了这么长的时间了，也该换换班了。我给你在南京一家修理厂找了个工作，你们俩干一年至少能赚七八万。”王继才说：“钱可以不赚，岛不能不守。姐，中国确实有好多海岛，但要论战略意义，开山岛是举足轻重的，这样举足轻重的地方，若来个不熟悉情况的人守岛，我们夫妻那么多年的心血就泡汤了。”

姐姐心疼地说了一声：“二子守岛守傻了。”哭着下岛去了。

上海测绘大队的江大队长是个正团级复员军人，每年上开山岛搞测绘。俗话说：“有朋自远方来，不亦乐乎。”王继才每次都认真接待这位远方来的客人，一来二去就和江大队长交上了朋友。江大队长看到王继才生活得这样艰苦，补助这样低，简直不敢相信，当今社会还有这样低的工资、这样艰苦的岗位、这样忠心耿耿的人，就说：“这个岛你就别守了，我给你在上海找一个场地，你在那里收破烂，一年能赚几十万，两三年你就发家了。”王继才说：“我让我堂哥去吧。”

王继才向江大队长坦诚心迹，说他不愿意做弃岛而逃的第五任岛主，那是丢了咱中国人的脸，丢了老王家祖宗亡人脸的大事啊！王继才说：“现在的社会，人人都在忙着过甜日子，我王继才一旦下岛，谁来过这岛上的苦日子？怕是一时半会儿找不到守岛人。这几天海上不平静，我看出来了，有人要闹事，在这关键时刻，岛上没人守怎么行？还是让我王继才一人过这苦日子吧，这些年我也过惯了这里的苦日子。”江大队长掩面大恸，说：“此乃国士之风也。王继才青史留名，王继才忠义千秋，王继才精神是当今社会十分难得的红色基因，王继才是令人十分敬佩的守岛大英雄！”后来，王继才的堂哥去了南京，三年果然攒了个腰肥钵满，在南京买了房子，买了小汽车，过起了富人的生活。

有人知道了这件事，嘲笑王继才是痴子、傻子。王继才说：“物质财富我远远不如你，精神财富你们远远不如我。”还是那个江大队长，他拍案而起：“王继才说得好，也‘傻’得好，中国要是没有这样的一批‘傻子’，中国这座大厦就会垮掉，伟大的中华人民共和国就是靠这样一批‘傻子’而支撑起来的，我为中国有这样一批‘傻子’而感到自豪，我为中国有这样一批‘傻子’而骄傲。王继才，顶天立地的中国人。王继才让那些蝇营狗苟者汗颜。”江大队长当时就开了一瓶从上海带来的高档美酒，和王继才对饮，说：“美酒能让你这位守边大将、英雄喝，这是美酒的福分。我江某沾光了，来，干！”那天，两人喝得酩酊大醉。

几年前，王继才夫妇被中央电视台请去做一档节目，中央电视台主持人得知王继才夫妇非常低的经济收入后，心情非常沉重，对王继才说：“我可以利用主持节目的机会，把你的收入情况向观众曝光一下，这样也许会引起有关方面的注意，方法是我问你答，你如实配合就行了。”

王继才沉思了一会儿，说：“事关个人利益，我无法开口。”

中央电视台主持人心疼得半天说不出话来，说：“王继才是我见过的最大的老实人。”

精神乞丐巧遇精神富翁

从中华烟到 10 万元人民币

开山岛虽是远离大陆的一个荒岛，却是走私者的风水宝地。早先因为部队驻守，走私者只能望岛兴叹。1986年部队撤出后，走私者认为机会来了：不就是一个王继才吗，本乡本土的好说话。首先登场的是王继才的一位熟人。那天一条渔船靠上了码头，一个青年人接连从船上扛了几箱货上岸。“王叔，这几个箱子放你这里，过几天就取走。”说着就递过一个塑料袋，“这四条‘中华’您尝尝，比您那老烟叶子强多了。”“不行！”王继才沉着个脸，“青年人要走正道，来路不明的东西我不能要，请你立即把你那几箱货搬走。”“王叔，你这人真是，现在的社会哪个不为钱忙。这事要成了，我就是您的小银行。”“给我滚！”王继才大吼。

事后有人说：“这小子，不会办事，四条烟就想买路，鱼饵太小，鱼就不咬钩。要王岛主动心，就要舍得花血本，办大事的人就不能像娘儿们似的。”

不多久，果然有一个“蛇头”登场了。这个“蛇头”带着49名偷渡客来到这个岛上。“蛇头”拿出一只蛇皮袋子，鼓鼓囊囊的，一打开全是成捆的10元大票子（那时还没有百元钞票），王继才一辈子都没有见过这么多的钱，心跳得厉害。“蛇头”说：“这口袋里共是10万元，全归你了。”（当时的10万元可是个天文数字）“蛇头”又说：“我这次带来了49名偷渡客，在你的山洞里就住半天，夜里外国的船来了就离开，如果有人发现，就说这些人是旅游的。先给你10万元好处费，嫌少再加，钱多少都好说，只要你肯帮忙。”

王继才望着那些偷渡客，见他们中不少都是些年轻女子，她们看见王继才，目光躲躲闪闪，惶惶不安，像是做了亏心事。王继才明白了，收这钱伤天害理，天理不容。王继才说：“钱你就不要再加了，你就是给我100万、1000万，我也不会帮你忙的。”“蛇头”说：“别这样，别这样，我们可以再谈谈。”

王继才翻脸了："你这钱不干净，不要把这块军事基地弄脏了，快滚！"

"蛇头"带着49名偷渡客灰溜溜地走了。王继才立刻汇报有关部门，有关部门在公海截住了这批偷渡客，49人被解救，"蛇头"被抓。

这事传开后，偷渡者、走私者傻了眼，无计可施了。

走私者、偷渡者说，王继才这人钱少不动心，钱多更不动心；熟人不给面子，生人更不给面子。王继才真是个难剃的头。

于是走私者便和王继才玩起了"藏猫猫"的游戏，把走私轮船停在公海外，用小舢板船玩起蚂蚁搬山的把戏来，一船船地搬上岸。然而王继才是火眼金睛，在公海众多的商务船中能一眼就看出哪条是走私船，哪条是商务船。笔者请教其中的奥妙，王继才说："其实这很简单，走私船如幽灵，走走停停，停停走走，飘忽不定。白天停在那里，有时一停就是半个多月，晚上还会发信号，信号灯一亮一熄的。还有一个最大的特征，就是走私船往往用帆布将船号掩盖起来。"

据了解，王继才仅20世纪末就抓获走私船9起，抓获的走私物品有香烟、家用电器、汽油、柴油、生活用品，为国家挽回10多亿元的巨大经济损失。

走私分子彻底绝望了，说王继才在开山岛把门，和部队一样严，我们走私无望了。

开山岛来了个开发商

20世纪末，开山岛来了个开发商，这个开发商把自己打扮得跟钦差大臣似的，头仰得高高的，说话的口吻大大的，出手的票子多多的，底气似乎也足足的。这个开发商在岛上转了又转，看了又看，连连说“好地方，好地方”。开山岛的山顶，有一个小广场，那是当年战士出操的地方，开发商说：“这里可以建一个舞厅，你看这四面都是大海，是一个世界级的海景大舞厅，好，好！”开发商来到战士的小会堂，说：“这里可以建一个酒吧，在这里可听到海涛声，好，好！”开发商来到战士的宿舍，说：“这些小房间可以装修一下，将来客人们跳舞跳累了，可以在这里拥香而眠，好，好，真是好地方。”王继才越听越不对味儿，问：“你是干什么的？”“我是开发商。你的守岛任务完成了，这个岛是我的了。我要把这里建成一个海上‘小香港’，至于你的工作嘛，有人会给你安排一个好岗位，你王继才就等着端金饭碗吧。”说完前呼后拥，下岛乘船而去。

王继才不理他，以为是一个喝醉酒的醉汉子说了一通疯话。两天后情况大变了，打扮得花枝招展的小姐们一批批地上岛了，霎时间，圣洁的兵营里挂满了女人的内衣，花花绿绿的，像万国旗。兵营受到了玷污，王继才大怒道：“你们都给我滚下岛去！”开发商说：“老王，别着急，这岛已经是我的了，我先给你一笔安家费，你的工作也已经安排好了，你下岛吧。”王继才说：“我受部队直接指挥，你有什么权力叫我下岛？你有什么权力把昔日的军营办成色情场所？”

开发商的一个小头目把一沓厚厚的百元大钞放在王继才的床上说：“这，归你了。”王继才惊讶得差点儿控制不住自己。说真的，王继才哪见过那么多的钱哪？说句不好听的话，当时望着厚厚的钞票，眼睛都红了。开发商小头目进一步做工作道：“王叔，我对你的情况也了解点儿，我知道，你家里很穷，儿子上学、盖房子欠了10多万元的债务。俗话说，天下熙熙，皆为利来；天下攘攘，皆为利往。现在的社会哪个不为钱？离你只有12海里的西岸，就是燕尾港，那里的人都过着富足的生活，你看你，过的这叫什么日子，整个一个旧社会，我们看了都心痛，不如下岛去吧，我们除了给你一笔安家费外，将来这岛上赚了钱还要和你对半分，条件是你不能向上级部队汇报。”王继才说：“打住。钱请你拿走，别脏了我的床。”开发商小头目说：“王叔呀，不要异想天开了，离开这荒岛吧！”“你觉得这里是荒岛吗？我觉得这里生活条件简单，却肩负着重大责任。”“王叔哇，你们这一辈人受的苦太多了，不要唱高调了，也该享受享受生活了。”“你又说错了。我在开山岛活得充实，活得坦荡，我在这里生活得非常舒服。”“你不要敬酒不吃吃罚酒。”

“有什么招数，你就使吧，要我下岛，你就死了那条心。”开发商的态度完全变了：“王继才，你已经 40 多岁了，死了还值，可惜你儿子才 10 岁。”

王继才听说这班人要对他儿子下毒手，心如刀割，他一咬牙说：“我不怕。”

开山岛这艘航空母舰，永远不会沉没

这帮人要对王继才动手了。

第二天王仕花突然接到一个莫名的电话，说是她的老母亲病重，要她立即下岛。王仕花急急忙忙乘船下岛去了。这样，岛上只剩下王继才、开发商和一些打扮得花枝招展的小姐。小姐们开始在王继才面前跳脱衣舞，一件一件地脱，直到脱成全裸体，围着王继才跳舞。开发商说：“跳，跳，你们给我使劲儿地跳。我不相信，这个王继才才四十郎当岁，能逃得过美女这一关，除非他不是男人。”开发商传令：“一定要拿下王继才！”开发商又传令：“拿下王继才有大奖！”开发商再传令：“谁拿下王继才奖励谁！”小姐们像打了鸡血，发疯了，四五个赤裸的小姐手拉着手，把王继才围在了中间，拼命地扭着屁股，一面疯狂地跳舞，一面嘻嘻哈哈地喊：“王叔、王叔我爱你！”“王叔、王叔我爱你！”“王叔、王叔我爱你！”王继才热血上涌，面孔赤红，奋力“杀”出重围，钻进自己的小屋。

主角出场了。主角是一位特别漂亮的小姐，是这批小姐中的“皇后”，绝招是肚皮舞。据说那是勾魂舞，什么男人都招架不住。“皇后”全裸着钻进王继才的屋里，死死地缠住王继才跳肚皮舞。王继才骂道：“给我滚！”“皇后”说：“王叔，难道我不美、不漂亮？”“你很美，也很漂亮，但你现在变得丑恶了。”赤裸的“皇后”大惭，掩面而泣，离开前看了一眼王继才，说：“王叔，你是真正的大英雄。”

门外，小姐们的裸体艳舞还在疯狂地跳，小姐们还在疯狂地喊：“王叔、王叔我爱你！”“王叔、王叔我爱你！”“王叔、王叔我爱你！”王继才觉得自己受到了莫大的污辱，愤怒像火山一样爆发了。王继才拿出一根棍子，在自己房前10多米处画了一道白线说：“你们要是超过这道白线，不论是谁，我打断你的狗腿。”王继才骂道：“你们这些人，光天化日之下你们一丝不挂，父母不应当生你们，你们把你爸你妈的脸丢尽了，你们把你们祖上的脸丢尽了，你们是一群猪狗不如的东西。”一个小姐在王继才的高声呵斥下，“哎呀”一声蹲下身子，便扯了一块晾晒着的白被单，急忙裹着自己，哭着跑回宿舍。

下午3点多钟，这帮人开始烧、砸、打。先是放一把火，把王继才夫妇的住处烧了，最可惜的是那存放了10多年的海防资料，在这场大火中被付之一炬。最后他们推推搡搡把王继才推到码头，在推搡中，王继才的头被弄破了，血流满面。

“王继才，你再不下岛，我就把你推下大海喂大鲨鱼。”

王继才大义凛然，不急不躁地说：“你们这帮人，知道你们在干什么？”

这帮人说：“你说我要干什么？”

“这里是海防前线，敌国、敌对势力经常来骚扰我们。我在这里给你们站岗、放哨，你们不支持也就罢了，还要来搞破坏，搞打砸烧，你们还是中国人吗？”

这帮人哑了。

“有打江山的就有守江山的，自古就有戍边守土的大臣。十几年来我辛苦守候着这个小岛，每月的生活补贴只有150元，你们不同情也就罢了，却还要打我，把我打得血流满面，你们还有中国人的良心吗？”

这帮人更哑了。

“你们是过甜日子，你们的甜日子比我好百倍、千倍。但你们为了争着过甜日子，总不能该守的国土都不守了吧？你们不守还不让别人守，这要是让外国人知道了是多么丢人的事啊！丢中国人的脸，丢老祖宗的脸！”

这帮人彻底哑了。

良久，一个小头目说：“从现在起，你们不准再动王继才一指头，谁要是不听老子的，老子废了他！”

这场闹剧就这样结束了。

当天傍晚，王继才找块纱布把自己负伤的头简单包扎了一下，来到咆哮的大海边。王继才说：“大海呀，你看到了吗，你的老朋友我王继才来了。这次我负了伤，你看我的头上扎了一块纱布，我来就是想和你说说心里话，在这个岛上连个说话的人都没有，我只好和你唠唠嗑了。我王继才守开山岛，父母不能尽孝，儿女不能照顾，亲情我不能尽义务，每想到此，我心里非常难受，觉得很对不起他们，如今我又因为守岛被人打了，心里觉得憋屈啊。但有一点，我是问心无愧的，我对祖国对党尽心尽职了，这是我唯一的安慰。今天我挨打了，我不流泪，我决不能在这帮人面前流泪。守海人的胸怀，应像海一样的宽广，我更坚强了。”

王继才面对大海发誓：“开山岛，这艘祖国黄海里的航空母舰，永远不会沉没。”一股鲜血从伤口上流了出来，像一条红色的虫子在脸上爬。白色的绷带、鲜红的血，王继才像一位从战场上归来的战士，一动不动地立在海边，夕阳在王继才身上镀上了一层红色，整个山头都红了。

此时的王继才有了一种自豪感，觉得自己是战场归来的战士，是炸碉堡的董存瑞，是堵枪眼的黄继光，是二舅手下一名打阻击战的战士。大海在他的脚下咆哮，发出阵阵愤怒的轰鸣声：“哗——轰！”“哗——轰！”“哗——轰！”

王继才屹立在山崖上，像一尊雕塑、一座山峰、一座黑塔。而那个自称是开发商的人，此刻则完全无可奈何了。

灌云县委县政府十分重视开山岛被砸事件，责令县公安局抓紧时间立案处理。县公安局经调查，立即逮捕了开发商头目，并判刑7年。在审问开发商头目时，这个开发商头目无限感慨地说了三句话。第一句：“我虽然被抓，被判刑，但我十分佩服王继才。”第二句：“王继才金钱不爱，美女不爱，高压不怕，权力不怕，不知王继才身上流的是什么血。”第三句：“王继才才是我真正佩服的共产党员。”至此，王继才那守岛大英雄的美名才一下子传开了。

名人王继才

王继才完全被人遗忘了

王继才守岛20多年，完全被人遗忘了，首先是被他的出生地灌云县鲁河村遗忘了。20多年了，谁还记得当年这个“九品芝麻官”，这个曾一夜之间破获了7500斤麦子被盗案件的民兵营长？

更可怕的遗忘是被燕尾港人遗忘。

燕尾港离开山岛只有12海里，完全可以说是隔海相望，但你要问燕尾港人：“你可认识王继才？”回答是摇摇头，说：“不知道。”再问：“就是那个开山岛上的王继才。”

摇头者再答：“开山岛上只有一个王开山，又叫王岛主，没听说还有一个王继才。”

就这样，王继才消失在十几亿国人中。直到有一天，有一位记者背着照相机登上开山岛，见了王继才，举起照相机就要给王继才拍照。王继才一脸的严肃，说：“停。你是干什么的？”“我是报社记者。”“报社记者？奇了怪了，一个报社记者跑到这鸟不拉屎的海岛上干什么？”王继才“高度警惕”了，说：“这里是海防前线，禁止拍照。”和记者同行的上级领导再三解释，如此这般地说了一大堆，王继才这才半信半疑地勉强接受采访。

这位记者把他在这里看到的一切写成了一篇几千字的通讯报道，说灌云县有一对叫王继才、王仕花的夫妇，夫妻俩在祖国的黄海前哨，一个只有0.013平方千米的叫开山岛的荒岛上，默默无闻为祖国站了二十几年的岗；说那里的条件极为艰苦，无水、无电、无任何现代化生活设施，大风暴来了常常是断粮、断水、断煤气，只能吃生米、吃生鱼虾；说他们每月的工资只有150元；说他们二十几年来，无怨无悔，坚守岗位，毫不懈怠。王继才还向记者表示：要为祖国坚守一辈子开山岛。

全国媒体大哗，全国民众大哗。怎么？当今社会物欲横流，还有这样的人、这样的事，过这样艰苦的日子？这是真的吗？该不是哪个记者耐不住寂寞，又编出了一条八卦新闻？于是上开山岛来采访的记者们络绎不绝，全国关于王继才事迹的报道铺天盖地。经这样一“折腾”，王继才就出大名了，一下子成为中国新闻媒体争相报道的大红人。

在开山岛，老实本分的王继才吓得不知所措，搓着两只手说：“怎么了？怎么了？怎么会这样？怎么会这样？”而新闻媒体像一辆奔跑的快车，对开山岛的新闻报道根本就没有停下来的意思，报纸三天两头登，电视媒体从中央电视台到各省台、地方台，采访记者接二连三上岛，请他们做节目的邀请电话不断。摄影家们来了，为王继才摄影；画家们来了，为王继才作画；文学家们来了，为王继才写文章；诗人们来了，为他写赞美诗。这还不算，那些慕名上岛参观学习的、登岛组织国防教育的、新党员上岛举行入党宣誓的，一批又一批，忙得王继才接待不过来。王继才因此也获得了多项荣誉称号：1991年8月开山岛被原南京军区指定为一类民兵哨所；2012年1月，王继才被评为全国“十大正义人物”；2012年，中国妇联授予王继才夫妇“中华和谐社会幸福家庭”；2012年度，被评为“全国海洋十大新闻人物”；2013年度，被评为情系国防好家庭……

王继才已获得各种荣誉上百次，上百次与军地领导合影留念，甚至有不少令人羡慕的“大人物”和“大名人”与王继才合影。灌云县领导自豪地称：“王继才是我们灌云县的一张名片。”

2013 年 2 月，灌云县委县政府特批开山岛为全国最小的行政村，这个村只有村党支部书记王继才、王仕花和几位渔民。于是开山岛多了两块崭新的牌子：一块是“中共灌云县燕尾港镇开山岛党支部”，一块是“灌云县燕尾港镇开山岛村民委员会”。当上村党支部书记后，王继才每年多了一份工资收入，当王继才夫妇第一次拿到自己的工资时，他们热泪盈眶。王继才夫妇现在的工资虽然不高，但已经非常满足了。王继才的大女儿王苏，在燕尾港镇党委领导的关心下，现在被安排在燕尾港镇一家企业工作；儿子王志国研究生毕业后，被江苏省军区安排在省边防总队工作。王继才一家终于有了好的结果。灌云人说：“好人总应有好报的呀！王继才一家有了好的归宿，我们也安心了。”

从此，大爱从祖国四面八方涌来。

还是那个开山岛，在各方面的关怀下，告别“新石器时代”，开始现代化起来了：2012 年 5 月 1 日，开山岛上安装了 3500W 太阳能离网发电系统，坚守孤岛 20 多年的王继才夫妇终于可以用电照明了，终于看上了电视。原南京军区、江苏省军区还为开山岛修缮了 10 多间房屋，太阳能厂家还赠送了一套太阳能热水器，王继才说，现在我不出开山岛就可以洗到热水澡了。不光如此，每逢重大节日，江苏省军区、连云港警备区、市委市政府、县委县政府领导还亲带慰问金、慰问品登岛慰问。更让王继才夫妇惊喜的是，灌云县委宣传部一次赠送给他们国旗 50 面。

一时间，王继才夫妇生活在鲜花和幸福之中。

终生难忘——和习近平主席在一起近两个小时

2015 年初，就在全国人民即将迎来新春佳节的时候，王继才接到全国双拥办通知，邀请王继才于 2 月 11 日上午 10 时，参加北京新春茶话会。

王继才兴奋地准备行装，11 日上午准时出席。10 时整，党和国家领导人习近平、李克强、刘云山、张高丽等步入会场。习近平主席先向大家挥挥手，热情地向大家拜个早年。接着习近平主席迈着稳健的步子向王继才走来，王继才激动地站了起来，热烈地鼓掌迎接。王继才是第一次见到习主席，见习主席高大而威武，步伐矫健而有力，和蔼的笑容让人感到十分亲切，好一派大国领袖的风采！

习近平主席来到王继才身边的圆桌旁，王继才激动得心都快要跳了出来：这是全国十几亿人口的领袖哇！这是令全世界瞩目、肩负世界风云的领袖哇！王继才的心怎能不激动？王继才的心怎能不紧张？

习近平主席伸出有力的大手，紧紧地握着王继才那多年被海浪吹打得粗糙的手，并在王继才身边的圆桌旁坐了下来，开始和王继才拉家常，问王继才是哪里人？王继才回答：“我是江苏省灌云县开——山岛民兵哨所所长。”由于紧张，王继才差点儿说破句子。习主席说：“辛苦你了。”

几句家常话，一句“辛苦你了”的问候，把领袖和百姓之间的距离一下子拉近了。王继才心里暖洋洋的，王继才不再紧张了。

王继才忽而觉得，习近平主席虽是全国十几亿人民的领袖，却十分平易近人，就像邻庄的大哥，说起话来的样子，就像和邻庄的大哥在一起拉家常。王继才的心彻底平静了下来。

新春茶话会会场开始放映南海的一个短片，放完后习近平主席又开始和王继才拉家常，习主席听说王继才是连云港市燕尾港镇的，便关心起渔民的生活来。他十分关切地问:“你们那边的渔船是什么样的，还是木质的吗？”王继才回答:“我们那边木质船已基本淘汰了，现在全部都是大型铁质机器船，安全系数大大提高了。”习主席说:“好的。”

新春茶话会结束时，习主席说:“回去以后代我向你的家人问好，祝你们全家新年快乐。”王继才满脸幸福地说:“祝习主席全家新年快乐。”

王继才看了一下时钟，茶话会整整进行了 1 个小时 50 分钟，也就是说，王继才和习主席待在一起整整 1 小时 50 分钟！这是幸福的 1 小时 50 分钟，王继才说他终生难忘。王继才立即把这个好消息用电话告诉妻子王仕花:“我见到习主席了。习主席和我坐在一起 1 小时 50 分钟，习主席和我拉家常，习主席向我们全家人问好，习主席祝我们全家新年快乐！”王仕花高兴得一夜没睡好觉。

几天后便是 2015 年中国的羊年春节了。大年初一的早晨，王继才一家站在开山岛的最高峰，面向北京向习主席问好，祝习主席全家新年快乐！王仕花说:“这是我们全家最幸福的一年！”

到 2018 年为止，王继才夫妇守岛 30 多年了。30 多年来王继才夫妇在这块兽不落脚、鸟不歇翅的荒岛上，默默地坚守着祖国的黄海前哨，过着极其清苦、极其清贫的生活，感动了近千家次媒体登岛采访报道，激励了亿万国人的爱国激情，多少人为之扼腕，多少人为之振奋？这样的坚守，这样的意志，中国有几人，世界有几人？王继才夫妇守岛的政治意义远远超过了守岛的实际意义。

王继才留给我们的最后一句话：守好开山岛

我和王继才是同乡，都是灌云县人。为了写好王继才，我从2012年起曾5次上开山岛采访。由于有了多次采访，王继才就成了我的好友，即使下了开山岛，我们也经常通电话，电话里王继才依然是一口一个“我哥，我哥”地叫，让我感觉十分亲切。又有几个月没有和王继才通电话了。2018年7月中旬我又拨电话给王继才，王继才说他最近感觉身体有点儿不舒服。我说：“你要注意休息。”他说：“我哥呀，没事，没事。”我想起王继才在岛上对着我用右手锤着左胸，一副信心满满的样子对我说：“我的身体好着呢，榔头都能锤三下。”是的，王继才人高马大，虎背熊腰，牛一样壮的身体，我怎么都想不到王继才会有什么意外。7月26日，我再次拨打电话，王继才竟没有接。这让我很奇怪，王继才是手机不离身的人，怎么能不接我的电话？7月27日我两次拨打王继才的电话，仍然没人接，我大惑不解：“怎么了，王继才？”28日我只好拨打王仕花的电话，问：“王继才哪里去了？怎么不接我的电话？”王仕花声音低沉地说：“继才走了。”我问：“走了，出发了吗？到哪里去了？”王仕花“哇”地一声大哭起来：“王继才去世了。”

“什么？王仕花，你再说一遍。”

“王继才去世了。就昨天，27号。”

我惊呆了，半天没说一句话，手机滑落了下来，跌在地上，“内脏”跌了一地，我热泪长流。事后我才知道，王继才是在7月27日执勤时突发疾病去世的，逝世前留给我们的最后一句话是：“守好开山岛。”

来自习近平主席的关爱

中共中央总书记、国家主席、中央军委主席习近平，近日对王继才同志先进事迹做出重要指示，强调：王继才同志守岛卫国32年，用无怨无悔的坚守和付出，在平凡的岗位上书写了不平凡的人生华章。我们要大力倡导这种爱国奉献精神，使之成为新时代奋斗者的价值追求。

习近平指出，对王继才同志的家人，有关方面要关心慰问。对像王继才同志那样长期在艰苦岗位甘于奉献的同志，各级组织要积极主动帮助他们解决实际困难，在思想、工作和生活上给予更多关心爱护。

灌云县委立即派专人向王仕花传达了习近平主席的重要指示。王仕花激动不已，含泪说："习近平主席在百忙之中关心我丈夫王继才，关心我们全家人的生活，我无以报答，我唯一能做的就是要继承丈夫的遗志，要一人独守开山岛，这样才对得起我的丈夫王继才。"王仕花当即向灌云县人武部打了一份报告，要求一人独守开山岛。报告由灌云县人武部转到灌云县委，灌云县委反复研究，认为王仕花是位女同志，年纪又大了，不适合再守开山岛，决定任命王仕花为开山岛名誉所长，开山岛由预备役民兵轮流值守。8月1日，正是建军节，灌云县第一批预备役民兵轮流值守人员，接过守岛英雄王继才坚守32年的岗位，开始登岛执勤了。开山岛总算后继有人了，王继才总算可以闭上眼睛了。

王继才去世后，江苏省委宣传部、连云港市委宣传部、灌云县委宣传部为了落实习近平主席关于王继才同志的重要指示，进一步弘扬王继才同志的爱国主义精神，组织联合报告团在全省巡回演讲，报告团成员由王仕花、王继才的儿子王志国等8人组成。报告团每到一地，每一场演讲，王继才的动人事迹都深深打动每一位听众。每次演讲，台下掌声不断，有时甚至都没有停下来的意思。

有一次，王仕花面对热烈鼓掌的听众，激动得浑身颤抖着，她抓过麦克风，热泪盈眶，对着听众大声说："王继才，你听到了吗？大家在为你鼓掌！" 台上台下，人人泪流满面！听众激动地高呼："王继才，王继才！""老王太不容易了。""太不容易了。""太不……"

“燃灯者”邹碧华

◎ 李泓冰　郝洪

与世界不分离，把生命置于阳光之中，一生就不会一事无成。不管处在何种境地，遇到何种不幸或失望，我的所有努力便是重新去寻找与阳光的接触。

——邹碧华喜爱的加缪语录

大道煌煌，法如青天。一灯如豆，汇作汪洋。

有数千年人治传统的中国，法治曾遥不可及。如今，决策层正将全面依法治国坚决楔入国家治理基石，迅速推进司法改革，筑起捍卫人权、捍卫公平正义的安全屏障——这是一个足以让法律人激动、让百姓受益、让国家长治久安的重大战略部署。

其间，有“燃灯者”邹碧华用生命迸射的一线微芒。

司改之碑，足耀千秋；而司改之难，超乎蜀道，需要志士仁人勠力担当。西当太白有鸟道，可以横绝峨眉巅。地崩山摧壮士死，然后天梯石栈相钩连——志在横绝峨眉的壮士邹碧华，不幸累倒在司改的途中。

2013 年深秋的一天，时任上海市高级人民法院代理院长的崔亚东约谈副院长邹碧华，派给他一个活儿：担任即将成立的上海市高级人民法院司法改革办公室主任，工作重点是结合中央、市委、最高院要求，参与制定上海法院整体司法体制改革方案。邹碧华神色一凛：“这活儿分量重啊！”崔亚东深深望着他：“你能行！”

邹碧华把自己绑在日夜疾驰的司改战车上。党的十八届四中全会擂响全面依法治国鼙鼓；全国司改，选择上海率先试点……春节长假刚过，《最高人民法院关于全面深化人民法院改革的意见》公布，65 项司法改革举措中，也凝聚着他的心血。

然而，他却不能和同道举杯相贺了。

时光回到那个阴冷的冬日。

2014 年 12 月 9 日晚，邹碧华又加班到 9 点才回家，钻进小书房准备次日的工作。经妻子唐海琳提醒，他抽空给上大学的儿子打了电话，祝贺其 21 岁生日。零点左右，他嘟囔了一声“累了”，比往常提前一两个小时睡下。

12 月 10 日中午，在上海市委政法委开完司法改革会议，他直奔徐汇区法院，另一场司改座谈会在等着他。突然，一阵剧痛击中他的心脏，他倒在车后座，顶住意识的涣散，他让司机打电话给上海高院政治部主任郭伟清，请郭伟清替他参加下午的会。

当司机载着邹碧华赶到瑞金医院，他已无力举步……

唐海琳感觉天塌了！“碧华，你昨晚路上来电话，让我给你泡杯好茶。我心疼地赌气：‘又这么晚回家，不管了！’你笑着‘威胁’：‘你要后悔哦！’为什么我等得到和你一起出门，却等不到你回家，我后悔呀！”

崔亚东热泪难抑：“碧华，那天他们拿来接待调研团报告，我举笔停了半晌，是不是派你去，担心你太累了，可谈司改你是不二人选，还是咬牙写下你的名字。我内疚啊！”

最高人民法院司法改革领导小组办公室主任贺小荣和司法改革规划处处长何帆，闻听噩耗，呆立路旁。“他是累死的！”傍晚，贺小荣发微信到朋友圈：“邹碧华，上海法院司法改革方案的设计者和实践者，全国法院司法改革领域的一位智者和勇士，今天下午永远累倒在自己的工作岗位上。有多少方案需要数据支撑，有多少部门需要沟通求情，有多少冷嘲热讽需要自己一人面对，有多少酸甜苦辣需要自己慢慢品味。碧华走了，留给我们太多太多……”

夜深人静，何帆敲下一篇长文，发在微信公号“法影斑斓”：《追忆老友邹碧华：搞改革，就不能怕背黑锅》。两天后，文章的点击量高达 40 万次！

湖南律协在新律师培训课播放邹碧华纪念专辑，近千人起立致敬；北京“法律互联网的未来”论坛上，各界精英为他集体默哀；深圳律师足球赛前，全场为邹碧华默哀……

灯火常在，行者不孤。

邹碧华生命的最后一瞬，宛如时光王冠上的隋珠和璧，陡放光华。

探寻这位江西山里娃成长为屹立司法改革潮头“燃灯者”的生命历程，能掂出时代进步的力量和改革前行的希望。

“这伢子仗义”

20 世纪 70 年代初，举国闹“文革”。

而山的这一边远离政治风暴。稻田里一片金黄，掩住赤壤的红色，尽头是一簇簇蔫头耷脑的土房，一间轩敞的祠堂鹤立其间，传出孩子们琅琅的读书声。四望皆坡，林木蓊郁，小男孩儿的视线飞不出去——这便是江西奉新县巴掌大的塘下村。

新鲜牛粪和晾晒芥菜的味道，被阳光簸扬在空中。5 岁的邹碧华坐在两条逼仄村路交错的拐角处一块U形青石上，晃荡着两条小腿。他喜欢坐在这儿，要是爸妈来，他第一眼就能看见。在县文化馆当电影放映员的爸爸，在养猪场打工的妈妈，还有他和弟弟，一家人分在三处。

祠堂传出敲击铁片的声音，上课了。碧华跳下来，追着大一岁的小姨，进了祠堂小学。一、二、三年级的孩子挤在一间房里上课。老师叫碧华小姨站起来念课文，她有些迟疑，倒是旁听的碧华快嘴背了出来。

点灯时分，碧华蹦回家。

歪歪斜斜的这群土房子，挤了9家人。碧华、弟弟和早年守寡的哑巴外婆挤在过廊隔出的耳房里，只能挤下一张床、一个尿桶。外婆永远拿着一根针，给人缝制衣衫。

外婆盛了一碗稀稀的、撒了盐巴的芥菜煮饭，碧华大口吃着，看到弟弟盯着看，忍不住往弟弟嘴里喂了几口，又把舅公刚给的花生剥开，递给弟弟。

老人微笑，手里比画着：这伢子仗义。

6岁的碧华，终于被父母接到奉新县城，读小学二年级。县城很小，两条街从这头喊一声，那头就兴许听见了。邹家大小子的顽皮，很快街知巷闻。

每天撑到下课，他便和一群淘小子冲向清亮亮的潦河，扎猛子、捉鱼、比赛游泳。唯一能让碧华安静的是看爸爸画画。淘小子有鬼聪明：画画传神，唱歌动听，水性好，跑得快，跳高、跳远也所向披靡。至今，他还是奉新一中跳远纪录保持者。

进了奉新一中，他一如既往地淘气。

彼时，高考恢复了，科学春天来了——邹爸爸想，儿子读书能有出息就好了。

谁知班主任找上家门告状。碧华和几个男生晚自习逃课，溜出去看电视剧《加里森敢死队》，考试成绩年级倒数第一。失望的邹爸爸狠揍了儿子一顿。

邹爸爸买回《数理化自学丛书》，郑重地对儿子说："全县才 3 套，爸爸为你买了一套！"对要养 3 个孩子的父母，挤出钱买这书，碧华深知父亲的期望。

碧华开始发愤，成绩越来越好。高考前夕，他向常给自己开古文"小灶"的班主任刘屏山夸下海口："我要考北大！"

1984 年 8 月，考了全县第二的邹碧华，举着北大录取通知书，冲向刘老师报喜。这个淘小子迅速成为奉新县城励志故事的主角，并流传至今。

行前，碧华打了十几天零工，顶着日头搬砖，搬一块 1 分钱，最终赚了 50 多元，这在当年是笔"巨款"。儿子要去北京了，还从没穿过买来的衣服，邹妈妈从儿子挣的钱里抽出几张，买了件当时最时尚的"的确良"白衬衫。

碧华临行前却偷偷把"的确良"压在枕下，留给了弟弟。

山里孩子要远行了。

邹式笑容

1984 年 9 月，北大新生报到。

“阳光、沙滩、海浪、仙人掌……”来自广东汕头的姚真勇走进北大 40 楼 130 宿舍，未见其人，先闻清越歌声。唱歌的大男孩儿戴着眼镜，肩膀宽阔，个子很高却稚气尚未脱尽。

“你好，我是邹碧华，来自江西奉新。”

“奉新？”姚真勇迟疑地问。

“宜春的一个县。你不知道‘中国三奉’吗？”邹碧华随口胡编，“喏，蒋介石家乡浙江奉化、张作霖家乡辽宁奉天、宋应星家乡江西奉新，”他做着鬼脸，“奉新还有一位名人呢……不是邹碧华啦，是辫子大帅张勋张大人……”他调皮地侧着头咧嘴笑，露出洁白整齐的牙齿，带点儿小小慧黠，又有大男孩儿的羞涩。

以后的 30 年，很多人熟悉这典型的邹式笑容。

姚真勇和女友外出办事，突遇倾盆大雨，碧华骑着自行车，浑身湿透送来雨伞时就这么笑着；同学帅圣极到北京玩儿，钱花光了，碧华卖掉旧自行车，也这么笑着送来买车票的钱；刘屏山老师路过北京，碧华留他住在宿舍，这么笑着对人说：“他是我老爸。”多年后的广州亚运会，中韩男篮对决冠亚军，碧华夫妇带着儿子逸风前来观战，要奏国歌了，碧华郑重地望着儿子，“风风，站起来！”他自豪地把右手放在心口，随着《义勇军进行曲》大声唱起来，周围观众受到感染也跟唱起来。曲毕，他才带着邹式笑容坐下。

当时的北大新生中农家子弟很多。世界于他们，一切都是新的。

那一年，中国改革大幕次第拉开，沿海 14 城相继开放；企业扩大自主权，国企利改税进入第二阶段；中英两国发表联合声明，香港将回归祖国……

博雅塔下，兼容并包，天降大任，舍我其谁。“邹碧华”们聆听国宝级大师传道解惑，在三角地搜寻感兴趣的讲座，饭后则冲进图书馆……

不久前还为备战高考日夜沉浸于书山题海，赫然间精神上一夜暴富，犹如阿里巴巴的芝麻开门，璀璨珠玉令邹碧华陶醉。

入学一个月后的国庆节，他们挤在一台电视机前，集体收看大阅兵直播，看到北大学长游行到天安门前，突然打出用床单制作的横幅“小平您好”，他们惊喜地欢呼。

“邹碧华”们，成为改革时代幸运的孩子。

碧华还有一份陶醉：他遇见了他的“公主”。

当时中日建交不久，日本NHK电视台对因中国女排夺冠而喊出“振兴中华”口号的北大很感兴趣，要在北大拍一部纪录片。他们在北大84级2300多名新生中，选中了上海新生唐海琳做纪录片主角。自海琳启程，便一路跟拍，也拍下了84级经济法班的大小课堂、班集体活动……中秋节，北大未名湖石舫成了班级联欢舞台。围绕海琳，在电视台聚光灯下，天南地北的新生载歌载舞，邹碧华那曲《外婆的澎湖湾》，让海琳颇为惊艳。

这个踢足球到疯魔的农家淘小子，和冰雪聪明又温婉内敛的上海“学霸”唐海琳，一见钟情。

碧华变了，很少疯玩儿了，床铺整齐了，起居规律了，去图书馆抢座位更勤了；卧谈会越来越“一本正经”，能以逻辑思辨把人辩死；原来难看的豆芽字，在海琳亲选的庞中华硬笔书法临摹下，越来越好看了……

大学四年，“邹碧华”们恰逢中国立法的流金岁月。1979年至1988年10年间，百余部法律起草制定，“在法律面前一律平等”被重新写入宪法。邹碧华的北大导师们，不少参与立法工作，学生们时常聆听教授们谈“立法故事”，谈中国如何一点一点填补法律空白，仿佛自己也参与其中。

邹碧华的法律人生与中国的法治时代，渐渐重叠。

“捡到一棵好苗子”

毕业了，为了爱情，邹碧华决定跟海琳去上海。他借住中国纺织大学学生宿舍，“海投”了60多份简历，最终，被上海高院录用。

进入上海高院，碧华遇到多位好师父。

一次，时任经济审判庭情况调研组组长的高境梅去简陋的单身宿舍看邹碧华，年轻的主人在面壁，口中念念有词地背着英文单词。联想到这个江西小伙子很快学会一口标准的上海话，她觉得“捡”到一棵聪明好学的好苗子。

那时，法院讨论案件，常常针锋相对，邹碧华有时也会和师父争得面红耳赤。一次，高境梅不赞同碧华的意见，说：“你不行。”邹碧华不服气地说：“高老师，我有我的想法，不会因为你是我师父，就附和你。”师父不恼反笑。

一次，高境梅随口说让碧华研究一下公司法案例。过了几天，她吃了一惊，发现碧华从基层法院调了几十部卷宗上来，一本一本看，总结公司法案例有多少类型，思考现在审判中还存在哪些问题，并梳理出一些审理意见。

邹碧华一直叫高境梅“高博导”，他说：“我是博士，你是我导师。”高境梅笑：“你像海绵一样，把我几十年存下的老底子都吸光了。”

1998年，邹碧华在北京读博士的最后一年，上海高院迎来新院长滕一龙。滕院长发现，法官队伍中，法学院毕业的仅占四成。老同志有经验，但未来还是要靠年轻人。上海高院制订了两个五年培训计划，跟踪了20个年轻人，邹碧华是其中之一。

让人大跌眼镜的是，1998年年底邹碧华参加助理审判员晋升审判员考试，这个北大博士竟没通过。

滕一龙诧异："题目很难吗？"

"不难，我没来得及答完。"邹碧华涨红了脸。用惯了电脑，他不习惯手写答卷。

次年，邹碧华不但通过了审判员晋升考试，还入了党。2000年10月，根据组织安排，邹碧华前往美国联邦司法中心担任研究员，后又前往耶鲁短期访问。

在美国，一次庭审经历让他印象深刻。

那天，他跟随一位地区法院法官去开庭。法官特地询问双方当事人律师，是否愿意这位中国法官旁听。得到同意后，才安排邹碧华坐在身边。庭审中，律师之间辩出火药味，法官将他们叫到审判台前，小声提醒。法官对邹碧华解释："不能在当事人面前指责律师。靠了他们，法官能够更快弄清案件事实。""法官与律师之间互相不尊重，会破坏法治的根基：信任。"

邹碧华心中一震。这句话、这一情景不断回放，直至2010年，身为上海市长宁区法院院长的他，郑重写下《法官尊重律师十条意见》，并付诸实施。

回国后，邹碧华进入上海高院政策研究室。一次，邹碧华回北京看望博士生导师贾俊玲，感叹法院必须改革，并说要为此写份报告。2001 年，他完成了 4 万字的研究报告——《关于美国联邦法院内部职责分工及法官辅助人员配置方法的考察报告》。

滕一龙很惊讶。当时，司法公开刚刚起步，邹碧华对法院的研究却已触及更深层的法官管理体制、机制变革层面。

此时，上海高院也加快了对年轻干部的培养，邹碧华担任了上海高院民一庭副庭长。根据回避制度，妻子唐海琳从银行高管的位置退到幕后。

而邹碧华在法治征途中则激流勇进。2003 年 10 月至 2008 年 6 月，邹碧华先后担任上海高院民一庭副庭长、民二庭庭长、审委会委员，指导或参与审理了我国首例涉及英国皇家建筑协会 JCT 文本的建筑工程案，涉及数千名当事人的“乐客多”超市群体诉讼案等一大批在全国具有重大影响的案件。

2008 年，滕一龙离职前，应组织部门之请，推荐了 8 个年轻干部，并由高中院、基层法院所有领导班子成员投票。结果，投票的票数顺序和滕一龙的推荐顺序一模一样，邹碧华均名列第一。

邹碧华高举的那盏“灯”，渐渐注满灯油，开始绽放越来越夺目的光华。

时代给了他机遇，他也竭尽全力，站在自己的岗位，推动时代前行。

这是一代人的机遇，也是一代人的选择。

种下试验田

2008年6月25日下午，长宁法院不少法官从窗口看见一个挺拔的背影，那是他们议论很久的“博士院长”邹碧华上任了。

邹碧华有个习惯，常到各部门“串门”：旁听年轻法官开庭，讨论庭审技巧；去诉调中心，了解案件调解情况；随时随地出现在立案大厅接待信访人。邹碧华称之为“走动式管理”。

他遭遇了巨大压力：干警心态不够振奋，信访案件居高不下，执行投诉信令他夜不能寐。2009年1月17日、18日，长宁法院召开党组会，邹碧华用62张幻灯片，把长宁法院存在的问题逐一梳理。

一场深刻的基层法院改革开始了，邹碧华将他多年来对于法院管理体制、运行机制的思考，关于司法改革的设想，诉诸实践。

邹碧华调取了60件执行中止的案件。哪些还可以查一查，哪些需要当事人提供新的线索——活儿派下去了，他的思考没有停止。为什么执行投诉率高？是否机制上出了问题？他发现，所有执行案件都是一案到底、一个人负责，缺乏必要的监控。

能不能采取执行流程分段式管理，把原来一人一案的执行模式分为四个阶段？要打破几十年来执行案件的办理模式，执行干警反应激烈。分管执行工作的副院长提出：“能否缓一缓，以免影响执行绩效。”邹碧华说：“只要改革方向正确，就要坚持下去。”

改革两年后，长宁法院的执行绩效迅速提升，执行信访率大幅下降。

邹碧华又启动审判辅助流程改革，尝试法院人员分类管理，给法官“减负”。原来法院人员分类只是法官加书记员，邹碧华将审判辅助流程分为法官助理、庭室内勤、庭审记录、庭内的辅助人员以及文书归档。同时利用社会化分工，将文书归档大量外包。紧接着是信访改革、审判大楼改建……

渐渐的，邹碧华的“长宁试验”被传开了。

2012年，北京的何帆，这位译介过一系列法学著作的最高人民法院法官，注意到微博上有个“庭前独角兽”的ID经常语出不凡。谁呢？有朋友告诉他，此人厉害，写过《要件审判九步法》，那可是不少民事审判法官的案头必备，法院管理也有不少创新。

秋天，何帆在长宁法院初会邹碧华。寒暄刚过，邹碧华就打开幻灯片，演示法院可视化管理。接着，邹碧华又带何帆参观改建的长宁法院审判大楼。

立案大厅设了众多小隔间，保护并尊重当事人隐私；用圆弧取代直角，避免激发对抗情绪……更特别的是，每一个法官都有独立办公室，虽然很小，但“给法官以尊严，碧华搭对了法官这个职业的脉”。一开始还漫不经心的何帆，很快被这个大自己10来岁的60后触动了。

此时，邹碧华即将调回上海高院，担任分管刑事的副院长。何帆诧异：“你可是民事审判专家呀，怎么管刑事？”

“都尝试一下，挺好，可以学嘛！我以前对自己的定位，是学者型法官。现在，去做法院管理者，值得挑战！”

司法改革奋楫者

邹碧华40多年的人生积累，仿佛都是为2013年开始的新一轮司法改革而贮备。他生命的最后两年，如蓄足能量的火山，喷薄出浓烈的光和热。

国家层面的司法改革方略既定，需要敢于担当也善于担当的操盘手。

顶层设计，中间推进，基层实践——将顶层设计的战略意图与基层实际相结合，寻找到一条切实可行的改革路径，是对处于中间层的改革推进者们的巨大考验。《上海市高级人民法院司法体制改革试点工作实施方案》，在邹碧华及上海司改团队的手中，历经了34稿的不断磨合，就是试图寻找融通顶层设计与基层实践的改革路径。

自担任上海高院司法改革办公室主任之日起，邹碧华就没有休息过，几乎每个双休日、每天晚上都要加班，有时凌晨两三点才从办公室回家。

上海高院司法改革两大重心——审判权力运行机制改革、人员分类管理改革。前者是法院内部的机制改革，上海已有探索；后者则是最难啃的“硬骨头”。

问题一个接着一个。

法官员额要从原来的49%压缩到33%，法官人数在减少，但案件量却逐年递增，如何解决“案多人少”的尖锐矛盾？邹碧华在方案中提出法官助理概念。“让法官从繁杂琐碎的事务中解脱出来，专心办案。”

谁能进 33% 员额？传统做法是为了保持法官比例，采取“一刀切”的做法，把助审员切掉。这样一来，年轻人的工作积极性没了，一些多年未办案子的老法官们重返一线，他们能否担得起独立审判的责任？

邹碧华忧心忡忡，在各个不同场合呼吁，不能让年轻人“就地卧倒”，“要有科学考核标准，让真正胜任审判工作的优秀法官进入员额”。

那么，谁有能力上？如何考核法官的办案水平？邹碧华成立了工作小组，上海有多少法官、一年要审多少案子、有多少种类、总计要耗费多少时间，把这些数据调研出来，再分析测算，整出了一套“案件权重系数”，法官工作量和办案质效的考核就有了科学依据。

“他这个计算公式很‘可怕’，很科学。做司改，如果上海觉得一项改革措施可行，而且碧华团队进行过调研分析，让人就踏实多了。”贺小荣每次到上海出差，邹碧华总会请他到上海高院图书室坐坐，两人各要一杯浓咖啡，畅聊司法改革。

贺小荣至今记得两人最后的热聊。邹碧华关注的是法官权力监督问题。还法官以独立审判权，这是司法改革大方向，坚决不能动摇。他担心的是，以目前法官队伍现状，恐怕不能全盘照搬国外，“中国法官队伍多是师父带徒弟，一茬茬带出来的，你一下子拿掉他的拐杖，弄不好会出问题。”改革成果万一失陷于明显的体制漏洞，将授人以柄，甚至使改革归零，“那我们就是历史罪人了！”

司法改革从起步到今天，始终伴随着激烈的争论。各种声音、各种意见，一浪又一浪扑向身处改革前沿的划桨手。

“邹碧华”们面对一个环环相扣、互相掣肘的循环：法院地位不高，法官专业化程度不够、难以承担独立审判责任，法官待遇太低留不住人才，法官队伍庞大，司法腐败，审判层层审批环节太多……

退一步是悬崖，进一步是峭壁。但邹碧华从不抱怨。

司法改革很复杂，非法院、检察院一家能单兵突进，它涉及政府各个部门。法官待遇要提高，提高多少，作为操盘手，邹碧华得去争取，有时要看冷脸色。若争取不到位，圈内人也不理解，觉得人数减了，责任加码，工资却没加多少，很多基层法官有怨言，甚至打电话骂上门：你搞的这是什么改革!

同在法官微信群，有些改革参与者有时受不了冷言冷语，会驳回去。而邹碧华总是平和有礼，耐心解释。他安慰同道，说改革就是一点点拱出来的，要有拱卒子精神。

每谈司改，邹碧华就精神抖擞，很少人看出他身体严重透支。

2014 年 4 月的一天，最高人民法院院长周强到上海调研，邹碧华介绍上海信息化建设最新进展，天不热，他却满头大汗。贺小荣问他怎么了，他悄悄说：“昨晚一夜没睡，做汇报幻灯片。”

那天，周强院长问邹碧华：“你在美国待过，英语好，能不能用英语到中央电视台去讲讲中国法院？”邹碧华说：“可以的。”贺小荣眼前一亮，这将是中国法官第一次用外语对外讲述自己的法院，值得期待。

然而，“船到江心，操桨者骤然沉默”，但他的声音，仍在人间，鼓舞着同道：

人的一生，都有一个需要坚守的价值。理想的完满人格，应当是破除自我，将自己融入人民中，融入祖国的法治中。无我，党的事业不朽，如是我心。

（《人民日报》2015 年 3 月 11 日刊载）

致敬英雄

中船重工第七六〇所英雄群体抗灾抢险纪实

◎ 鹤蜚

2018年10月27日上午，孙逊陪同某单位党建活动的一群年轻人，来到中船重工第七六〇研究所的南码头上，码头300米长，呈L形伸向前方，码头的左侧是海，右侧仍然是海。正值一场秋雨过后，天空清澈无比，大海碧波荡漾。孙逊站在码头中间，看着眼前的大海，好久好久没有说话，大家也没有打扰他，都在静静地陪着他。他想起了那场海上保卫战，想到失去的好领导、好战友，不禁悲从中来，泪湿衣襟。

就在2个多月前，中船重工第七六〇研究所的17个兄弟，在这片海域里，经历了一场惊心动魄的生死大战。

意外发威："温比亚"掀起惊涛骇浪

2018年的夏天注定是个不平凡的夏天。这个夏天里，台风格外任性，而位于辽东半岛最南端的大连，仿佛成了狂风骤雨恣意妄为的战场，"安比""云雀""魔蝎"等台风相继登场，一次比一次猛烈，一次比一次惊心。

8月17日，第18号强热带风暴台风"温比亚"从我国东部登陆。每次台风来袭之前，位于大连南部海滨的中船重工第七六〇研究所从上到下都高度警惕，停靠在研究所南码头上的国家某重点试验平台，是海上科研试验的核心装备，对提升我国舰船多项技术具有重要作用，不能丝毫懈怠。8 月 19 日傍晚时分，大连气象局发布了大风橙色预警。试验平台按照应急预案加强部署，采取加装缆绳、更换钢丝扣等措施进行加固，并将试验平台夜间保障人员由 2 人增加到 4 人，24 小时严密监控试验平台情况，做好抗击台风、抵御风浪的一切准备，确保试验平台万无一失。

晚上 10 点半，孙逊从单位回到家，却始终无法入睡，一直在手机上观察着卫星云图。白天，台风并没有往大连方向来，而是往天津和秦皇岛方向去了，孙逊还和天津的朋友们说："你们注意了，台风要到了。"

后半夜 2 点多，孙逊发现卫星云图上风向开始变得捉摸不定，台风没有向白天预报的方向前行，而是突然开始转向。孙逊担任规划处副处长，负责试验平台的建设工作，他担心试验平台的情况，索性走出家门，在漆黑的夜色中顶着大雨开车往单位驶去。

孙逊后半夜 3 点到单位时，分管安全工作的副所长黄群和宋月才等相关值班人员都在，他们已经多次到码头上检查。此时，海上风只有 8 级，从值班室望过去，探照灯下的平台并无异样。

然而，到 8 月 20 日清晨，台风"温比亚"不再温顺，它不但没有像预报的那样逐渐减弱，反而使起了性子，突然发威，变换路径，掉过头向大连扑来。

海面风力渐渐增强，雨势越来越大，继而出现了前所未有的凶猛之势，一场罕见的狂风暴雨开始肆虐，仿佛一瞬间，海面上开始翻江倒海，一排排巨浪在码头上翻滚。正在试验平台上值班的刘子辉，第一时间感受到了平台的异常，随着剧烈的震荡，码头上的缆桩发出断裂的声音。

9 时 30 分，天气更加恶劣，狂风呼啸，暴雨倾盆，岸边的大树被连根拔起，码头上狂风卷起海水，掀起一浪高过一浪的擎天水柱，不断拍打、撞击着停泊在码头的试验平台。对讲机里不断传来“2 号系缆柱变形”“首部缆绳吃紧”“2 号缆绳双系柱断裂”“1 号系缆柱断裂”的报告，10 时 20 分，平台 8 根缆桩已断裂 4 根。

试验平台上传来的消息，让所有人的心都提到了嗓子眼儿。黄群和试验平台负责人宋月才、试验平台机电负责人姜开斌等当时在场的十几个人，焦急地聚集在岸边的 3 楼值班室，透过值班室窗户望出去，能看到大浪高过四五十米，直接从值班室楼顶呼啸而过，拍到后山，在窗户上留下模糊一片。

大海是天使也是魔鬼，它撕下了温柔的面纱，现出了恶魔般狰狞的面孔。此时，台风陡然升级，让人猝不及防，早已严阵以待的试验平台也在巨浪的冲击下开始大幅度起伏摇摆，刹那间陷入危险之中。

险情严峻，情况万分危急。如果不果断采取措施，可能会导致平台失控、毁损、倾覆、沉没，造成严重损失，不仅大家倾注多年心血的试验平台可能毁于一旦，平台上刘子辉等 4 位保障人员的生命也会受到严重威胁。

前方告急！码头告急！试验平台告急！试验平台上值班的 4 个兄弟告急！

真的勇士：向死而生

险情就是命令。生死攸关的时刻，没有动员，黄群、宋月才、姜开斌和孙逊等在场人员，默契又迅速地穿上救生衣，携带备用缆绳，带上高频对讲机，毫不犹豫地向码头冲去，去捆绑加固试验平台，救援被困在试验平台上的 4 名同志。

巨浪挟裹着狂风像一堵堵坚硬的墙，急速地推移过来，砸向码头，雨水和海浪被狂风吹得像拉了丝一样，打在人的脸上如同刀割一样疼痛，让人根本睁不开眼睛，呼吸也变得非常困难。台风持续加大，巨浪不停翻滚，海天一片混沌，码头上涌上来的海水已经齐腰深，大家在码头上行进异常艰难。此时他们还不知道，气象台 10 时 13 分刚刚发布大风红色预警信号，黄海北部风力 10 级，局部阵风 11 级，最高达 13 级。

风浪太猛烈，无法前行，他们用叉车推着缆绳一起向码头行进，但风浪一阵猛过一阵，推着叉车根本走不动。谁也没见过更没有经历过这样恶劣的天气，他们在巨浪的间歇里往前冲。为了避免有人被巨浪击倒滑落海中，大家用同一根缆绳串联起来，共同牵挽，依次抓着缆绳，顶着风浪携手向前，一阵接一阵的狂风大浪不时把人打倒在地。倒下，他们再爬起来，继续前行，每向前一步都异常艰难，每往前进一步，就走向了更加危险的境地，但没有一个人退缩，大家低着头，躲避着不时袭来的巨浪，艰难地前进。

孙逊告诉我，当他走到2号泊位时，突然一个巨浪翻过码头扑过来，他大喊一声“来浪了！”情急之下，躲在一个集装箱后面。但是集装箱被海浪推移2米多，他被打了个跟头，险些掉进海里，幸亏身旁的高天山处长一把把他拉住。

即使再大的风浪也没有人退缩，被海浪打倒的人很快爬起来，继续坚定地向平台走去。雨越下越大，台风卷起一个又一个巨浪，一次接一次地强力拍打在他们身上。终于艰难到达试验平台旁，大家争分夺秒，分工协作，在身上系上绳索，另一端绑在桩上，冲在码头最前沿也是加固作业最需要而又最危险的位置。他们在风浪的抽打中，弯腰低头，全神贯注，抛缆、系扣……

此时的他们哪里知道，更大的危险还在后面。

正当大家全神贯注作业时，又一个巨浪打过来，孙逊感觉后背仿佛有一面墙倒压过来，他使出浑身力气，闭上眼睛，死死攥住缆绳，突然袭来的巨浪瞬间把处在码头最边沿最前面抢险作业的黄群和姜开斌卷入海中，几乎就在他们落水的刹那间，有人大喊：“有人落水了，有人落水了！”这时，孙逊听到宋月才在狂风中几乎是失声一般大喊：“快救黄所，快救老姜！”

黄群和姜开斌被大浪打到了海里，落在了码头坚硬的水泥墙与钢质试验平台之间的海水中，汹涌的海浪推搡着两人在码头与平台之间来回撞击，两人处于极度危险之中。码头上的人焦急万分，他们急忙往黄群、姜开斌身上抛绳施救，让他们抓稳，想把他们拉上来。终于，他们抓到了缆绳，但码头地面与海面落差高达3米，悬崖一样的码头又陡又滑，海面波涛汹涌，海况越发恶劣，大浪不断袭来，一次次砸向拉着缆绳的黄群和姜开斌，一次次把他们打入海里。几度失手后，黄群在海里无力地挣扎着，在海浪中起伏，姜开斌则在海水的冲击中，时浮时沉，奄奄一息……

此时，已近60岁的黄超富情急之下抓住缆绳奋不顾身跳进海里，他游到最近的姜开斌身边时，姜开斌已失去意识，根本无法配合他的施救，他用尽气力把姜开斌向上托举，让姜开斌少呛点儿水，努力把缆绳绑到姜开斌的腰上。他一手抓着缆绳，一手抓着姜开斌，风浪实在太大了，缆绳根本套不住，套上就松开了，一个浪接着一个浪打过来，他在风浪中一遍一遍地尝试，他的两条腿死死地夹住、缠住水里的缆绳，一边紧紧抱住姜开斌，一边与海浪搏斗，但一个接一个不断翻滚的巨浪一次又一次把他俩打散……

此时，加固后已经稳定的试验平台上的4个人，一面保持与岸上值班室通讯联络，一面帮助施救落水人员，海里救人的黄超富呛了水，体力严重不支。平台上的人向黄超富抛去缆绳，齐心协力将筋疲力尽的他拉上平台。他身上多处受伤，缆绳在他的腿上划了很深的伤口，身上多处被绳子和海浪碰撞得鲜血淋漓，衣服全被刮碎打烂了，被海水卷得不知去向，浑身上下只剩下一条短裤。他的心撕裂般的疼痛，眼泪止不住地流下来，伤心不已，他为自己无法救上黄群、无法救上姜开斌而难过。

不幸接踵而至，又一个大浪打过来，把正在码头上救援的孙逊和贾凌军、董江一起卷入大海。经过大家共同努力，贾凌军、董江被成功救了上来，而孙逊始终无法上来。

码头环境恶劣，狂风巨浪仍肆虐不止，为避免更多的人员落水，有多年航海经验的宋月才果断决定，码头所有人员全部撤离，并请求支援。

大家让宋月才一起撤退，但宋月才不撤，他让大家先撤，他要断后。头天晚上，他还说“无论发生什么事情，我就是拼了命也要把平台保住”。

不知何时，巨浪把断后的宋月才打落海中。

生死大营救

刚落水时，孙逊还挺冷静，他是 80 后，身高体健，一开始，他还能抓住码头上抛下来的绳子往上攀，但每攀上一半，大浪就把他砸向海里，他在海里呛了水，等浮上来缓口气，又拼命拽着绳子，再往上攀。大雨和风浪胡乱碰撞，左右开弓，每每爬到一半，都被浪头拍回海里。一次次攀爬，一次次跌落，海浪拍击着他的头，打得他晕头转向，几个回合，他的体力就被拉没了，到后来胳膊已无力去拽绳子了，当又一个巨浪袭来时，孙逊一下子被抛出码头和试验平台的区域，直接翻滚进远离码头的大海中。

绳子够不着了，码头也越来越远，风浪中的战友变得模糊了，孙逊回头望了试验平台一眼，解开缠在腰上的缆绳，一边漂浮一边顺着海浪尽力向岸滩游去。

孙逊说，这是他平时轻松游过的距离。但在狂风骤雨巨浪滔天的情形下，孙逊的体力消耗殆尽，加上浪头打来时人会被按入水中，就会不停地呛水，这几百米的距离对他来说仿佛是一道道难以逾越的鬼门关。一开始他还能看到岸滩上有人向他打手势，鼓励他坚持，示意他们会来救他，但渐渐地，他什么也看不见了，像一片随时会被狂风撕裂的树叶一样在大海里飘荡。他的意识有些模糊，海上礁石林立，如果这样随波漂流，很可能会撞上坚硬的岸礁而丧命，他只感觉到深深的绝望……

此时，得知险情的七六〇所车队队长阎堃赶到码头，当他看到巨浪中的孙逊，没有任何犹豫，绑上救生圈和救生绳，戴上泳镜，纵身跃入大海，奋力向孙逊游去。

孙逊时而清醒，时而昏迷，就在他感到绝望的时候，朦胧中看到有人向他游过来了，孙逊的身体里突然涌出一股热流，他感觉到了生的希望。

孙逊任由阎堃抱着他向岸边游去，风浪太大了，两人始终无法靠近岸边。在巨浪的不断拍打下，阎堃也没有力气了，眼看两人都已经筋疲力尽，好在离岸边已不远了，同事们合力把他们两个都拉上了岸。

有时候，天堂和地狱只有一步之遥。不知过了多久，孙逊感觉到双脚已经触到了海滩，回到岸上的感觉真好。孙逊倒在海滩上，终于活着回来了。模糊中，他看到阎堃打开水镜，水镜里的眼眶周围和头上、脸上全是沙子。孙逊看着围过来的同事无力地说，海里还有人，快去救他们。孙逊并不知道，他在海里已经漂浮了两个多小时，他是最后一个被救上来的。

在人类历史的长河中，不仅回荡着胜利的凯歌，有时候也包含着痛苦与悲伤的泪水。

当天中午，在七六〇所和当地多方救援力量的参与下，冲进码头抢险和试验平台上的值班人员以及参与救援的孙逊、高天山、黄超富、李克忠、贾凌军、宋健、王贵龙、李雪冰、董江、刘子辉、蔡国安、李晓、单正磊、阎堃 14 名同志安然无恙，试验平台也安然无恙，而黄群、宋月才、姜开斌 3 名同志却在抢险中壮烈牺牲。

永怀难忘：无悔的英雄传奇

一个有希望的民族不能没有英雄，一个有前途的国家不能没有先锋。祖国是人民最坚实的依靠，英雄是民族最闪亮的坐标。

——习近平

黄群："我要跑遍武汉每一所大学的操场。"

2017年4月，时年51岁的黄群，从七一九所副总质量师，提任七六〇所副所长，只身从武汉到大连任职，重新过上"单身"生活。这时，儿子已经到国外读书，妻子留在武汉，一家三口，天各一方。有人不解，告别年迈的母亲、妻子和牵挂的家人还有熟悉的工作环境，他究竟图的什么？他在一封给儿子的信中写道："离开为之奋斗了20多年的单位，毕竟是新的挑战，但我想，人生就是不断地挑战来证明自己的能力，在挑战中实现自己的人生价值。"

"随时准备为党和人民牺牲一切。"这是8月15日那天，黄群在工作日记扉页上一笔一画、工工整整写下的入党誓言里的一句话，5天以后，他用行动践行了这一誓言。

无情未必真豪杰，怜子如何不丈夫。在妻子亢群的眼里，在风浪面前英勇无畏的黄群，却是生活中的暖男。

1992年，黄群和亢群相识，两个人的名字中都带一个"群"

字，这特殊的缘分让两个人一见钟情。结婚以后，黄群一直在葫芦岛驻厂，儿子 4 岁前黄群就没怎么在家待过。黄群工作之余，非常想念妻子，牵挂孩子。那时候，他几乎每两天就写一封信，每一封信都表达了他对家人满满的思念和牵挂——

“天气冷，一定要给儿子戴上围巾和口罩，实在太冷的话，如下雪，就用自行车推着送他，我送他时也曾看到有的妈妈就推着车子送孩子去幼儿园。”

“你瞧我说着说着又说到儿子身上了，因为我太爱他了，爱他，其实也是爱你的一部分，也是爱我们这样一个家，我一直想给你们带来欢乐与幸福。”

“亲爱的，转眼间，11 月 27 日就要到了，这是我们相识纪念日，我在日历上做了记号，从前还保存着这一天的日历（这点儿小秘密我一直未告诉你），所有这些年的事情都深深地印在我的心里……”

1989 年，品学兼优的黄群从华中理工大学（现华中科技大学）毕业，分配到七一九所工作。那时的所里，科研任务不饱满，为给员工发工资，所里不得不搞起了第三产业，开始生产洗衣机、塑钢窗等。和黄群一起分到所里的大学生，流失过半，而黄群拿着微薄的工资却干劲儿十足。有人劝他跳槽，他不为所动，他对同学说：“能参与‘国之重器’的研制，我觉得自己很幸运。”

因长年在外驻厂，每次当黄群归心似箭地从现场赶回家时，好几个月没见面的孩子竟睁大双眼，一脸戒备地将他当成陌生人。虽然驻厂艰苦，但黄群想的是，能到现场跟船，完成一次从建造到航行试验的全过程，是年轻人难得的学习和成长机会。刻苦的学习钻研，过硬的技术，使他很快在同龄人中脱颖而出，成为当时七一九所最年轻的主任设计师。

“立标准，建体系，细检验，重过程，一丝不苟严谨认真难以计量；出关山，入紫阳，迁藏龙，转滨海，一路征程以身许国军工强。”这是七一九所微信公众号里的一份留言，难抑悲痛的同事用一副对联，寄托着对黄群的崇敬和哀思。

黄群是个念旧的人，他经常去看望已经年迈的中学语文老师；他惦记年近80的老母亲，每天晚上都会定时打电话向老母亲报平安；他想念妻子和儿子，每天晚上都会和他们微信视频聊天……

从黄群家里的阳台上南望，是黄群曾经工作过的七一九所老办公楼。曾经很多年，黄群每天下班回来简单吃口饭后，就再回到所里加班，那时候儿子在读高中，等到10点多时，亢群看着时间差不多了，就热好了饭菜等着爷儿俩，黄群几乎和放学回来的儿子前后脚进门，然后全家人一起吃饭聊天。亢群说，那是一家三口最开心最快乐的时候。

如今，亢群经常会站在阳台上看着不远处的大楼发呆，想着黄群的一切，想着无数个温暖的日子。如今，她与黄群，已经是咫尺天涯，夜晚等待的灯光变得昏暗，悲伤像身体里的痛，在身体里慢慢扩散，又集聚。往昔的岁月里一家三口相互等待的美好时光，永不再现。

亢群告诉我，黄群自小体弱，为了增强体质，他养成了锻炼身体的好习惯，身体也越来越强壮。他喜欢跑步，经常到家附近的大学操场上跑步，在外地进修，就到驻地附近的大学操场上去跑，到了大连后，他仍然保持着跑步的习惯。黄群对大学有感情，武汉是大学城，黄群有一个愿望：要跑遍武汉每一所大学的操场。

亢群站在家附近的学校操场旁，仿佛看到了黄群奔跑的身影，那身影要多矫健有多矫健，要多温暖有多温暖……

宋月才："小黑"之家的"老船长"

2011年年底，已经退休的宋月才接到邀请，请他参加中船重工第七六〇研究所国家某重点试验平台建设，他兴奋不已："太好了！我太熟悉了，闭着眼睛我都能摸到每一个角落！让我来招兵买马吧！"陆陆续续，试验平台的人招来了，组成了"小黑"之家。

"小黑"是宋月才给试验平台起的名字。其实"小黑"不小，它的身长超过70米，绝对算得上庞然大物。叫它"小黑"，不仅因为它有着通体黑色的皮肤，还因为七六〇所上上下下都把试验平台当作自己的孩子，宝贝得不得了。宋月才将试验平台团队的微信群命名为"小黑之家"，给自己起了新名字"老船长"。

"老船长"出生于1957年1月，18岁时，到农村插队落户，1976年应征入伍，从此与海军结下不解之缘。1979年他考入军校，1991年再次深造。从一名普通战士成长为舰船负责人，每一步他都走得坚实有力。

在同事们的眼里，"老船长"宋月才言语不多，几乎没有什么业余爱好，天天都是"三点一线"，除了在试验平台工作、食堂吃饭，就是一个人钻在办公室里，埋头编写平台操作培训教材，用"二指禅"往电脑里敲字，几年下来，积累了几十万字，装订成7本厚厚的教材，这些教材，既是工作标准、操作规范，也是试验平台的安全保障、生命所系。

2018年4月，老战友宋良见到宋月才，说："老哥，怎看你的身体大不如从前了？别干了，要多休息。"宋月才悄悄说："查出糖尿病了。我现在必须给平台带出一支政治过硬、业务过硬、作风过硬的队伍，再干几年，等平台走上正轨，一切运行正常，找好了接班人，我就回家歇着去。”

如今，“小黑”已经6岁，已经长大了，谁也没想到，老船长却与小黑永久别离了。这六七年，老船长对“小黑”付出了太多心血。老船长对平台的各方面都了如指掌，因此，从一开始，他既要当甲方，严把技术质量关，又常常给船厂出谋划策，提出改造建议，做了乙方的义务技术指导。船厂的同志哪怕是一个小小的希望和要求，他都主动配合帮助，除了技术质量，没对船厂提过任何个人要求。因此，船厂负责改造项目的上上下下，对他都是一个字：“服”。这个服，不只技术上，更是钦佩老船长的敬业精神和人品。

宋月才的儿子想起小时候的点点滴滴，至今也无法从悲痛中走出来，他回忆说：“我出生的时候，是早上6点多，我三姨给爸爸打电话，当时爸爸正在旅顺的老虎尾工作，他接到电话后很兴奋，为了庆祝还专门去理了发，给战友发烟发糖。记得上小学一年级的时候，我爸回家休假，到学校接我，当时我说要买书，姥姥家附近刚好开了一家新书店，我看上了一套中国民间故事系列丛书，一套7本，每本15块，总共105块，我爸二话不说就给我买了，这套书至今还在我的书架上，这是爸爸给我买的第一套书，当时他的工资不高……”

在儿子眼里，父亲宋月才永远是懂他爱他的好父亲。

作为一个老船长，他曾在穿越台湾海峡时面对巨浪，把自己捆在舰桥上指挥作业，曾在南沙巡逻时周密计划保证航海安全，何曾惧过风浪与生死？8月20日，他在大风大浪面前冲锋向前，勇敢坚守，直到生命的尽头。

姜开斌：老兵一生最恋大海

姜开斌出生在农村，家里有6个兄弟姐妹，他最小，老小应当是最受宠，然而，在他 1 岁的时候，父亲就去世了，他也过早地开始体味到生活的艰难。姜开斌从小就有一个梦想，就是成为一名军人。1976 年，他如愿参军，来到大连，成为一名海军战士，参军第二年，就加入了中国共产党。他聪明好学，喜欢钻研，1978 年以优异的成绩考入海军工程学院。在校期间，他成绩优秀。毕业时，学校要留他当教官，但他想念部队，想念朝夕相处的战友，想念大海，更有一份难舍的情怀在心里，他说：“我是部队培养出来的，我要回到部队去。”

姜开斌是性情中人，他为自己是一名军人而骄傲自豪。他最喜欢穿着海魂衫、穿着军装照相，照片里的他英姿勃发，豪情满怀。他太热爱大海，太热爱部队了。学成归来后，他工作起来劲头十足。海上训练特别枯燥和艰苦，但他总是乐在其中，从不叫苦叫累。有一次执行特殊任务，他甚至带头儿写下了遗书。他勤奋好学，喜欢钻研，功夫不负有心人，很快练就了一身绝活儿。比如动力系统出现故障，他仅凭耳朵就能判断问题出在哪里。他学以致用，很快成为技术和业务上的行家里手，并担任了潜艇机电长。

后来，女儿出生了，女儿出生后体弱多病，经常得半夜三更去医院，妻子身体也不好，母女俩在湖南常德，而他远在大连，千里之遥，他有劲儿使不上。妻子让他转业，他却始终不舍得离开部队。姜开斌的妻子珍藏了近百封家书，那是姜开斌当年写给家里的信。他在给妻子的一封信里写道：“我们是新时代的青年，应该志在四方。历史上的一些伟人，都是奔走在外，很少有人在家乡搞出一番事业来。我当然不能与历史上的伟人比，但我想，我们应该想远一些，想开一些。”在他的一封又一封书信里，蛰伏着他的梦想，暗涌着无尽的激情，深埋着理想和志向。

家里的实际困难在那里摆着，他很矛盾，一边为家里的困难揪心，牵挂着女儿，一边又不舍得离开部队，毕竟成为军人是他一生的梦想。但姜开斌又是个重情重义之人，他对妻子、对孩子全心全意，在长时间的纠结和煎熬中，姜开斌只好向部队提出了转业要求。

1989 年，在部队工作了 13 年之后，他从大连海军某部机电长的岗位上退伍转业，脱下了雪白的海军军装，万般不舍地离开了部队，离开了他朝夕相处的战友，离开了他深爱的大海，离开了他心爱的机电长岗位，回到湖南省常德市，做了一名物价局的公务员，从此把梦想深深地埋在心中。

回到地方后，姜开斌的军人情结从来没有断过，每天早上依然像在部队一样 5 点起床锻炼。他更是干一行，爱一行；钻一行，精一行。他经常说：“当过兵的人，就没有干不了的事。”不到 3 个月，姜开斌就对与工作相关的政策和法规了如指掌。

常德地处洞庭湖西侧，沅水、澧水横穿而过。1998 年洞庭湖发大水，按照上级部署，物价局负责湖区安乡县一段堤坝的防汛工作。姜开斌知道后，主动报名，要求到防汛第一线。那段时间他吃住在大堤上，查管涌，排险情，泥里水里，一马当先。回到家后，人瘦了一大圈，皮肤也晒得黝黑，身上到处都是蚊虫叮咬留下的疙瘩。

2008 年 1 月南方遭遇冰灾，整个常德天寒地冻，道路结冰 10 厘米厚。姜开斌预感到由于春节临近，恶劣气候有可能导致市场价格混乱，于是他主动要求带队到城乡去检查物价。

姜开斌始终以曾经是一名军人而自豪，他特别喜欢别人称他“斌哥”。他经常抚摸着珍藏多年的海军服，默默沉思，他一直保留着读军校时的学习笔记，经常看那些从部队带回来的海军书、舰船书等，这些书总是摆在他家里书橱最醒目的位置。有了外孙后，他经常叮嘱女儿，等两个小外孙长大后，一定要考军校当海军，他特意给两个小外孙每个人买了一套海魂衫，他要让两个小外孙继续圆他的军人梦。

去年年底的一天，已经退休的姜开斌接到老战友刘子辉的电话，这个电话点燃了他心中深埋已久的梦想。当他知道国家的试验平台需要他这个有经验的老兵的时候，想到自己所掌握的技能还能为部队装备研发贡献力量，姜开斌开心极了。要知道，他做梦都想重回军营，重新开始军旅生涯，重续那份割舍不下的军人情结。

刘子辉记得当时在电话里对姜开斌说，我们这么大年纪了，还能走过去的路，还能干过去的工作，是不是特别有意义。姜开斌听了特别高兴，他说退伍这么长时间了，可能很多东西都生疏了，但他还想着部队，怀念部队的生活。当时刘子辉还担心他去大连会不习惯，姜开斌却说，大连是他的第二故乡，他爱这个工作，爱大海。

大连，他一定要去。

到海上试验平台工作需要严格的身体审查，他担心自己不能过关，于是积极加强锻炼，保持旺盛的精力。2018 年 3 月，姜开斌接到了正式工作邀请，重回大连。此时，他离开部队已经 29 年了。

去大连的前一天晚上，姜开斌十分兴奋，就要回到他眷恋一辈子的大海边，他无法不激动。他不停地给亲戚和战友们打电话，说："我要奔赴新的战场了！"这一天他似乎等了好久，好像时刻都在梦想着，准备着重新回到国防一线，回到祖国的万里海疆。

面对姜开斌的选择，家人都舍不得，他的女儿姜微非常不理解，她多次问姜开斌，为什么要这样？家里也不缺钱，过去家里最难的那些坎儿都跨过去了，现在应该好好享享清福的时候，却要一个人去那么远。姜开斌对女儿说："我是个老兵，当兵报国是我的理想。

现在你大了，该到我继续为理想奋斗的时候了。”

姜开斌离开家乡，离开妻子和女儿，离开他非常疼爱的两个小外孙，还有他在家乡那些亲密无间的好友，跨越2000多公里，回到他魂牵梦绕的大连，来到他熟悉的试验平台，回到他无比挚爱的机电长岗位。

也许，作为军人，姜开斌从来没有甘心过那种一眼望到底的生活；也许，作为军人，他心中储备了太多的能量，有着聚集已久的激情与渴望。回到试验平台，姜开斌立即全身心投入工作中。他经验丰富，熟悉设备结构，对轮机、电路等系统非常精通，他指导年轻人完成了各种高难度任务。尽管试验平台活动空间闷热潮湿，狭小局促，但他并不在意，一门儿心思投入工作中，享受着工作的快乐。

姜开斌平时在家里，绝对称得上是好儿子、好丈夫、好父亲、好外公，夫妻感情很深，突然远行离家，家里人都十分牵挂，他们每天都要准时通过微信视频聊天。20号那天早晨，姜开斌和妻子通话，他说：“大连今天有台风，外面风大雨大，我和其他同事都在值班。”没想到，这竟然是夫妻俩最后一次通话。

8月16号那天，姜开斌通过微信向党支部交了自己最后一次党费。

姜开斌性格非常豪爽开朗，他是战友中公认的开心果，每隔一段时间，他们战友就要聚一次。姜开斌遇难后，大家都不敢相信是真的，有一个老战友说：“在战友们经常聚会的地方，在他常走的路口，在他经常锻炼的小树林里，总感觉斌哥会从哪个拐角，笑呵呵地走过来。”

姜开斌去世后，战友们第一次聚会，他们在饭桌上专门为姜开斌摆上一套餐具，倒上一杯酒，大声地叫他的名字：“姜开斌，战友们又聚会了，第一杯酒，你一定要喝下去！”

致敬英雄：无尽思念化作力量

8 月 27 日，是为国捐躯的英雄们烧“头七”的日子，七六〇所的一条试验船航行经过南码头，在距离码头 1 海里处停泊，举行了集体海上祭奠，再送英雄一程。90 后李克忠跟老宋最亲，他清楚地记得，宋月才曾跟他说，等咱们的试验平台工作完成了，大家一定好好约上一场酒，好好聚一聚。

“宋叔，现在平台工作还没完成，您却走了，等平台工作完成的那一天，我会带上一瓶酒洒进海里，跟您说咱们的‘小黑’长大了。宋叔，我知道，您就在那里，宋叔，我们很想您！”李克忠每每想起老船长，心里就无比难过，他说，虽然老船长再也不能听见，再也不能看见，但是，请老船长放心，有他们在，“小黑”会完成它的使命的！

“谁在苍穹最高处翱翔，就必须忘记地上的谷粒。”

天很蓝，风柔和，孙逊的目光向着大海深处，长久地凝视着，凝视着……这是他经历那场海上生死保卫战后第一次重回码头，他的眼前不由得浮现出黄群、宋月才、姜开斌的身影。每当想起那些牺牲的战友，他的心里就无比难过。生理的健康恢复容易，心灵的伤口很难愈合，那场惊心动魄的海上保卫战，在他心中留下了深深的印记。

在强悍的大自然面前，人的力量有时真的非常渺小和脆弱。尽管每次回忆都很痛苦，但孙逊愿意向人们讲述那场惊心动魄的战斗，愿意把英雄的壮举呈现出来，愿意把军工人的铁骨丹心告诉人们。他还要把战友间的生死情义高声歌颂，更要把英雄们未竟的事业继续完成！

他要告诉人们，无论何地，我们的勇士们永不退缩！

他要告诉人们，无论何时，我们共产党员永不退缩！

附　记

〔新华社北京9月14日电〕为贯彻落实习近平总书记重要指示精神，中央宣传部14日向全社会公开发布中船重工第七六〇研究所抗灾抢险英雄群体的先进事迹，授予他们“时代楷模”的称号。

8月20日，2018年第18号台风“温比亚”过境辽宁省大连市，受其影响，停靠在中船重工第七六〇研究所的国家某重点试验平台出现重大险情。在危急紧要关头，第七六〇研究所党委委员、副所长黄群等17名同志，面对台风和巨浪，挺身而出、英勇无惧，对试验平台进行加固作业。作业过程中，黄群、宋月才、姜开斌被巨浪卷入海中，英勇牺牲。习近平总书记做出重要指示，褒扬他们用实际行动诠释了共产党员对党忠诚、恪尽职守、不怕牺牲的优秀品格，用宝贵的生命践行了共产党员“随时准备为党和人民牺牲一切”的初心和誓言，他们是共产党员的优秀代表、时代楷模。

中共中央追授在抗灾抢险中壮烈牺牲的黄群、宋月才、姜开斌“全国优秀共产党员”称号，中宣部授予中船重工第七六〇研究所抗灾抢险英雄群体“时代楷模”称号。

“雷锋老人”白芳礼

◎ 何建明

我知道白芳礼老人的事儿是从团中央学校部一位负责人口里听到的，他告诉我，在天津有一位蹬三轮车的老人现已八十五六岁了，十几年来，靠自己蹬三轮车赚来的血汗钱，资助了近 200 个大学生的学费与生活费，曾受到国家领导人的赞誉和接见。初听这事儿，我除了强烈的震惊外，心里怎么也不太容易接受这件事实。我觉得让一个八十几岁而且还是蹬三轮车的老人，用自己那么一脚一蹬踩出来的血汗钱，去供那么多青春年少的大学生吃饭、穿衣和上学，实在有点儿残酷了，也太……总之我心里有种说不清的滋味儿。

去采访之前，我给天津团市委打了个电话，请他们帮助找到这位老人。5 月 19 日，我正在北京参加一次文学研讨会，会的中途传来天津方面打在我寻呼机上的消息:“天津无你打听的那个白大爷……”这怎么可能！我走出会议大厅，急忙给天津打去长途电话，要求他们继续帮助寻找。下午对方告知“已找到”。这个消息让我的心像放下了一块石头。第二天凌晨 4 点我就睡不着了，5 点便赶到市郊的赵公口长途汽车站，因为来得太早，白白在晨露中等了一个多小时才启程去天津。

9 点 30 分左右，天津市学联的一位同志带我在大街上转来转去走了好多路，终于来到了天津火车站。

“白大爷就在那个大广告牌后面。”学联的同志指着火车站西侧的那块儿巨型广告牌对我说，“白大爷平时没有固定地点，到处走。为了今天你的采访，昨天下午我专门来了一趟，让他今儿就在这个地方等着。”

越过川流不息的车潮和熙熙攘攘的人流，我们来到巨型广告牌后面的一个三角地。我远远看到在那个三角地的路边，堆放着一摊破破烂烂的东西，有各种瓶瓶罐罐、纸屑废桶等，在这些废品堆放物的中央，有一个用旧编织袋片搭成的只有半人高的小棚子。在棚子的后面，只见一位衣衫穿着极为破落的老人在一只小盆里洗刷着两顶旧鸭舌帽……

“这就是白大爷？！”

“是他。”

这时，老人正抬起头。我心头一颤：这不是油画《父亲》的翻版吗？瞧那一道道刀刻般的深深皱纹和充满沧桑的脸……

“你是北京来的作家？”老人直起身子，那张黑黝黝的脸盘顿时绽出憨厚的歉意，“看看，我嘛没干，又让上面重视了。”

老人家原来是个一开口就叫人能见得着底的人哪！

“可你这会来看我啥都不像了……”老人颤巍着身体，皱起眉头，指指点点地对我说，“以前我在这儿有13个小卖铺，前阵子政府号召要整治车站、街道环境，我们这些小卖铺、小亭子都得拆掉。我是劳模，当了几十年的老劳模，得带头响应政府的号召呀，所以我就让政府先拆了我的这些小卖铺。13个小铺哩，他们那天来了三十几辆车、100多号人哪，拆了近一天，全给拆掉了。现在我就成了这个样，一点儿不像样，以前可不是这样的，生意好着呢！”

老大爷还是个做过大生意的人呢，这也是我没想到的。

“哎，以前生意大着呢。”老人一提起这，顿时神采飞扬起来。他说，他这儿是前些年市长亲自给批的一块地用来让他建小亭子，卖些水果、包子什么的。“我是老劳模，嘛事就得想多为国家做点儿事，多做点儿贡献。你等着，我给你看看材料……”

老人转身钻进那个小棚子，很吃力地拎出四个塞得满满的包给我看。“都是材料，写我的，还有照片。好多好多呢。我当劳模十几年，你想十几年了给我写的材料有多少！多去了，家里还有好多好多……”质朴的老人拿起一张张皱巴巴的、早已发黄了的各式各样有关介绍他的报纸和新闻图片，如数家珍似的给我看，那张沧桑的脸上流露着一种童真般的笑容。而我正是从这些早已发黄和模糊了的点点滴滴材料上，了解了这位蹬三轮车老人那些令人称赞的事儿——

白芳礼老人生于1912年，祖籍河北省沧县白贾村，祖辈贫寒，他从小没念过书，如今也不认得几个字。1944年，因日子过不下去逃难到天津，流浪几年后当上了一名卖苦力的三轮车车夫。从那时起，他一跨上三轮车就没停过，一直到50多年后的今天。新中国成立后，白芳礼靠自己的两条腿成了为人民服务的劳动模范，也靠三轮车拉扯大了自己的4个孩子，其中3个上了大学。从小不认字的老人，最欣慰的事就是自己能靠着蹬三轮车，把自己的子女培养成大学生。1986年，相当于绕地球蹬了几十圈的74岁老人正准备告别三轮车时，一次回老家的经历使他改变了主意，并重新蹬上三轮车，开始了新的生命历程。

“娃儿，大白天的你们不上学，在地里泡啥？”老人在庄稼地里看到一群孩子正在干活儿，便问。娃儿们告诉这位城里来的老爷爷，他们的大人不让他们上学。这是怎么回事？老人找到孩子的家长问这究竟为啥。家长们说：“种田人哪有那么多钱供娃儿们上学。”老人一听，心里像灌了铅，他跑到学校问校长：“收多少钱让孩子们上不起学？”校长苦笑道：“一年也就百八十块，不过就是真的有学生来上学，可也没老师了。”老人不解：“为嘛没老师？”校长说：“还不是工资太少，留不住呗。”老人顿时无言。

这一夜，老人辗转难眠：家乡那么贫困，就是因为庄稼人没知识。可现今孩子们仍然上不了学，难道还要让家乡一辈辈穷下去？不成！其他事都可以，孩子不上学这事儿不行。

“有件事儿跟你们说一说，我原打算回老家养老享清福，可现在改变主意了，我要回城重操旧业。”家庭会上，白芳礼老人当着老伴和儿女们宣布：“另一件事儿是，我要把以前蹬三轮车攒下的5000块钱全部交给老家办教育。这事儿你们是赞成还是反对都一样，我主意已定，谁也别插杠了！”

别人不知道，可老伴和孩子们知道，这5000元钱，是老爷子几十年来仅存下的“养老钱”呀！急也没用，嚷更不顶事儿，既然老爷子自己定下的事儿，就依他去吧。家人无可奈何地叹了几声气，孝顺的儿女们担心的是父亲蹬了一辈子三轮车，如今这么大年纪了，本该享享清福，可他……唉，阻是阻不住了，老爷子的脾气家人最清楚。

“爸，咱再说别的是没啥用了，您老可悠着点儿，腿脚感到有点儿累了就早点儿回来歇着。”像往常一样，儿女们在老爷子出门前，给他备好一瓶水、一块儿毛巾，又一直目送他到街道的尽头。

白芳礼呢，这回重新蹬上三轮车虽然还是那么熟悉，那么转圈圈，但心里却比过去多装了一样东西，那就是孩子们上学的事儿。是的，毛主席都解放我们几十年了，咋还有念不下去书的？不能！绝不能让小娃儿们再像我一样不认得几个字而只能蹬三轮车。74岁的老人想到这里，他的双腿重重地提了一把劲儿，而就是这么一提劲儿，又整整绕地球转了6圈……

面对一位如此执着、坚韧的耄耋老人，我的心无法不强烈颤动。

那辆伴着老人走了几圈地球的三轮车就停在旁边，这是很普通的一辆人力小车。与天津火车站附近千百辆三轮车不同的是，这辆小车前面有一面十分醒目的小三角红旗，红旗上面有三行字：老弱病残优待，孤老户义务，军烈属半价。

“你看看咱车站四周有多少蹬车人哪！竞争了不得哟。可我从不挣黑心钱，为了给孩子们多挣些钱念书，我就争取每天多跑几趟。这面旗打出去后，好多以前的老伙计朝我翻白眼，说：‘你又是压价又搞义务，我们生意怎么做呀。’我说：‘你们说错了，车站那么多人要车，我哪顾得过来？你们挣钱是为了养家糊口和发财，我不一样，所以我可以搞些义务。当然我也要赚钱，可赚了钱是为孩子们上学用的，好生意你们抢去了，我只能找些便宜的或者半价一类的活儿。’听我这么一说，那些老伙计们就不再跟我过不去了。”老人擦着车，开心地说着。然而我怎么也开心不起来，看看眼前这位苍如古柏的三轮车老人那身破陋得与街边要饭的乞丐无两样的行头，谁能想得到他在这10余年里竟无偿向教育事业赞助了30万元巨款，常年资助了天津、南开等好几所大学里正在读书的200多名贫困大学生和几十名有经济困难的中、小学生上学！

“大爷，您给学生们捐了那么多钱，自己却生活得如此艰苦！”我实在无法忍心看一眼这位已是风烛残年的老人的生活：从头到脚穿的是不配套的衣衫鞋帽，吃的是冷馒头加一瓶白开水，那张他说已经在此住了10个年头的所谓的“床”，只不过是两叠砖上面搁的一块木板和一件旧大衣。没有“屋”，唯一的“屋”是块摊开的塑料编织袋布和四根小木杆支撑的一个弱不禁风的小棚棚。我来的前夜，京津两地刚下过一场暴雨，老人说他昨晚就是在雨中过的，他拿起一床正在晒着的被子给我看，那上面有一大摊水迹……

“以前这儿是小亭子，7平方来米，能有个栖身之处。现在不行了，给拆了，不知啥时候能好起来……”老人似乎对我没能看到他以前曾经“辉煌”的小亭子感到有些遗憾。其实有人告诉我即使是那时，老人过的仍是俭朴得叫人不堪入目的生活。为了能多挣一点儿钱，他已经好多年不住家里了，特别是老伴去世后他就以车站边的小亭子为家，很多时候由于拉活儿需要，他走到哪儿就睡在哪儿，一张报纸往地上一铺，一块儿方砖往后脑一放，一顶帽子往脸上一掩，便是他睡觉前的全部准备“程序”。“我从来没买过衣服，你看，我身上这些衬衣、外裤，都是平时捡的。还有鞋，两只不一样的呀，瞧，里面的里子不一样吧！还有袜子，我都是捡的。今儿捡一只，明儿再捡一只，多了就可以配套。我从头到脚、从里到外穿着的东西没有一件是出钱买的。”老人说到这儿很神秘地对我说，“那么多记者采访我，我都没给他们讲这些事儿，你是第一个知道的。”我忙说：“谢谢您老了。”于是老人接着说：“我哪舍得花钱！蹬一次车赚一二十块钱不易啊，孩子们等着我的钱念书，我天天心头惦记着我赞助的那几百名学生，我就不能花钱，只能往里挣才是。孩子们考上大学多不易，可考上大学还念不起，你说这事儿咋整？那年我听人说咱天津几所大学里有不少学生考上了却没钱买书，没钱吃饱饭，我想孩子们的家长没办法给他们挣来钱，可我蹬三轮车还能挣些呀，所以我就重操旧业，一蹬就蹬到现在，一蹬就下不了车了，你想几百个学生光吃、光出学费一年就要多少钱！我是劳模，没文化，又年岁大了，嘛事干不了了，可蹬三轮车还成。一天蹬下来总还有几十块钱嘛，孩子们有了钱就可以安心上课了，所以一想到这些我就越蹬越有劲儿……”

老人说得我鼻子直发酸。

现今的社会上有大款一出手可以给哪个单位赞助几百万、几千万甚至几个亿的，虽然赚钱并不是对所有人来说都那么容易，但无论如何他们要比白芳礼容易得不知多少倍。可是我眼前的这位津门老人为学生们送去的每一分钱，却是用自己的双腿一脚高一脚低踩出来的，是他每日不分早晚，栉风沐雨，用淌下的一滴滴汗水积攒出来的，它是多么来之不易，来之艰辛啊！

一日，老人正蹬车回“家”时，见路边躺着一位昏倒在地的妇女，他赶紧下车将这位40来岁的妇女扶上自己的小三轮，之后直奔医院。谁知在颠簸中苏醒过来的这位妇女说啥也不愿让老人往医院送，说道：“大爷求求您了，我要赶回学校，您给我把车转过来。”老人听妇女说这话后有些不解，便问嘛回事。当这位妇女告诉他自己是位老师，身体不好，有贫血症，眼下得要赶去给学生批改作业呢。白大爷听到这里，心头一阵发热，从此更坚定了他支持教育的那片赤诚之心。而且似乎每每想起这位因劳累导致贫血的女老师，老人不仅一方面更拼命蹬车，另一方面对自己俭朴的生活更苛刻。除了不买衣帽鞋袜外，连吃的东西他都尽可能地不花钱买，有人常看到他在拾他人扔下的馒头、面包或半截没有吃完的香肠……

白芳礼的事迹后来被新闻媒体广为宣传报道，成了家喻户晓的人物。一次他正在5路汽车站小憩时啃着一块馍，有人认出他是“当代武训”白芳礼老人，便一下围了过来。有人就问他：“您老捐别人十万八万的，为嘛自己这么苦？”

老人举起如今到处可见的弃馍说：“这有嘛苦？这馍是农民兄弟用一滴一滴汗换来的，人家扔了，我把它拾起来吃了，不少浪费些嘛！”

在场的人被感动得直流泪。

老人为了让孩子们能安心上学，他几乎是在用超过极限的生命努力相助着。老人告诉我，有一年他到南开大学给贫困生捐款，学校要派车来接他，老人说不用了，把省下的汽油钱给穷孩子买书吧。后来他自个儿蹬着三轮车到了南开大学。捐赠仪式上，学工部的老师把这事一讲，台下一片哭声。许多同学上台从白芳礼老人手里接过资助的钱时，双手都在颤抖，说我们一个个青春年少却让如此一位日子比乞丐好不了多少的蹬三轮老人供学费、供生活费，实在过意不去。现场有一位来自新疆贫困地区的大学生，门门功课优秀，道德品质也好，没毕业就被天津一家大公司看中，并以高薪相聘。在这捐赠仪式上，这位同学情不自禁地走上台，激动地说："我从白大爷身上，感到了一种前所未有的精神和力量，这种精神使我的灵魂得到升华。现在我正式向学校、也向白大爷表示，毕业后我不留天津，我要回目前还贫困的家乡，以白大爷的精神为榜样努力为改变贫困落后做贡献。"那位同学说完深深地向白芳礼鞠了一躬。这时全场的情绪激昂起来，紧跟着一批安徽、贵州等地的大学生们纷纷上台表示服从分配，到祖国最艰苦、最需要的地方去。

南开大学校园里的这一幕是白芳礼老人最感欣慰的事儿。他说："有人说我傻，辛辛苦苦挣来的钱都送给了别人，自己却过着不像人过的日子。要说人家的话一点儿道理没有也不对。我过得是苦，挣来的每一块钱都不容易。可我心里是舒畅的，看到大学生们能从我做的这一点点小事儿上唤起一分报国心，我高兴呀。你都看到了，像我这样一大把年岁的人，又不识得字，没啥能耐可以为国家做贡献了。可我捐助的那些大学生就不一样，他们有文化、懂科学，说不定以后出几个大人才，那对国家贡献多大！"老人说到这里，从其中的一只包里取出一沓资助的学生名单给我看，他说他不认得字，不知上面都写些啥。但他知道这些孩子都是从穷地方来的好孩子，不是好孩子咋能考上南开大学、天津大学这样的名牌大学？老人说这些时，那双布满血丝的眼睁得特别大，仿佛他已经看到自己用汗水换来的辛苦钱有了满意的回报。“我给这些孩子捐些钱让他们买书学知识，买点儿吃的补补身体。嘿，他们一转眼大学毕业，走上了工作岗位，搞出个啥科学发明，你说那该给国家建设做多大贡献哩！”老人说到这儿，脸上光彩异常。

1994年，时值82岁高龄的白芳礼在一次给某校的贫困生们捐资会上，他把整个寒冬挣来的3000元辛苦钱交给学校后，这个学校的领导说要代表全校300余名贫困生向他致敬。老人一听这话，久久思忖起来：现今家里缺钱上学的孩子这么多，光靠我一个人蹬三轮车挣得的钱救不了几个娃儿呀！这可咋办？老人的心一下沉重了起来。回到车站他的那个露天“家”后，老人硬是琢磨了一宿，第二天天还未亮就把儿女家的门给敲开了。

“爸呀，您这么早来没出啥事儿吧？”儿女们看老人气喘吁吁地挂着一身霜露，不知老爷子有啥急茬，忙让进屋。

老爷子要过一碗水，拍拍衣襟上的落尘，说：“我准备把你妈和我留下的那两间老屋给卖了，再贷点儿钱办个公司。”

“哈哈哈，我的老爷子，您昨晚没喝多吧？”儿女们一听这话就忍不住捧腹笑起来。

老爷子板起了脸：“我给你们说正经的，有嘛好笑？我就是要办个公司，名字都想好了，就叫‘白芳礼支教公司’。”

“啥啥？子饺还是水饺公司？”

“支——教，支持的支，教育的教，支持教育的公司。”老人一个字一个字给儿孙们念清楚。

这回都听清楚了：老爷子真是着了魔，敢情自个儿卖老命还嫌不够，还想当个“专业”赞助户！

“你们看咋样？啊，说呀，是支持还是反对？”老人心急地问了这个又问那个。

儿女们你看我，我看你，异口同声地：“爸，只要您老看咋合适就咋办。”

“哈哈哈，我说我的儿女就像我嘛。”这回轮到老爷子乐不可支了。

“爸，我们嘛不担心，就是担心您老这么大年岁还……”

白芳礼朝儿女们挥挥手，说：“啥事儿没有，你们开口支持我办支教公司比给我买罐头、麦乳精强百倍。走喽——”老人猛地一按车铃，伴着清脆悦耳的“叮铃铃”声，便消失在晨雾之中……

不久，由市长亲自给白芳礼老人在紧靠火车站边划定的一块小地盘上，全国唯一的一家“支教公司”——天津白芳礼支教公司宣布正式成立，84 岁的白芳礼当上了公司董事长。开业伊始，他对受雇的 20 来名员工庄严宣布：“我们挣来的钱姓教育，所以有一分利就交一分给教育，每月结算，月月上交……”

不知道的人以为这下白芳礼老人可以坐享清福了，其实他的那个“支教公司”实则仅是火车站边的一个 7 平方米的小售货亭，经营些糕点、烟酒什么的。

“可别小看我的小亭子，这儿可是黄金宝地哩。”与我面对面坐着的白芳礼老人指指如今那块成为他露天栖身之地的地盘，不无自豪地说：“我就是凭着卖掉老屋的 1 万元和贷来的钱做本钱，慢慢滚雪球越滚越大，由开始的一个小亭子发展到后来的十几个小亭子，连成了一片。最多一月除去成本、工钱和税啥的，还余 1 万多元哩！”

“那可比您老一个人蹬三轮车多赚不少哟。”我听后打心眼里为老人高兴。

“多好几倍呢！”老人发出朗朗笑声。

不过有一件事儿我不禁要问他：“您老这么一大摊儿都是自己管呀？”

“不不不，我是董事长，不管具体的，我雇一个经理，他帮着我管事儿。我还是蹬自己的三轮车……”老人连摆了几回手。“我懂嘛做买卖？再说蹬了几十年三轮，你这回一下让我真像皇帝那样坐在太师椅上，看着伙计们流着汗吆喝着，可不是自己给自己折寿吗？要不得要不得。”老人乐呵呵地开怀大笑之后，接着说道：“再说想想那些缺钱的孩子，我也坐不住呀！我还是像以前天天出车，24小时待客，一天总还能挣回个二三十块。别小看这二三十块钱，可以供10来个苦孩子一天的饭钱呢！”

这就是一个耄耋老人的全部内心世界。他靠自己的全部所能，烘托着一片灿烂天空，温暖着莘莘学子。

我知道自办公司起，白芳礼老人每月向天津的几所大学、中学、小学送去数额可观的赞助费，这些所谓的赞助费实际上就是他的“支教公司”全部税后利润，他因此由开始资助十几名学生，到后来的几十名、100多名，直到200多名……并且成为名扬津门和海内外的“支教劳模”。

老人讲到这段辉煌历史时，情不自禁地又翻腾起那几口袋有关他的报道材料，又嘴里不无自豪地夸耀起来：“……我到中央、到市里做报告，13个机子对着我，录像机啊电视机啊。我对学生们讲，我说：“你们花我白爷爷一个卖大苦力的人的钱确实不容易，我是一脚一脚蹬出来的呀，可你们只要好好学习，朝好的方向走，我供你们学习也越干越有劲儿嘛。我干啥支持教育？支持你们学生？我晓得我们国家落后就是因为教育没上去，所以我要支持教育，支持你们学生好好上学。我是上面挂上号的人哪，不干出些事儿来，咋向上面交待？你看你从北京大老远地跑到我这里来，我没有点儿事迹，没有点儿材料给你写，你就不好回去写了，我就算嘛先进？算嘛劳模呢？所以我越干越有劲儿。我对孩子们说，你们只要好好学习，就不要为钱发愁，有我白爷爷一天在蹬三轮，就有你们娃儿上学念书和吃饭的钱。我这么一讲，台下的孩子们全哭了……”

能不哭吗？老人依然沉浸在他那幸福的回忆之中，而我却无法平静：一个坐在你面前形似乞丐却比丰碑更巍峨的老人，十几年来从不间断地蹬着三轮，行程50余万里、捐出30多万元帮助贫困生，其本身的壮举便足够让那些大有能力却从不愿向社会、向公益事业施舍的人汗颜，当然对那些不仅不会向社会、向公益事业施舍且还想尽心思占便宜、伸黑手的人，就更无法与白芳礼老人的精神境界可比。照理像白芳礼这样高龄的老人不仅无须再为他人做些什么，理当完全可以接受别人的关爱。可他没有，不仅丝毫没有，而且把自己仅能再为别人可闪耀的一截烛光全部点亮，并点得如此亮堂，如此光耀！

末后，老人告诉我，虽然他有赖于能为诸多学生提供赞助的主要生财之源的“支教公司”，其经营地盘因整治城市环境而被拆除了，但他的三轮车还在，他的身体还健壮，他的那颗爱国、爱教、爱学生的心还在“扑通扑通”地跳，他就要尽快恢复每月向200多名学生的资助。

“大爷，请允许我在这里代表所有受过您老资助的同学们向您致敬。”我觉得再在老人面前待下去我就会哭出来。

“好好，让同学们放心，我身体还硬棒着呢，还在天天蹬三轮，一天十块八块的我还要挣回来。”老人吃力地从小凳上坐起来，向我伸过双手。

“您老的手怎么啦？”在我触摸到那双粗糙的手时，心头一阵颤动：老人的两手背上都有一大块发紫的溢血斑！

“前天夜里被几个小偷打的。”老人说：“他们看我这儿乱哄哄的，就想占便宜。我出去拦，他们就用木棍打我……”

我抚摸着老人手背上的伤痕，又是悲愤又是心疼，就像抚摸我自己爷爷的手。

“您老快去医院看看呀？”

“不去不去，一去的话他们就要让你住院咋的，我这摊儿咋整？”真无法明白老人在对待自己的问题上总那样毫不在乎。

临别时，我想向他要几份资料带走。老人显得有些为难。我马上明白过来，便说：“大爷，我要的资料我自己去复印，顺便给您多复印几份，以后有记者什么的来了您就可以给他们了。”

老人听后，似乎一下激动起来，脸都有些涨红了，他把手伸过来握着我连连说：“你是我碰到的好人。以前他们来写我，一来就拿走好多材料，我一印就是好几十块哪！可人家是来宣传我的呀，我能有话说吗？那会儿我做买卖的那些小亭子没拆，也有钱应付得起。现在不行了，我断财源了，资助的那些学生有的一两个月没拿到钱了，所以你看你大老远地来宣传我还让你掏钱，怪叫人那个的……”

“大爷您可别当一回事儿，比起您这么高龄还一脚一脚地蹬车为学生们捐钱，我们算什么？大爷千万别……”我感觉自己的鼻子阵阵发酸，再也说不下去了。

“再见了，大爷。”

“欢迎再来。”身后，突然传来老人的一声叫喊：“……等文章出来了给我捎上一份儿啊！”

“哎，一定。”

当时已经走出几步的我，真想再回头看一眼津门的这位令人无比尊敬的老人，可是我没勇气。我发现我的泪水早已模糊了双眼。我猜想这是第一次，或许是最后一次见我一生中最最值得尊敬的人，我多么渴望转过身去再看一眼他，但就是没有那种力量，没有那种可以让我不失声痛哭的力量……

南海边，那深情的凝望

◎ 林平

繁星点点映衬着银色的琴弦，
如同爱的音符布撒无垠的海面。
三七二潜艇缓缓穿行于琴弦之间，
弹奏出水兵对家乡和亲人的思念。

——潜艇兵赵满星《思念》

七夕那天一大早，我就风尘仆仆地赶到了位于海南三亚的某潜艇支队，来到离军港码头不远处的望夫路。

知道这条望夫路，是因为要采写“时代楷模”三七二潜艇的报告文学。4 年前，三七二潜艇在执行一次战备远航任务中，突遇“掉深”——在深海之中，海水因密度不同会造成“水下断崖”现象，潜艇从海水高密度区域驶入低密度区域，浮力顿减，如同疾驶的汽车掉下悬崖，这便是掉深。潜艇掉深是全世界海军的噩梦，曾有多国潜艇因此而遭受灾难性后果。短短的十几分钟里，三七二潜艇急速下沉 70 多米，几近极限。

不仅仅如此，在掉深的关键时刻，舰艇同时遭遇了爆管进水的致命险情——三七二舰艇被逼上了绝路。

那是怎样的死亡迫近的惊魂时刻!

面对这命悬一线的情形，全艇官兵靠着极其过硬的军事素质，临危不惧，向死而生。在搏击命运的 3 分钟里，全艇官兵执行了 30 多个口令，完成 500 多个动作，精准程度堪比卫星上天，无一差错。终于成功排险，避免了一起艇毁人亡的重大灾难事故。在这艘黑鲸恢复平静之后，潜艇毅然克服重重困难，继续远航，圆满完成了任务，创造了我国乃至世界潜艇史上的奇迹。

这一壮举经过广泛报道，其背后的很多感人故事浮现了出来，望夫路上的凝眸就是其中之一。

写在台历上的忍与爱

在潜艇基地的海边，若是寻找路牌，一定找不到望夫路，只会看到青年路的标识。有水兵告诉我，青年路就是望夫路。之所以叫“青年路”，大概是因为水兵都是青年人；之所以又俗称“望夫路”，大概是很多水兵的妻子喜欢站在路边，眺望大海，希望看到丈夫平安归航的缘故吧！

漫步于蜿蜒曲折的望夫路，白天，我看到的是绵绵不绝的海浪和高大婆娑的椰树，一只只小蜻蜓在凤凰木上空静静地飞舞着；夜晚，视野里映现的是提着小灯笼忽高忽低的萤火虫，还有空中皎洁的弯月。无论白天还是黑夜，我听到的都是一个声音——从遥远的海平面上滚滚而来的海涛声，在岸边绽开一朵朵洁白的花朵。只有在傍晚时分，夕阳余晖下，我才看到了一个个青春的身影。大多是身穿海魂衫的水兵，偶有年轻的一家三口，也有老人、年轻妈妈推着婴儿车，恬淡、从容，脸上的表情波澜不惊，并不见我想象中的那种望眼欲穿的翘盼。

潜艇支队宣传科的人告诉我：“今天是周末，很多官兵都回家属区了，只有少量值班人员留守营区和码头。”我猜想，他还有没说出的话应该是，最近没有潜艇紧急拉动和战备远航任务，所以不会看到那些望夫的妻子们的身影；抑或是，即便有潜艇执行任务去了深海远航，妻子们也都习以为常，不在望夫路上独自徘徊了；再抑或是，她们对自己的丈夫和潜艇都十分信赖，知道他们定会安全回来，安心在家里等着就是了。

不过最可能的是，那些漫步在望夫路上的年轻女人，推着婴儿车或者牵着孩子的年轻母亲，偶尔望一眼大海，看似随意的眼神，或许就是深情的凝望吧？

岁月中，凝望也在悄悄地变换着模式。

不经意间，我也确实看到了黝黑皮肤的潜艇缓缓出港、驶向海天深处的景象。

我脑海里一次次闪现出的，却是4年前三七二潜艇紧急拉动出海前后的一幕幕。这一幕幕不是我看到的，是我从众人的讲述和潜艇支队提供的资料中窥见的。

当时已近年关，三七二潜艇官兵要么正在启程休假，要么正在迎接来部队探亲的家属。就是在这种情况下，艇员周军遗憾地与前来部队探亲的妻女擦肩而过，没有早一点儿，也没有晚一点儿。

周军是江苏高邮人，1972年出生，1993年入伍，迄今已在潜艇服役24年，三七二潜艇航电技师，一级军士长。周军的妻子王梅没有工作，一直在江苏高邮农村老家照顾生病的父母，两人相聚只能靠周军一年一次的休假。即便如此，这种相聚也显得十分奢侈。以前工资低，为了节省路费，周军常常把两年的假期攒到一起休。然而，因为出海任务重，他常常连一个完整的假期都休不够，更别说一下子休两年的假了。结婚15年，他和妻子在一起的时间不足12

个月，他感觉愧对妻儿。

有一年，周军休探亲假要回老家，为早日见到亲人，买了一张飞机票，从三亚飞到了上海。在上海浦东机场刚下飞机，他打开手机正要给妻子报个信，没想到没等拨出这通电话，手机就叮咚一下，收到艇长发来的信息："周军，有任务，速归队！"他一下子蒙了，这可怎么跟家里说？但军令如山，他没想太多，随即拨通了那个烂熟于心的号码，愧疚地说："老婆，我刚下飞机，接到了紧急任务，要马上归队！"电话那端似乎愣了一下，继而传来轻微的抽泣声。他狠着心挂断电话，很快登上了返程的航班。

他太亏欠妻子和女儿了，想找个机会补偿一下。

机会就在 4 年前的那个春节前夕。

他咬了咬牙，让妻子带着 13 岁的女儿也坐一次飞机，从老家来部队看他，一家三口将在美丽的南海边好好团聚，他还许诺要陪她们看大海、带她们吃海鲜。然而，他食言了。就在妻女登上飞机的那一刻，他突然接到出海命令，毅然跟战友们一起钻进了三七二潜艇升降口，出海远航。那时妻子正在飞机上，电话不通，待妻子下了飞机，他已随艇潜入大海，无法联系。

王梅带着女儿下了飞机，兴奋地给丈夫打电话，但无论如何都打不通，直到前去接机的潜艇支队队员告诉她，她才知道丈夫出海了。

完全能够想象得到，一向节衣缩食的母女俩，好不容易奢侈一回乘坐飞机赶来了，却扑了个空，她们心中该是何等失落、伤心甚至愤怒。

从那天起，王梅就开始在台历上打钩，一天天数着日子，这一数就是 20 多天。母女俩每天都会从家属招待所牵手来到军港边的望夫路徘徊，走过婆娑的椰林，盼望着海天尽头出现那头巨大的黑鲸，载着她们的亲人快快归来。然而，她们每天等来的，除了失望，还是失望。在苦苦翘盼了一个月之后，眼看着孩子的开学日期日益临近，她们不得不离开三亚了，母女俩一步三回头地踏上了归程。

那一刻，那个为人夫、为人父者，正在波诡云谲的茫茫大海中，坚守军人的使命。

到如今过去4年了，小女孩儿该17岁了，她们一切可都安好？我在心里默默地为她们祈祷着。

在潜艇支队采访期间，我见到了周军。周军的个头儿高出我的想象，面相也比实际年龄显得年轻，说起他的航电专业时，语气里是满满的自信。他告诉我，妻子仍在老家照顾年迈的父母，17岁的女儿今年考上了济南大学电气自动化专业，已经开学报到了。

这个消息对我无疑是极大的慰藉。我长长地舒了一口气。

嫁了一个心装大海的军人

在那些凝望的身影中，偶尔会看到一个中年女人，独自一人站在望夫路边的椰树下，静静地望着大海，夕阳下恍如一座雕像。她是2014年那次战备远航任务中的三七二潜艇支队队长、指挥员王红理的妻子，名叫张艳。偶尔有认识张艳的人上去打个招呼，向她打听三七二潜艇何时回来。她总是带着歉意摇摇头，也是一脸茫然。

应该说，张艳是三七二潜艇20多位军嫂中的长嫂，18岁时从湖南浏阳师范学校毕业，分配到长沙县当了老师，经人介绍认识了王红理。鸿雁传书3年之后，她毅然嫁给了他，连彩礼都没要。

婚后第二年，她放弃了长沙县的教师工作，随军来到了部队。那时潜艇支队条件异常艰苦，张艳先是随丈夫住临时家属区，后住老营干房，再后来住团干房，房子老旧，墙体潮湿斑驳，一到下雨天，感觉房顶都会掉下来。刚开始，张艳无事可做，就跟部队其他家属一起去院子里拔草，后来还是想教书，就自己找了一份学校的工作，凭着丰富的学识和敬业精神，没几年就当上了副校长。

那时，王红理经常搞全训，整天脏兮兮的，又黑又瘦，体重不足110斤，回家了还穿着作训服，往床上一躺，叫都叫不醒。张艳埋怨过，也生气过，觉得自己嫁了一个不顾家的男人。可埋怨、生气都没有用，丈夫依旧在外面忙他的，我行我素。南海舰队资料显示，2011年4月，45岁的王红理扛起了这支潜艇支队的帅旗。从2011年到2014年的3年间，王红理先后组织了多次远航，数次前出第一岛链，南抵北纬小纬度线，创下了中国海军出海频率最高、航行时间最长、活动海域最广的多项纪录。在数十次重大演习演练中，他组织实射雷弹多达数百枚，位居各潜艇部队之首，并创造了多项第一。

儿子出生后，张艳更忙了，有时还为儿子担惊受怕。儿子读小学六年级时，不小心摔了后脑勺儿，回家后说头疼，去医院检查，发现脑出血，连脑线都偏移了，要立即手术，推到手术室时已经昏迷。张艳在手术单上签字时，握笔的手抖个不停。直到手术已经开始半天了，王红理才慌慌张张地赶过来，搂过她的肩膀，安慰说："别紧张，别紧张……"好在抢救及时，儿子没留下后遗症，夫妻俩总算松了一口气。让张艳耿耿于怀的是，儿子从幼儿园到小学再到高中，丈夫从没参加过一次家长会，连学校老师都试探着问儿子：

“你爸爸妈妈都还好吧？”

仅仅三亚这边的小家还好，更难的还有望城老家的父母需要照顾。几年前，王红理的父亲摔伤了颈椎，没有完全康复，生活基本不能自理，加上母亲患了老年痴呆症，王红理又一年到头忙得脚不沾地，只好让张艳回老家看望父母。张艳回到了老家，很多亲戚朋友都对她嘘寒问暖，话题总是围绕着她跟王红理的关系，打听王红理为啥不跟她一起回来。她说王红理太忙了，抽不开身。别人总是笑，笑得意味深长。她明知道别人的意思，说出的话却绵软无力。从望城老家返回三亚后，她就对王红理说：“你再不回家，别人还以为我是个单亲妈妈。你还是跟我回去一次吧，露个脸儿给他们看一下。”终于，2014 年春节前夕，夫妻俩才相伴回了一趟老家，可是终因王红理任务在身，没能在家久留，抱着母亲哭了一阵儿，很快又返回了部队。

每次丈夫出海，张艳都会有几天心里空落落的，总像是有啥事悬在半空，没有着落，这次依然如此。很多个傍晚，她独自来到海边的望夫路上，走在海风吹拂的椰树下，偶尔望一眼茫茫无尽的大海。见到来向她打听情况的军嫂，她总是无奈地笑一笑，说：“我们还是耐心地等着吧，相信他们迟早会回来的。”

偶尔，她们相互之间会打听彼此对丈夫的感觉，每每这时，张艳便会说一句非常诗情的话：“一个心里装着大海的军人，肯定是一个值得托付终身的人。”

“欲齐其家者，先修其身；欲修其身者，先正其心；欲正其心者，先诚其意；欲诚其意者，先致其知……”古人诚不我欺。

她们的丈夫就是这样一群齐家、修身、正心、诚意、致知的潜艇兵。

待到彩霞漫天时

对于海边望夫路上的凝眸，军医卢翀的妻子曾晓燕有着更深的体会。

来潜艇支队基地前，我在书报上见过曾晓燕的照片，照片上的曾晓燕身材娇小，穿着宽大的白色方格汗衫，一副娃娃脸，笑起来十分灿烂。在潜艇支队采访期间，我意外地见到了暑假期间带着一双儿女来部队探亲的曾晓燕。她是江西赣州一所小学的英语老师，每年只有寒暑假才有机会来三亚探亲。这个暑期一到三亚，她就报名参加了一个女子防身术培训班，并给我看了她培训学习的视频，认真地说："你别看我个子不高，我可是个女汉子，很有劲儿的！"至于为何要练防身术，她开玩笑说："老公不在身边，我还不得自己保护自己呀！"

说起丈夫卢翀，曾晓燕一直记得 7 年前遇见卢翀时的一幕：一个高大帅气的小伙子，身穿白色的海军服，脸上洋溢着军人特有的阳刚之气。只是这一眼，她就心动了。半年之后，当卢翀手捧鲜花向她求婚时，她毫不犹豫地接受了。

"打那以后，我就多了一个称呼——潜艇军嫂。"曾晓燕笑着对我说，她小时候的梦想是成为一名军人。长大后，这个梦想没有实现，却成了一名军嫂。她满含深情地说："我不知道他具体在做什么，但我知道我该为他做些什么。"

她能为丈夫做的，就是照顾好老人，培养好孩子，解除丈夫的后顾之忧。

在她眼里，水兵丈夫虽然一点儿都不浪漫，结婚一周年时给她发的一条短信却让她感动了很久。丈夫在短信上写道："一年前的今天我有了你，而今天我有了你们，幸福就这样悄悄地来了。一年中你给我的感动太多太多，我给你的除了愧疚还是愧疚。现世虽然太平，职业的要求却使得我们不得不两地分居。阳光温热，岁月静好，你不来我不老。此刻的幸福莫过于此。"

2014 年初，曾晓燕带着 2 个月大的儿子与公公婆婆一起来部队探亲，一家人准备过个温馨的团圆年。可刚到部队没几天，丈夫突然就不见了身影，她火急火燎地四处打听，最后才得知丈夫和战友们一起出海了。时间长了，她跟同住一栋楼上的潜艇官兵的家属都熟悉了，少不了跟她们交流各自丈夫的事情。她们说，丈夫什么时候走、什么时候回、干什么去了，她们从不打听，想打听也打听不出来。

"不要问我去了哪里，问我也不能告诉你。"潜艇兵总是这样对自己的妻子和亲人说，"我们一出海就下潜，回来也不能张扬，这已经成为我们潜艇兵的习惯。潜艇兵的战斗精神需要深入骨髓，流淌在血液里，除此，别无选择。"

有一天傍晚，夕阳西下，曾晓燕推着婴儿车，漫无目的地走着，走着走着，就走到了海边，走到了椰影摇曳的望夫路上。她当时并不知道这条路叫什么名字，只看到有些跟她一样的女人在路边眺望大海，在椰树下徘徊。身披夕阳的余晖，她指着海天相接处，温情地对根本听不懂话的儿子说："儿子，看，爸爸就在那边！"

此后，她便习惯了在傍晚时分推着婴儿车漫步海边的望夫路，只要不下雨，她几乎天天如此。夕阳西下，晚霞映红了天边的云彩，也映红了西边的山峰，给停泊在港湾里的军舰和潜艇披上一层暖暖的外衣。每到这个时候，总有三三两两陌生而又熟悉的身影，跟曾晓燕一样用期盼的眼神远眺大海尽头，深情而专注，静默而持久。夕阳拉长了她们的身影，直至把她们淹没于无边的夜色与涛声之中。

那里是距离大海深处的潜艇、距离自己最心爱的人最近的地方。

时间久了，三七二潜艇官兵家属之间建立了特殊的情谊，每天傍晚漫步大海边，共沐夕阳，一起思念着不知在哪一片海域的丈夫。她们期待着，海天相接处会突然出现三七二潜艇的身影，自己的丈夫会突然出现在眼前，了却她们的相思之苦。她们心里都十分清楚，丈夫把时间都献给了潜艇、献给了大海，丈夫以及和丈夫一样的人早已把大海融入了血液，把潜艇铸入了筋骨。

每每此时，曾晓燕的心底总会油然而生一种自豪感，因为她的丈夫和战友们正潜航在深海大洋，默默地守护着这份美好与安宁，她在心里对丈夫说："无论你潜得多远、多深，都走不出我的爱恋。当你胜利归来的那一刻，迎接你的，永远是我最灿烂的笑脸。"

4 年前三七二舰艇出海远航时，徘徊在望夫路上的还有两个特殊的身影——符蓉和王青，以及她们肚子里的宝宝。丈夫归航之前，两人的预产期就到了，她们都想等丈夫出海回来再生产，可丈夫一点儿消息都没有，望夫路上也看不见有潜艇归港。符蓉的羊水已不足一半，不能再拖下去了，她这才极不情愿地去了医院，做了剖宫产手术。按医院规定，做手术需要家属签字，符蓉强忍阵痛说："我老公出海了，字由我来签，责任我来担！"她生了一个女儿，起名彩霞。王青等到了丈夫归航的那一天，产下一个男婴，起名远航。

彩霞和远航的名字，自有深意。还在海上时，战友们知道谢宝树和陈凯军快要当爸爸了，就七嘴八舌地替他们操心给孩子起名字的事：“若是儿子，就叫远航；若是女儿，就叫彩霞。”如今，小彩霞和小远航已经4岁多了，他们在妈妈的陪伴下，时常走在海边的望夫路上，盼着出海的爸爸平安归来。也许，小彩霞和小远航很快就能哼唱那首咏赞他们父辈的歌谣：

出航即出征，下潜即战斗。
弹指灭敌寇，千里不留行。
国家之重剑，敌人闻胆寒。
纵死忠骨香，海疆魂飞扬。

（《光明日报》2018年9月28日刊载）

智慧风暴（节选）

◎ 王宏甲

陌生的世界

（1948—1966）

没有什么比“抉择”更能影响人的一生。

没有什么比“认识”更能影响你的前程。

人是通过认识他人和世界，使自己聪明和成长的。认识是抉择的前提，是创造前程的出发点。

一个曲高和寡的神话

1975年那个冬天，王选趴在冰凉的桌面上苦思苦算，虽有无限数学想象，也不会想到在这种算式的基础上生长起来的高技术会使他成为中国大陆第一个获得欧洲专利的人。

从知识到经济，北大方正在中国高校企业中是一面走“产学研”结合道路的旗帜，在全国也是一个曲高和寡的神话。在这个神话中，王选从一名教师变成了中国科学院、中国工程院和第三世界科学院“三院士”，以及全国政协副主席、中国科协副主席……但要真正认识王选，还得首先忘掉他的成就和荣誉。

1954年的秋风吹动了未名湖畔的树叶，吹起了王选的白衬衫，刚从南方考进北京大学的王选，穿一双布鞋，还是个17岁的学生……

七宝镇的灯光

高考前填志愿，王选填了三个：北京大学数学系、南京大学数学系、东北人民大学数学系。家在上海，他没有一个志愿填上海。你可听见 20 世纪 50 年代青年的心声……那是一个对新中国无限憧憬的时代，胸怀祖国，奔赴远大前程，是许多人心中真正的志愿。

来到北大，王选很快发现自己并不出众。这一年北大数学力学系共招了 200 多名新生，都是全国各地的数学尖子。那时没有人注意王选。多年后王选回忆说："有一批同学的数学才华比我高，有的不是高一点儿，是高很多。比如张恭庆。"

他第一次强烈地感到，这是北大！一间大屋住 24 位同学，冬天没暖气，你依然感到这是一片阳光岁月。新中国人才济济的景象，同样呈现在这摇篮般的陋室。

"我一生中第一次大的抉择，发生在大学二年级下学期。我要选择专业了。"王选说。

我不怀疑，这是决定一个 19 岁的青年将来干什么的重大抉择。但是，我仍然感到，不能忽略他更早的一次抉择。

那年他 11 岁。

11 岁的王选升入上海南洋模范学校初中部，这是上海最有名的私立学校。可是，该校初中部在上海郊区七宝镇，去读，就得离家住校，生活自理。时值 1948 年，上海兵荒马乱，人心惶惶……王选 1937 年 2 月 5 日生于上海，"8・13"日军向上海发动大规模进攻时，他才半岁，战乱中父母把他拉扯大多不容易，现在哪能放心他独自离家。

"不行，你不能去。"大哥说。

“你应该就在我们家附近的这所中学上学。”二姐说。

王选有两个哥哥和两个姐姐，他们都不同意他去。

王选坚持要去。

你可以想见，他 11 岁的抉择，不是一件容易的事。

但是，他成功了。

田野的气息围绕着郊区学校，某种渴望自主的东西在少年王选身上滋滋地生长。这恐怕是他人生中值得庆祝的一个事件，这是在生长出一种对一生的抉择都会产生支持的气质。

七宝镇没有电灯，学校的宿舍里用煤油灯。透过油灯和王选组成的形象，我依稀能望见王选父母的身影……祖籍江苏无锡，父亲少时到上海求学，一直读到上海南洋大学，毕业后到一家国际贸易公司任会计师。母亲出身于书香之家，外祖父曾东渡日本留学，回国后在晚清的学堂里教过化学……父母的文化使他们最终选择了保护小儿子的个性。

1948 年，世界上还发生了一件同王选的未来有关系的事：美国数学家申农提出了信息论。就在王选奔跑在校园操场上的日子里，信息论日益发展为信息科学的基础理论之一。同年，美国贝尔实验室的肖克利、巴丁、布拉顿共同发明了晶体管，电子学领域的一场革命由此发端。

从 11 岁到 19 岁，仅仅 8 年，王选在北大选择专业时已经面对着世界上关于计算机与航天技术的消息……但是，当时班上最热门的选择是纯数学。

动人的创造从何处萌生

纯数学，真的很迷人。这恐怕要追溯到北大的理科在 1952 年全国高校院系调整中得到的加强。那时，北大从城内沙滩原址迁来城外燕京大学校址，燕大的文、理、法各科系并入北大，工科并入清华，一些大学的著名理科教授调入北大。马寅初校长也非常重视基础课，任用江泽涵、程民德、丁石孙等一流的教授和讲师来教授一年级的基础课。

有人讲："上帝是按照数学语言来创世的。"恩格斯写道："数学在一门科学中应用的程度，标志着这门科学的成熟程度。"总之，纯数学的光芒可以照耀到一切科技领域。至于力学，牛顿建立了经典力学的基本体系也有近 300 年了。

而计算数学是一个分支学科，北大刚设这个专业，连教材都缺乏，可谓冷清而荒凉。当学生的谁不想多学点儿东西？所以选择计算数学的很少。王选就选了这"冷门"。你会不会问，为什么？

多年后，王选看到美国心理学家荣格写的一个公式："I+we=fully I"，眼前突然一亮，他觉得这个美国人把他多年来抉择前程的一种方式"抽象"出来了。在这个式子中"I"代表我，"we"代表我们，相加之和就等于"完整的我"。

他说，他选择计算数学是看了我国 1956 年 1 月刚刚制定的 12 年科学发展远景规划，"我看到规划中把原子能、自动控制、计算技术列为重点发展学科。周恩来总理也说，计算技术是我国迫切需要的重点技术"。

如果说王选 11 岁的抉择已很有"我"，19 岁的抉择却看起来没有多少"个人意志"，很像只是听从了"国家的需要"。

其实，王选这次选择真正的收获是：选择了把"我"去与时代的、国家的迫切需要相结合，这将使他在"天时""地利"上得到好处。此外，当我们把"需要"抽象出来认识，还可以注意到，在社会的公众的需要中，永远蕴藏着人生的大好前程。

至于“冷清与荒凉”，那才是更容易出彩的地方。没有那么多高大建筑，阳光会更直接地照耀到你的身上。

21岁，王选大学毕业，时值1958年我国掀起研制计算机热潮，由于计算机人才奇缺，王选当初选择的正是这个专业，学校正需要相关人才，故王选被留校当助教，并成为设计硬件的主力之一。这大约是王选从自己的人生抉择中收获到的第一个好处。

没有什么比跨领域研究更能为前途开辟道路

为研制中型电子计算机“红旗机”，北京大学成立了“红旗营”。曾担任王选计算机课的张世龙老师当时虽不到30岁，但已算得上是我国研制计算机的先驱之一，他被任命为“红旗营”营长。1959年夏，王选刚刚完成“红旗机”的逻辑设计，张世龙老师却被定为“右倾分子”，下放农村。

老师要走了。

王选感到一个重担已经压在肩上。

这个秋天，秋风依然吹动未名湖畔的树叶，吹起王选的白衬衫，他比任何时候都更加感到：自己的渺小，非常渺小。

这使他拼命地想把“我”融化到“我们”中去。他似乎成功地钻进“红旗机”里去了。1961年，某种扩大认识的思考使他做出了成年后的第二次抉择：从硬件转向软件，但不放弃硬件，而是从事软硬件相结合的研究。

24岁的王选很快看到了这次抉择带来的好处。“我已经搞了3年的计算机，如果有人说我不懂计算机，我能同意吗？可是现在，我忽然发现，只有了解了软件，才算真正懂得计算机。”

这其实是选择了“跨领域”研究，好处远不只是在计算机领域。如同阴阳结合分娩出生命，没有“跨领域”就没有创新。世界上第一台电子数字计算机是1946年问世的，那就是数学和电子技术相结合的产物。发明人埃克特和毛奇利也都得益于既懂数学，又懂电子技术。当200多年的工业经济使世界朝能源危机、资源耗竭的方向发展，20世纪后半期一批低耗高效的高技术，都是从跨领域的研究中诞生，从而为人类的前途开辟道路。没有跨领域研究，王选就不会是今天的王选。

“我当时有种茅塞顿开之感。”王选说。

也就在这一时期，王选还做出了一个重要选择：开始每天半小时收听英国BBC广播的英语。王选在中学学过英语，在大学学的却是俄语。计算机是在美国发明的，那时中美处于隔绝状态，王选还是隐隐约约地感觉到，自己搞这项研究恐怕总还是需要从美国学东西的，因此有必要继续学英语。这项选择后来果然给王选带来了很大的好处，这项选择可以算得上是王选人生中的第三次重要选择。

这是王选人生中一边如饥似渴地吸收新知识，一边如琢如磨地深入研究的时期，人生在这样的时刻，就是将做出大的发明创造的前夜了。没想到就在这年夏天，饥饿加上连续的劳累，王选被击倒了。

他把青春和生命都投入了“红旗机”的研究，不管身体有怎样的不舒服，他都挺着、熬着，没想到生命比想象的脆弱……他的病辗转首都几家医院，持续一年久治不愈，身体一天比一天虚弱，他不断地想起母亲……

那是1962年，王选才25岁，6月，同事和朋友把他从医院护送上列车，列车长鸣着把王选带走了，不少人感到好像经历了一场诀别。

在生命最微弱的日子里

母亲在上海站见到儿子，泪水止不住流了出来，但马上又说："没事，会好的！"

母亲姓周名邈清，生于1901年。外祖父在清政府尚存时就为她取的这"邈清"之名，似乎真赋予了她某种东西。母亲一生都坚强而凛然。现在，母亲开始竭尽全力地拯救儿子。

王选已熬出多种疑难重病，在上海治疗仍然未见寸功，但母亲从未失去半寸信心。

62岁的母亲脚步匆匆，出去请医、寻药，回来煎药，一碗碗送到儿子唇边……王选躺在床上，体验着母亲夏去秋来的努力，感到身体的内部有一个强烈的声音在对他说，"你可不能让母亲失望啊"，感到生命力在很深很深的地方被一丝一毫地召唤回来。每个人都有母亲，世上还有什么比母亲更无私更让人感动的呢！在母亲的身上，实际上还有留洋归来的外祖父的理想，白发皤然的母亲，把顽强把坚韧不拔的毅力和爱，一点一点地喂给儿子……在王选生命最微弱的日子里，母亲不啻是他真正的保护神！

隆冬过后是春天，王选的身体出现转机，他可以下床走动了。在母亲身边10个月，王选犹如再次体验了诞生。

七宝镇的田野和未名湖畔的绿树，又生机盎然地回到记忆中，生命如同一只觅新长出羽毛的鸟儿，渴望飞翔……一个念头冒出来：他想搞一个计算机高级语言编译系统。

这是一个近乎妄想的念头，可供研究的资料在国内外都少得寥若晨星。纵然想飞，一只病中的孤雁……可能吗？但是，他还是坚定地朝他选定的“跨领域研究”挺进!

他开始四处托人收集资料。有人理解他这个近乎“飞天”之想吗?一天,有人给他带来了一本《ALGO60修改报告》。王选翻进去,“像看天书”,但是,他知道,这是当时极其珍贵、极其难得的国外计算机高级语言。

“谁托你带来的?”

“陈堃銶老师。”

陈堃銶就是北京大学计算数学专业的青年女教师。王选不是一只孤雁。此后几年,他就在上海家中,以惊人的毅力和卓越的总体设计,与北京大学的许卓群、陈堃銶、朱万森等人一起向这个难题进军。

1965年夏,母亲为王选整理行装的情景,让我再一次想起保尔·柯察金要归队时母亲为他整理行装那一幕……孩子长大,一个个都飞走了,只有负伤或生病时才会回到母亲身边,刚好点儿,又要走了……“妈妈,学校把我们搞的‘系统’列入了北大的科研计划,我该回校了。”

是的,孩子是国家的。65岁的母亲再一次把儿子送上火车,汽笛响了,母亲眼泪汪汪地微笑着。母亲怎么也不会想到,儿子这一去,还将经历另一次劫难。

王选回来了。有了更多同仁的帮助,这个项目终于开花结果,为我国推广计算机高级语言做出了宝贵的贡献。这一贡献被载入了中国计算机发展史。

他首次看到“我们的”研究成果进入应用。这时的王选已是我国少有的精通软硬件的“两栖”专家。用王选自己的话说:“软硬件两方面的知识和实践,是我后来能够承担激光照排系统总设计的决定性因素。”

后来，他在下乡劳动途中病倒，旧症全部卷土重来。他被送到京郊十三陵分校。这儿根本没有医疗条件。失去医疗，王选如同被抛到岸上的一尾鱼，病情日趋恶化……此时，北大还会来看他的人只有陈堃銶。

“王选，你不能在这里等死。”陈堃銶说。

王选不知道还有什么办法。

陈堃銶说：“回北京，我照顾你。”

王选想了想，说：“不行。”

陈堃銶说：“我和你结婚，谁还能说什么！”

走好第一步

（1975—1976）

刻苦钻研、艰苦奋斗、锲而不舍就能取得成功吗？今人多以为王选是我国最早研制汉字精密照排系统的人，其实不是。在他之前，国内另有5家攻关班子也在抓紧研制。这5家都实力雄厚，都经过了极刻苦的奋斗。为什么这5支劲旅在英勇奋斗多年后都不得不悲壮地接受失败，王选这一支究竟凭什么成功？

认识自己之不行，才可以行

1975年，38岁的王选仍“病休在家”。人生还能做些什么呢？

就在这一年，王选做出他一生中第四次重大抉择。

这是一件同每个中国人都有关系的事。

中国是印刷术的故乡。印刷，在我国出现的时间比西方许多人以为的都要早很多。印章，在春秋战国时期已广泛使用。秦始皇焚书388年后，东汉灵帝于175年下令把儒家经典刻在46块石碑上，供世代抄录，后人为了免除抄写的辛劳和错漏，发明了从碑石上拓字的办法。这拓字与盖印相结合，便诞生出雕版印刷术。世界上现存最早的印刷品是868年我国印刷的《金刚经》。毕昇约在11世纪40年代发明了活字印刷术，第一代产品是用细胶泥刻烧成的泥字，后人又搞了木字、铜字、铅字，活字印刷已有近千年的历史。

如今，随着电子计算机和光学技术的迅速发展，西方率先结束了活字印刷术，采用电子照排技术。当代印刷技术发生的革命性变化，将比过去1000年里产生过的作用更加显著，我国如果仍停留在铅印阶段，怎能跟上世界的步伐？

1974年8月，经周恩来批准，我国开始了一项被命名为“748工程”的科研项目。这个科研项目分3个子项目：汉字通信、汉字情报检索和汉字精密照排。一天，陈堃銶意外地听说“748工程”，回来告诉王选。一个启动王选未来的故事就在这一刻发生了。

此时已是1975年，王选仍病休在家。对“748工程”王选最感兴趣的是“汉字精密照排”，这个项目国内已有5家在研究。这5家除了中国科学院自动化研究所是独家研究，其余4家都是多个单位甚至十几个单位组成的联合攻关班子，都实力雄厚。换句话说，这项由国家确定的“工程”，已经组织力量在攻关，没人要求王选做点儿什么。“病休”中的王选能做什么？

但是，王选决定了：“我要做。”

这不是谁想做就能做成的，王选究竟凭什么成功？

我首次访问王选时他对我说："我年轻时就在很多方面自我感觉不好。"我初听感到这是个很聪明的说法。他接着说："松下讲过他小时候有三个弱点：一是穷，这使他奋斗；二是没好好受过教育，这使他日后努力自学；三是身体不好，这使他懂得要依靠别人。"王选说松下把三个弱点变成了三个强项，松下讲的第三点，对他启发最大。

这真是惊人之语了。因身体不好，再加上自我感觉不好……这就是成功的奥妙？除了这些，王选还有别的特长吗？渐渐地，我感觉，王选、王选，他一生中最令人钦佩的本领若用一字概括就在这个"选"字。我相信这"选"字不断作用于他的大脑对他是有影响的。他有超越群雄的选择能力。特别是中年以后，他在选择中神驰群峰、心游万仞的历程，能给世人很多启悟。他说他青年时自我感觉不好，并非谦辞。

认识自己之不行才可以行。这里是有智慧的。人是看见他人之长才知自己之短。而唯有承认自己之短，才易得高人相助。今人常说你要靠自己，不要依靠别人。其实，自己能力再强也是孤灯一盏。那些有非常之功者，无一不是既有自己，更依靠众人。

阳光洒落肩头，有一支歌向前途轻轻飞去

1975 年春，王选动员起自己还很虚弱的身体，日复一日地挤公共汽车去中国科技情报所查阅外文杂志。从北大到地处和平街的情报所，公共汽车费 3 毛钱，少坐一站可节省 5 分，王选总是选择少坐一站。病休，连续 10 年只拿每月 40 多元的劳保工资。现在的奔波不是组织派的，是他"自选"的，没有任何经费。此时，这位中

国优秀的学者，生活贫困已经到了节省5分钱就非常有意义的田地。

他看到，世界上第一台照排机是“手动式”的，1946年，在美国问世。20世纪50年代美国发展了光学机械式二代机。1965年，德国推出阴极射线管三代机。1975年，英国研制的激光照排四代机即将问世。再看我国，正在研制照排系统的5家，分别选择了一代机和三代机。

“我怎么选择？”

王选用了排除法：不能搞二代机，也不可搞三代机。那么，能不能搞第四代？他的“排除”中似有凌云气概，却也很容易被看作不切实际。最初，只有陈堃銶能够理解，她知道在我国的条件下，唯有考虑四代机，才可能成功。

为什么？

多年后，王选得知这样一个故事：钱学森回国之初，苏联和美国的洲际导弹都还没有过关，钱学森建议，我国应该先搞导弹，理由是：“搞导弹容易，搞飞机难。”因为飞机上天要保证安全，材料的难题非常尖锐，中国的基础工业不过关，我们需要一个很长的周期来解决。而搞导弹，材料是一次损耗。国外感到导弹最难的是制导技术。“制导”主要靠计算机通过“电子”来实现。在钱学森看来，这些从大脑里产生的计算的办法，中国人有办法……结果证明钱学森是对的。

王选听到这个故事后，立刻领会了其中的奥妙，因为自己当初选择激光精密照排，也是基于相似的原因。

由于当时我国基础工业落后，搞二代机将有一系列的精密机械动作严重限制我们，三代机的模拟存储方式也很难过关。对付英文26个字母相对容易，汉字多达数万，常用字也有3000，再加上印刷所需的不同字体和不同字号，存储问题比西方要困难得多。如果不另选道路，即使搞出二代机、三代机也是落后的。新的道路在哪儿？

王选，其实是以别无选择的方式向自己的大脑要出路。

难，非常难。

如果走四代机激光照排的道路，“汉字存储问题”将更尖锐。因三代机的阴极射线管可以瞬间改变光点直径和焦距，激光却不能。若把印刷所需的汉字全部变成能适应激光照排的点阵信息，要几百亿字节的存储量，俨然一片“天文数字”，一个“难于上青天”的巨大难题，简直不可想象……怎么办？

中国字重于表意，而不仅仅是对语言和语音的记录，汉字凝聚着中华民族博大精深的思想、情感与灵智。现在，却在电子技术面前遇到了严峻挑战。古老的汉字，难道就这样成为我们推进现代化建设的障碍？汉字遇到严峻挑战，也是中国文化遇到严峻挑战。国内外都有人发出“要不要废除汉字”的疑问。是杞人忧天吗？应该保存古老的汉字，还是应该为后代考虑而另辟蹊径？

现在，王选在考虑，搞四代机，能不能用“数学方式”来破解呢？是的，能不能实现，可以先用数学算出来。1957 年，苏联把人类第一颗人造卫星送入太空，其依据就是牛顿约 300 年前算出来的。“当一个物体以每秒钟 9 公里的速度被抛出，它就会进入环绕地球的轨道运行，成为人造天体。”这就是第一宇宙速度。

王选以数月苦算，总算提出了一套方案，这是个璀璨的“阶段性成果”。只是，有没有人能识别呢？

即使后天会有辉煌，今日谁来相助

每一项惊世骇俗的事业都有弱小的童年，此时的任何扶助，都不是微不足道的。数学系的黄禄萍老师是最早认出该方案价值的人之一。数学系把当时隶属无线电系的“王选方案”打印上报。不久该方案被列为北大科研项目。王选随后参加了1975年11月在北京北纬旅馆召开的汉字照排系统论证会。

这是一次群英会，国内那5家和北大，都在会上介绍了各自的方案。轮到王选，他身体虚弱得连说话的气力都不够，只好由陈堃銶介绍。

“北大方案”因特别新颖曾让大家为之一振，但最后被认为是“数学游戏”“梦想一步登天”，随之被淘汰了。

被淘汰，就不可能得到国家的科研经费。像这样的高科技项目，北大本身没有经费来支撑，连节省“5分钱”就很有意义的王选，还能搞下去吗？这个冬天，王选怎么过来的呢？

王选依然每天趴在冰凉的桌上算啊算……

此时的王选，除了尚可绞尽脑汁，没有别的办法。

就在1975年12月，王选终于开创性地以“轮廓加参数”的描述方法和一系列新算法，研究出一整套高倍率汉字信息压缩、还原、变倍技术，从而使进取激光照排成为可能。

西方在20世纪80年代中期才开始采用“轮廓加参数”的描述法，王选是世界上使用这种办法的第一人。这“第一人”要被认识，就太难了。1976年，“北大方案”仍处在被淘汰的境遇。曲高和寡，他的高超办法依然在期待知音，期待扶助。

其难度不亚于搞“两弹一星”

我们应该记住张淞芝，作为“748 工程”办公室的工作人员，他没有轻易放过那个被称为“数学游戏”的“北大方案”。一天，他出现在王选面前：“王老师，我想再听听你的见解。”

他一次又一次主动深入北大拜访王选，然后报告给郭平欣。

我们还应该记住郭平欣，作为主持“748 工程”的电子工业部计算机局局长，当他听到张淞芝的报告时，精密照排系统的研制任务已下达给别的部门，部分经费也已经下拨……他决定立刻对“北大方案”进行考察，随后惊叹道：“我们要改变决定了。”

我一直感到张淞芝和郭平欣的故事是不能忘记的。没有哪一个领导能一贯正确，郭平欣能如此果断地修正自己的决定，就是做了最令人敬佩的事情。

我想，我们不会都是王选，也不会都是领导者，一项有益的事业需要很多人帮助，不定何时，我们也可能以自己的渺小对一项伟大的事业提供重要帮助。

北大对王选方案继续给予支持，成立了以北大“教育革命部”部长张龙翔为组长的会战组组长。张龙翔从这时的会战组组长到后来的北大校长，都对王选的科研给予了鼎力支持。

然而要选择第四代激光照排系统，还要有“激光”。1976 年 4 月，王选得知邮电部杭州通信设备厂制造了一种高分辨率报纸传真机，该设备是采用录影灯做光源的。王选忽发奇想，能不能把传真录影灯光改成激光呢？对光学，王选是外行，但他知道自己不行可以找行的，他去找北大物理系的光学专家张合义。

张合义很快答复王选：“可行。”后来，也是张合义按王选设计的照排系统对速度的要求，设计出四路激光平行扫描方案，并与另一位专家李新章共同实现了这一方案。

王选这次抉择历时年余，终于在 1976 年 7 月正式决定：直接研制激光照排四代机。7 月 28 日，唐山大地震，北大围墙倒塌 27 处，66 栋楼房出现裂痕，王选在抗震棚里继续把他的科研向前推进。9 月 8 日，这个必将对我国印刷业乃至文化事业产生深远影响的科研项目，正式下达北大。

由于王选的选择曾被认为“梦想一步登天”，这使他想起“顶天立地”一词，后来的实践则使他越来越看到，当代科研开发就应该尽可能选择“顶天”的技术。欲顶天，就得选择技术上的跨越。因此，王选人生中第四次选择最宝贵的地方，不在于选择了第四代激光照排系统，而是选择“技术上的跨越”。

当时，要绝大多数中国人理解“选择技术上的跨越”对中国发展具有的重大意义，还要再过 10 年、20 年。即使今天，你已经读到这里了，已经看到如此强调的提示了，要真正看见这“选择跨越”对今日中国发展仍然存在的巨大意义，也可能还要继续读下去才会看见。

接踵而至的难题是：王选要攻下“顶天”的技术还不算太难，要把“顶天”技术变成产品，并到世界上去占有一席之地，就难乎其难。多年后钱学森曾这样说：“要使中国高科技产业在世界上有一席之地，其难度不亚于当年搞‘两弹一星’。”

红叶染遍香山的季节

（1977—1981）

国门刚刚打开，一个陌生的世界突然就顶到你的鼻子前来了。如果你的技术不能尽快变成产品，就会变成废物。祖先发明的汉字，此时成为我们抵挡外国人的最后一道天然屏障，一道汉字组成的万里长城。但是，我们还可以利于这道天然屏障的时间已经不多了……

1978年的春天

科研成果要变成产品，需要通过工厂来实现。由于我国工业落后，要找很理想的厂家并不容易。用王选的话说：“在落实协作单位的过程中，郭平欣和张淞芝可以说是费尽心机。”

为照排系统找总承厂，先是在上海、苏州和天津的一些厂家中选择，其中有些生产军工产品的厂家能力不错，但他们不可能接受其他任务。到1977年7月14日上午，必须做出选择了。这天，科研组人员都参加了讨论，新华社是当时的协作单位之一，也派项目负责人来参加。

会议在北大文史楼一间10平方米的旧屋里召开，前面放了一块小黑板，用来书写可选择的厂家的基本情况。可供选择的有多家，其中有一家是山东潍坊电讯仪表厂。讨论到潍坊厂时，大家都不同意选择这家电讯仪表厂，力争由苏州计算机厂来承担，只有王选一人出人意料地主张选择潍坊。

“我的理由是，积极性最重要，而潍坊的积极性最高。只要积极性高，技术力量可以加强，北大还可以指导和具体协助。”王选还说，“我想，我们这个‘748 工程’会战组两年多来在如此困难的条件下没有垮掉，就因为主要骨干积极性高。”

最后，大家都尊重了王选的意见。

1977 年改革还没有到来，工厂缺乏灵活性就会失去创造性，王选注重了“积极性”。尽管潍坊厂当时还不是计算机厂，却因“令人感动的积极性”先期迎来了一个可望较快发展的机会。1978 年 1 月，潍坊厂派出第一批技术人员来北大学习和掌握系统方案，到春节前夕回去过年。新春正月十一就返回北大，正式投入研制工作。此时，全国科学大会还没有召开。

1978 年 3 月 18 日到 31 日，全国科学大会在北京召开，出席的代表近 6000 人，王选是其中之一。邓小平在开幕式上讲话，讲的第一个问题即：对科学技术是生产力的认识问题。讲到要大力发展科研和教育事业，“大力发扬科学技术工作者和教育工作者的革命积极性”。这是邓小平明确把“科教”联系在一起来考虑如何振兴中国。

邓小平还讲到我国“四大发明”对世界文明所起的伟大作用，“但是我们祖先的成就，只能用来坚定我们赶超世界先进水平的信心，而不能用来安慰我们现实的落后”。由于王选所搞的科研正试图使我国印刷术发生革命性飞跃，他对邓小平所讲的这些话，印象深刻。

大会还宣读了郭沫若为大会闭幕式所做的书面讲话。郭沫若说，科学也需要幻想，有幻想才能打破束缚，才能发展科学。

1978年，王选41岁了，我不能忽略这次科学大会对王选的激励。这次大会是我国科学史上空前的盛会，对我国科技界、知识界乃至寻常百姓的鼓舞也是巨大的。在北大，王选走到哪儿都能感到许多人投来的羡慕的目光。因为许多人都感到，能参加“748工程”是个美差。不料，到1979年，情况突变。

未曾料到的困境

改革开放，在“照排领域”最早到来的就是世界上最先发明了第四代激光照排机的英国蒙纳公司。从1976年到1985年，他们的英文四代机是世界上唯一的商品，闻名全球。

200多年前（英国发生工业革命后），英国就开始瞄准中国市场。1792年，英国政府首次派遣使节团来华谒见乾隆皇帝，就是试图打开这个亚洲最大的市场……现在蒙纳公司仍然是瞄准中国巨大的排版印刷市场，也搞了汉字激光照排系统，并于1979年初派人来华，定于这年夏天在上海、北京展示产品，争取用户。1979年，我国报刊还是在讲计划经济，许多人大脑里还没有市场经济的意识，英国人的“电脑”已经做好了大举进入中国市场的准备。不久，日本人、美国人搞的汉字照排系统接踵而至。

从前，王选一心只想努力研制出好设备就能为祖国、为社会服务……没想到，国门刚打开，一个陌生的世界突然就顶到你的鼻子前来了。就像一觉醒来，发现英国人、日本人都端着先进武器堵在你的房门口了。如果你的技术不能尽快变成产品，就会变成废物，根本无法进入应用。

“1979年，我一下子被打晕了。”王选说。

“中国最多的厂，就是印刷厂吧？”王选说，“我想不出，还有什么厂比印刷厂更多。”可是，这个阵地，我们快守不住了……王选差不多听见了自己的声音在呼救。

多么渴望有更多的才华卓著者来相助啊！可是，出国潮开始了……王选比任何时候都更加钦佩钱学森那一代中国人，当年，他们冲破重重阻挠，想方设法从国外归来……如今，许多有才华的人在踊跃“出去”。

“1978 年底北大开始恢复职称评定，是好事。”王选说，“可是评职称主要看论文，这对从事应用项目的科研人员就非常不利。我们搞的激光照排系统实际上是科研和开发一体的项目，需要耗费很多精力来解决十分具体和烦琐的技术问题，没有时间去写论文。”

在北大，人说评上教授不算啥，评不上可就啥都不算。职称联系着晋升、调资、住房……王选努力多年争取来的这个项目，似乎只是争取来一个干活儿的资格。没时间去写论文，评职称排不上号，这个项目组就变得没有吸引力了。

王选遇到的难题，并非他独有的难题。此时科研人员写论文正是热潮，对从事科研项目则几近避之如避虎。1981 年春，聂荣臻为此专门给我国有关部门写信，指出：“当前对科技干部晋升职级时，有的片面强调有何著作，发表过什么论文……在此风影响下，有的科技人员不愿动脑子解决生产中的实际问题，而热心埋头著书写论文。”聂帅深感焦虑，呼吁要改变这种倾向，否则就没有国防科研的重大成果了。

1979 年的王选就处在这种困境中，一方面是国外强大的先进生产力不断入境，另一方面是我国许多颇有才华的科研人才不断外流，以及国内许许多多科研人才在“为晋升职级而写论文”，未对入境的国外生产力做正面抵抗。王选怎么也没想到，偌大一个北大，他要维持住一支攻关队伍，竟在“科学的春天”到来之日，遇到未曾料到的困难。

九死一生的历程

在西方人踊跃来华的同时，中国人继续踊跃“出去”。

但我们还是有一批业务能力很强的中年教师放弃出国，放弃著书，放弃写论文，留下来与王选并肩战斗。正是这一时期，王选做出了他人生中第五次重大抉择：决战市场。

这是中国需要民族英雄，呼唤民族英雄，也一定会产生民族英雄的时代。此时王选尚存的优势，就是他发明的高倍率汉字信息压缩技术。这种技术能使字形复杂多样、数量浩大的汉字自由地进入电脑，自由变倍。英国人可以灵巧地对付 26 个字母，但要驾驭如此浩大的汉字方阵，还很难做到快捷轻便。我们祖先发明的汉字，在这时成为我们抵挡外国人的最后一道天然屏障，一道汉字组成的万里长城。

但是，我们还可以利用这道屏障的时间已经不多了。

春天在未名湖畔茂盛地生长，夏天就要追着脚后跟来了。我们似乎一分钟都没法歇息了。留在攻关组的人员每天都是上午、下午、晚上，三段满负荷上班。英国“蒙纳系统”用的是大规模集成电路……王选攻关组还在搞的是小规模集成电路，软硬件开发条件都非常差，由于所用的国产集成电路质量很差，每次关机、开机都会损坏一些芯片，严重影响进度，这使他们不得不采取不关机通宵值班的办法……就这样的现实条件，即使日夜不停地干下去，能赢吗？

1979 年 8 月 11 日，《光明日报》头版头条以通栏大标题赫然登出：汉字信息处理技术的研究和应用获重大突破。并加副标题：我国自行设计的计算机——激光汉字编辑排版系统主体工程研制成功。同时发表评论员文章，还配发了一幅该系统排出的“报纸样张”照片。这篇报道像一颗炸弹，在我国新闻出版界和印刷行业，在国内外同行业，都引起了强烈反响。

《光明日报》所登的“样报”照片，国内外的研究者都可以用高倍放大镜看出：中国照排系统输出的汉字清晰优美，无懈可击。这份“样报”是 7 月 27 日在北大输出来的。第二天上午，方毅副总理亲自到北大来参观，给科研人员以很大的鼓励。但这张“样报”，是出了几十次才得到的一份可供参观的“样报”。由于整个系统尚未完成，原理性样机硬件刚调出，还很不稳定，当时新闻界认为这一成果尚不成熟，不宜报道，也是有道理的。这篇文章不仅对研制者起了很大的鼓舞作用，也广泛鼓舞了中国人心。

俗话说：“一寸光阴一寸金。”《光明日报》这篇报道，也在一定程度上为我国研制的照排系统与外国“系统”争夺中国市场争取了金子般宝贵的时间。

特别宝贵的是，就在排出那张“样报”时，王选心里比谁都清醒：“我们决定见好就收，不再致力于这种样机的试制和生产，而只是对付鉴定会。”

这不啻是惊世骇俗的决定。其实，王选对这台样机的感情非常深！“原理性样机的设计和调试，是我一生中从事的难度最大、挑战最多和最富有创造性的工作，有些设计，算得上‘首创’。可惜，”王选说，“由于我们是 1975 年开始研制的，在当时的环境下，我们只能全部采用国产元器件，这些硬件只能达到国际 20 世纪 60 年代初的水平，这就使我们很多所谓的‘首创’性工作变得毫无价值。”

从 1979 年 9 月起，王选就把主要精力放在 II 型机上。这是他迈向市场的一大步。他把这称作“内外交困中启动的 II 型机”，把通往市场的道路称为“九死一生的历程”。

1979 年秋天的阳光，正从窗外照进来，照在那张《光明日报》和王选决定放弃的样机上，宛如一种仪式，一种告别。王选对大家说：“我们要对得起这篇报道，要用今后的事实，证明这确实是重大突破，证明这篇报道是及时和完全如实的。”

正当梨花开遍了天涯

1979 年 10 月，美国麻省理工学院美籍华人李凡教授来中国帮助清华大学建立硬件实验室。他特意来拜访王选。

麻省理工学院创立于 1865 年，算得上是世界上最懂得“将学术上的远大抱负和追求利润紧密联系”的大学。李凡指导的麻省理工学院的研究生正在研究高分辨率汉字字形的信息压缩问题，采用的是部件组字方案。李凡和他的学生看了北大输出的底片后，都预见到了这一系统巨大的前景，也看到了中国当时很落后的硬件开发环境，以及对外渠道的不太通畅，从美国进口一些元器件也有困难，而与英国蒙纳公司的竞争却已经短兵相接。李凡建议王选：“你到麻省理工学院去工作一段时间，我可以申请福特基金会资助，你能利用美国很好的硬件开发环境，把汉字激光照排系统的研制工作很好地继续下去。”

王选仔细思考后委婉辞谢了李凡的好意。李凡并向北大提出合作建议。此时的北大校长周培源针对李凡的建议，专门召开了校务委员会进行讨论，并请王选列席会议。会上大家一致同意王选的意见。

假如王选接受李凡的建议，1979 年去美国，把他的发明在美国变成产品是容易的，王选会成为富翁大约也没问题。王选没走，他的发明又难以尽快变成产品，在激烈的国际竞争中，他的发明还缺乏知识产权保护，则是有危险的。这种情况甚至使李凡也为之忧虑。此时的中国还没有实行专利制度。11 月，李凡写信给方毅副总理，建议说，王选的发明应该在国外申请专利，并表示愿意帮忙。

方毅副总理、周培源校长和王选都很重视李凡的建议。周培源带着王选，专门去找了国家科委外事局和成果局，受到了热情的接待和帮助。可是，现实的情况是：中国的成果去外国申请专利还走不通，“法律上还有问题”。此事只好搁浅。王选的发明继续在无保护状态下与西方照排系统激烈竞争。

英国蒙纳公司延至 10 月，到底在京沪两地召开了展示会。我国政府有关部门把是否引进“蒙纳系统”的问题摆上议事日程，有关会议一个接一个召开。王选也被邀请参加讨论。此时，有几人能理解王选的心情呢？

郭平欣、张淞芝在一切场合反对“整套引进”，并阻止电子部下属单位介入引进，防止在“引进”的名目下成为外商的“买办”。国家计委、科委、电子部和教育部的一些领导也赞成扶植国内系统。时任国家进出口管理委员会副主任的江泽民，于 1980 年 2 月 22 日，以个人名义给国务院几位副总理写了一封亲笔信，信中写道：北大等单位对中文激光照排设备的研制，已有显著成效，技术接近成熟，解决了汉字缩小和放大不变形的问题，有几项指标已达到国际先进水平，关键问题在于采用的国产电子计算机及一些元器件不可靠。对于该项目应予以积极扶持，可给以少量外汇（20 万美元）进口小型电子计算机和一些主要外部设备，以及集成电路组件等，以便继续试验使其完善化，将来在国内推广。在具备一定条件以后，还可将产品打入国际市场。……关于一机部、《人民日报》申请250万美元和美国文字基金会合作研究中文激光照排系统的建议，拟暂不考虑。各有关单位应和北大共同配合，集中力量，将这一项目搞得更加完善，开花结果。

这封信同时由进出口管理委员会抄送新华社、人民日报社。新华社当时是北大照排系统的协作单位，王选在新华社看到江泽民的这封信，不无惊讶。

此时，北大样机尚未通过技术鉴定，王选也不认识江泽民。江泽民对北大激光照排系统的长处和短处都讲得一语中的。王选此时竭力做的，正是将先进的设计去与外国的元器件相结合，唯苦于没钱买外国元器件，江泽民也考虑到了。

此时，另一项艰巨的任务就是设计和调试软件。这项工作一直由陈堃銶负责。当时没有软盘，没有显示器，总量达10多万行的程序全用汇编语言写出，其艰难是今天从事软件开发的青年们难以想象的。终于在1980年9月15日上午排出了《伍豪之剑》，这是中国在告别铅字的历程中排出的第一本书，也是检验照排系统功能的一个重要标志。

1981年7月，他们研制的原理性样机通过了部级鉴定，大家都很高兴，王选却对科研组人员说："我们的成果是零。"因为能通过鉴定的未必能成为商品，"松一口气就会彻底完蛋"。当然，通过鉴定并非没有意义，最实用的意义就是：能为后续实用型系统争取到研制经费。

苏醒的中关村

（1980—1985）

我相信21世纪会有越来越多的人认识到，中关村电子一条街的兴起，是中国20世纪生产力发展中最具划时代意义的大事。它的显著特征是科技、教育和产业的融合。它标志着中国科教知识分子直接登上产业的舞台，成为新兴的先进生产力。

市场的教导

这似乎注定是一项悲壮的事业。中国人与西方人争夺中国市场的故事，其实已有100多年。

1984年，中国以更坚决的步伐把改革开放又推进了一大步。松下电器、奔驰汽车、IBM电脑等大量舶来品涌进中国。美、英、日等国研制的汉字照排系统，也以比从前更进步的技术，形成“联军”似的战斗力，向中国的报社、出版社、印刷厂发起进攻。

中国的计算技术在哪儿？中国没有计算机吗？

不是。1975年，我国发射第一颗返回式卫星成功。1980年，向太平洋海域发射运载火箭成功。1983年，“银河”巨型计算机系统研制成功……这都是重大成就。但是，我们缺乏走向市场的产品，许多尖端科研没有变成社会生产力。我国有数十种计算机产品在外国计算机到来的时代，因严重缺乏市场竞争力而躺在仓库里，而且永远不可能进入柜台了。

此时，王选主持研制的照排Ⅱ型系统仍不能正常运行。人民日报社召集了关于是否引进外国照排系统的专家座谈会，最有力的观点是:《人民日报》是中国最重要的报纸，照排设备出任何差错都可能引起严重后果，因此应该采用质量过硬、效果可靠的系统……几乎全部的与会人员都主张引进。有的专家直言道:“北大设计的系统即使搞出来也是落后的。”

王选也被邀请参加论证，这似乎是一件残酷的事情，是要王选自己发表反对自己的意见吗？会上大家也都在等着听王选还能说什么。王选该说什么呢？

这时有一人发出了不同的声音，是新华社的傅宗英。“我认为从外国引进中文照排系统是不可取的，我们应该相信‘748 工程’能搞出来。”傅宗英的发言在众人的反驳声中似乎成为一种可笑的声音，但就是这一句话给了王选站出来说话的勇气。此时促使王选慷慨而言的似乎不是为了支持自己，而是，如果不站出来说几句，怎么对得起傅宗英呢？王选站起来了。

他一站起来，大家就都安静了。

他的眼睛在镜片后环视众专家，环视着 1984 年在人民日报社的这个时刻，这个中国的电子产品在这一年几乎被舶来品冲垮的时刻，王选还是讲了北大照排系统的优越性……但是，他不可能在此时此地改变众人的看法是注定了的。

来自日本的“写研”公司以汉字照排三代机攻下了《人民日报》海外版，1984 年，他们的在华努力已使中国出版、印刷界“言必称‘写研’”。此时“748 工程”10 年了，王选不仅是站在一个退无可退的地方与外国公司争夺中国市场，也是处在一个退无可退的时间，王选攻关组却几乎没有招架之力。

虽然他早于1979年就选择了逐鹿市场，但几年来仍主要是在技术上努力，以为只要技术领先就能守住中国阵地……为了保护在技术上领先的知识产权，王选在钱伟长先生和香港星光集团董事长黄金富先生的帮助下走通了申请欧洲专利的渠道，终于在1982年成为中国大陆第一个获得欧洲专利的人。这项专利可以证明欧洲人在处理汉字照排技术方面还没有超过王选的。可是，拥有世界领先技术，却眼睁睁看着外国系统在我国长驱直入……这是什么现实？

最前沿的“现实”在帮助王选开阔眼界……是在这时，他看见那些“集团”了，他面对的是一个个外国集团公司，自己这一方算什么呢？尽管协作单位有好多家，但仍然是科研部门和生产厂家组成的松散的研制组。这样一个松散的研制组，要同多国集团公司鏖战市场，难不难？

外国的集团公司有专门的经营人员去为产品进入市场架桥铺路，有的公司还拨出专门的招待款项，正在招待潜在的中国用户去海外考察……这真是战斗啊！兵贵神速，单刀直入，反客为主，暗度陈仓，五花八门皆有。时间分秒前进的声音已有如大军开进的脚步……转眼间我国几十家出版社、报社、印刷厂，购进了5种不同品牌的美、英、日照排系统……国内照排系统似乎大势已去。参加北大“748工程”的协作单位也有提出撤走人员的，王选的硬件组从最初热热闹闹的9人走得只剩下王选和吕之敏二人……王选说过自己得益于懂得依靠他人，现在可依靠的力量在哪儿呢？

也是在这一时期，王选对自己“决战市场”的第五次抉择有了更深入的认识，这注定了他必将在此产生又一个重大抉择。

“产学研”的先声

1979年王选就切身体会到了英国蒙纳公司咄咄逼人的市场进攻，他的让技术走向市场，与西方公司争夺市场的考虑比陈春先更早。殊为珍贵的是，王选在西方高技术产品不断入境的冲击下，还保持着自主技术的先进性，问题是要把这先进性变成产品去占领市场非常之难。此时王选关于“决战市场”的思考已关注到企业，因为没有公司生产就无法到达市场。1984年王选走在中关村，对电子一条街上的来自中科院的勇闯市场的人们相当敬佩。6月11日，王选几乎是以按捺不住的心情向北大新任校长丁石孙提出建议：北大应该成立科技开发公司。

丁石孙于6月13日下午主持召开了北大校务委员会扩大会议。这是北大在新时期讨论校办产业的第一个会议，会议在办公楼103会议室召开，会议室坐满了相关人员。

王选在会上的发言提纲至今仍存。他的发言是从教学的角度谈起的，他说：“北大的重点是培养一流的人才，应该发展基础理论，也需要发展高新技术，比如计算机技术。”他讲到北大在“文革”期间因研制每秒钟运算百万次的计算机，有过一个非常兴旺的时期。“文革”后，硬件没有招生，软件情况也不乐观，可以运行的系统很少，许多教师没摸过计算机就讲课，教学水平严重受限。所以北大应该重视应用，支持搞应用的项目，成立科技开发公司。

“这样，”王选说，“可以吸收北大一些散兵游勇，可以形成一个个试验基地，发挥出北大的长处，还可以赚钱。”

北大较大规模地办工厂始于1958年，如今议办公司，王选这番话，可以说是新时期的现实需要在他头脑中的反映吧。几年后北大出现“产学研结合”的说法，我以为王选 1984 年的建议及其联系着教育的思考，以及丁石孙主持的这个会议和大家的讨论，可以看作，这已是北大“产学研结合”的先声。

这一年中关村电子一条街上的科技企业已达到 40 家，但在北大依旧连家属都认为：“做学问的，怎么去搞公司？”

此时的各大报刊也几乎以一致的声音讴歌“不被办公司经商所诱惑，埋头科研耐得住寂寞”的科研人员。

熔铅的曙光

（1985—1987）

世上的事，只有去做，你才会做。行动非常重要。也许还应该感谢困难。若不是非常困难，我们或许不容易发现彼此有这么多优点。若不是非常困难，我们焉有这么优秀？熔化铅字的曙光亮起来了，一场必将引发的我国印刷术第二次革命，很快就要在中国大地成燎原之势。

感 谢 困 难

在与西方激烈争夺中国市场的日子里，王选还强烈地感到，从事科研，其实非常需要团队精神，并一直以团队精神相鼓励。他说：“我们虽然还没有集团公司，但我们可以组成一个团队。”

“吕之敏的电路功底比我好得多，动手能力也强，加上思维清晰，认真细致……”今天，王选还能如数家珍似的讲出张合义、李新章、汤玉海、向阳、傅国泰、顾小凤、毛德行、宋再生、杨孔泉等许多合作者，谁谁哪方面比他强。

“他们每个人都有比我强的地方。”你可以听出，在那最困难的日子里，他是怎样依靠了他人之长，把许多人的长处凝聚成“我们”的力量。

正因为有这样一群知识英才，纵然非常困难，他们毕竟是在黎明前了。

“华光，华光。”在最艰难的日子里，他们为自己的产品命名“华光”，意为中华之光。

1985年，随着春节的爆竹燃响，华光系统经千淘万漉终于在新华社正常运行。4月，华光系统被送到日本筑波万国博览会参展，引起万众瞩目。5月8日，华光系统在北京通过国家级技术鉴定。这天在新华社礼堂，我国计算机界、新闻出版界参加鉴定会的专家和其他人士有100多人，俨然一个盛会。会议结束时大家都来祝贺，喇叭里在播《祝酒歌》，激动人心的旋律真能唱醉人心，让你想哭。

《北京日报》《中国电子报》分别以《科研战线的“中国女排”》和《锲而不舍众志成城》为题，热情激动地报道了他们。也是在这个夏天，人民日报社终究还是与美国HIS公司签了合同，决定引进HIS系统。这对王选的“鞭策”作用也许是巨大的。因为只要《人民日报》还没有用上中国自己的照排系统，则无论报纸怎样赞扬他们，王选都骄傲不起来。

想起3年前江泽民那封信中写下的“开花结果”四字，王选对科研组的人们说：“我们只是开了一朵小花，结了一个小果。”这意味着王选又决定放弃这已经通过国家级技术鉴定的Ⅱ型机，向更先进的机型挺进。1985 年 11 月，他们就推出了华光Ⅲ型机。此后，华光系统捷报频传：1985 年被评为中国十大科技成就之一，1986 年获日内瓦国际发明展览金牌，1987 年获国家科技进步一等奖。

王选心中仍不踏实，他说自己有一种“负债心理”，感觉不到有什么成就。“我经常反问自己，我们到底对国家是有功还是有过？我们得了这么多奖，如果将来市场都被外国产品占领了，那么我们的功劳在哪儿呢？国家的投资到哪儿去了？”他说近几年我们已陆续获得国家拨款数百万元。“只要还没有形成产业，国家投资没有收回，我就有这种负债心理。”

为了突出重围

（1988）

发展中国家的发展，要在发达国家发达的科技与经济的包围中寻求突破，特别是在自主创新的高科技领域，每突进一寸，都要付出极大代价。

世界银行招标

1988 年，对中关村，对北大都很重要。5 月 10 日，经国务院批准，在中关村成立了中国第一个高新技术产业开发试验区，距 1980 年陈春先创办的中关村第一个“先进技术发展服务部”已有 8 年，中国的“新兴生产力”终于发展出了第一个得到国家批准的高新技术产业开发试验区。北大新技术公司也在这个背景下成立。

北大新技术公司在三角地贴出招工广告，报名者数百，经筛选后录取 30 人，据说比考进北大还难。毕业于北大化学系的博士王川此时应招来到新技术公司，后成为方正化工工业公司总经理、方正集团副总裁。毕业于北大力学系的本科生赵威前来应招，差一点儿就落选，到 1995 年他已是方正集团最年轻的副总裁。

1988 年，姚秀琛、刘宝生、张国祥、周宁等教师也来到新技术公司，不久都成为独当一面的带队伍的人，在后来都成为方正集团的副总裁。

这一年，北大有如此动作，还因为必须迎战世界银行的一项国际招标。世界银行决定向我国 20 所高校发放数百万美元的贷款，用以购置激光照排系统，改善大学印刷厂设备，同时决定以国际招标的方式选购照排系统。英、美、日、德等国的 10 多家公司都踊跃购买了标书，积极准备投标，其中就有著名的英国蒙纳公司、美国苹果公司、日本的写研公司和森泽公司。

世界银行一下子把我国自主研制的激光照排系统推到了国际擂台上。所有的“打擂者”都不只是看中这笔招标的“生意”，更是瞄准着这擂台后面巨大的中国市场。

十分之十的惨烈代价

1988 年，北大集中起来的搞经营的人马，师生济济一堂，来听王选讲我们的“先进”。王选先介绍了照排系统“控制器”，说它相当于照排系统的心脏。“我们已经搞了 13 年的控制器，现在华光 IV 型控制器真的很不错了。”他甚至说，“这是华光系统第一个真正的里程碑。”

王选的眼睛在眼镜片后面，大家能看见他好像在微笑，这笑容是不是有点儿尴尬？是否为了组织推销，教授也失去谦虚？

恐怕不是。

这是一个战士的语言。

为了打胜仗，需要自信，需要了解自己的产品。

王选继续介绍："去年的III型机还不能出图片、照片，也不能出底纹，控制器也不够稳定，在处理复杂表格时点阵迟到，生成速度跟不上，底片就浪费了。现在IV型机可以生成照片和各种图形，控制器可以称为栅格图像处理器了。还能做到：一个控制器既支持激光打印机，又支持照排机，这是国外系统还不具有的优点。还有，平均每秒钟可以生成710个汉字，生成英文能达到每秒1000多字，目前这个速度在世界上肯定是领先的。"

王选说的，新技术公司的师生们都能听懂吗？我们能听懂吗？据说，那些与王选共同奋斗多年的人，就听这些"技术性词语"，也有听得"泪沾睫"。

人们用"拓荒牛"来形容创业的艰难，要在高技术领域获得开创性进展，恐怕更难。就在王选讲的"先进"中，任何一个微小进步，都要占去他们很多很多时光，剥夺他们的休息和健康……你听，王选微笑着轻轻地发言，还总被他自己的喘息声断开。那些与他一起奋斗的同志们，在改革开放的这10年苍老得很快……我们注定要这样日夜兼程地追赶，不仅投入大量精力和体力，还有许多感慨、感伤和无奈……这无奈，不只是努力了但不容易被理解，还包括早先一起上路共同奋斗的协作单位，因技术之限跟不上队伍了，这时，不是他们不愿意走，而是跟不上了，那就是相当残酷的淘汰，是牺牲，是付出了十分之十的惨烈代价！

先说说我国自主研制的激光打印机的命运。

自从世界上出现激光打印机，王选就非常关注。1979年他设计II型机的控制器时，“国内的激光打印机研制尚无眉目，国外的则很贵，比如IBM的产品高达30多万美元”。这让王选着实感叹，所以他设计的II型机并未考虑与激光打印机相连，激光打印机在他心中还是一个梦想。

到1981年底，负责生产激光照排机的杭州通信设备厂搞出了激光打印机，输出的样张清晰度也达到了可接受的水平。王选立刻与杭州通信设备厂商量，把他们激光打印机的分辨率定为正好是该厂照排机分辨率的一半，与此同时，王选在照排控制器上增加杭州激光打印机的接口和相应的微程序，并使扩充后的控制器成为世界上第一台照排机和大样印字机共享的字形发生器与控制器。

请注意，这项重要发明是在投奔市场的过程中诞生的。也就是王选说的“一个控制器既支持激光打印机，又支持照排机”，好处是可以大大降低系统成本。

不妨说是我国的低购买力，迫使王选又推出一项发明。1985年我国首次开展“专利”工作，这项设计就申请了中国首批CN8510275专利。若抽象出来看，迫使这项发明诞生的是我们还“穷”这个“经济因素”。由于可减少成本，从而增强市场竞争力，这些经济因素就不仅适用于发展中国家，也适用于发达国家。不久西方纷纷采用此种“共享”法。今天，字形发生器的共享已发展到一个新阶段，如微软Windows上的字库不仅用作屏幕显示，也用作激光打印机和任何分辨率的照排机输出。王选是世界上开创此法的第一人。

但是，到1984年，大量外国电子产品涌进中国后，杭州通信设备厂的激光打印机输出清晰度不够、可靠性较差、维护量较大这些缺点几乎在一夜之间变得相当突出。这意味着杭州产的激光打印机正在迅速失去市场竞争力。

走在中关村，王选感到一些相当残酷的事正在自己的事业中发生……尽管他头脑里充满了要搞自己产品的意识，现在，他发现，这种意识在眼前的市场上发生着自己无法抗拒的变化，他在以另一种心情格外关注国外激光打印机的发展，“我是在准备与外国公司握手合作吗？”

一天，王选走进美国惠普公司在北京的办事处，看到即将推出的基于佳能打印机芯的惠普激光打印机广告，发现这种打印机体积很小，尤其是价格之低让王选瞪直眼睛看了又看，很吃惊。

他小心翼翼地向惠普的工作人员打听，得到的回答是：“佳能机芯采用了一种新技术，具体不清楚。”

就在这年，他认识了铃木德一郎。

有许多牺牲为之奠基

铃木德一郎告诉王选：“佳能在美国已经把日本理光的激光打印机打败了。”

“您可以帮我买两件佳能打印机芯吗？”

铃木德一郎答应了王选。

当时，佳能打印机芯还属于美、英、法等国控制的“巴统”组织，对中国实行禁运的高技术产品。铃木德一郎先给王选提供了有关的视频接口手册。不久，铃木德一郎就将两件机芯随身带进北京。王选说：“这大概是最早进入中国的佳能打印机芯。”

王选得之，就开始按“手册”在华光系统的照排控制器上设计了佳能机的接口和对应的微程序。到 1987 年，佳能打印机进口成功，王选就在华光系统上连接佳能打印机，这意味着杭州产的激光打印机从此将退出舞台。

这是发生了一个怎样的故事？在我们自己心灵的深处，也会听见这样的声音："天哪！这是我国自主研制的激光打印机，是高技术产品呀，它不是不能用，它昨天还在用啊！"杭州通信设备厂的科研人员、厂领导能不伤心？王选怎么能抛下患难与共走到今天的杭州产品，与日本人搞到一块呢？

"这是没办法的事情。"王选说，"如果不连接佳能打印机，国产华光系统肯定垮台，你们的照排机也就卖不出去了。"

就这样，杭州激光打印机的生命结束了。

不因为别的，就因为技术不够"顶天"。

由此，我们看得更清楚，王选主持研制的主体技术部分，是因为技术确实"顶天"，与西方激战到现在，还能顶住。如果不够"顶天"，如果只差一点儿，就会全线溃败，一个"卧薪尝胆，发愤图强"的故事就结束了。

为了与英、美、日、德的照排系统竞争，为了最后的胜利，我们还得拼命地往前走，不能全军覆没。你的技术跟不上，我们只好把你放在这里了……我们确实是在发达国家发达的科技实力和经济实力的包围中谋求突破的……我们不能停留，无法等待，我们得走了，只好把你放在这里了，愿历史记住你曾经的贡献！

再说我国自主研制的激光照排机的命运。

只要想起《光明日报》当初满腔热情对原理性样机做过的报道，王选总会感到那是多么难得！因为当初的"样机"离实用确实还差很远，几乎所有的设备均不可靠。那时使用的还是大键盘，就这大键盘也严重接触不良，“使劲按两三下才出一个字，研制组的人要经常把键盘面板翻过来检修”。所以，激光照排机在那时还远不是唯一的不可靠因素。

到 II 型系统，控制器已有很大改善。1985 年春，北大的领导们参观在新华社使用的 II 型系统，教务处处长汪永铨当场就叮嘱王选：“赶紧进口照排机，否则会影响整个系统。”

汪永铨是电子学专家，他生怕这事未能引起王选的足够重视，说了好几遍。王选则支支吾吾地装作不置可否。“其实我心里非常明白。”所谓激光照排系统，激光照排机是多么重要的组成啊！华光系统一旦连接外国的激光照排机，必是对多年来研制激光照排机的同事和协作单位的一个沉重打击。

从 1977 年开始，长春光机所和四平电子所就承担了“748 工程”转镜式结构照排机的研制任务，照排机的机械和电路部分则由杭州通信设备厂承担，他们都已经与王选共同跋涉了 10 多年。

“当时没有他们的艰苦努力、日夜奋战，就没有最早输出的漂亮样张，也就无法得到印刷专项的大量经费。”这是王选的回忆，“他们都是我共同渡过最困难时期的战友！”

在没有炮火的改革开放时期，你可看见残酷的牺牲经常在发生？有一天，我们为王选的成功鼓掌和非常敬佩时，是否知道在那成功中还有许多人以他们阶段性的不可或缺的创造性劳动，铺垫了这一辉煌……多年后，方正集团为开拓海外市场，给自己确定的英文商标是：FOUNDER。这“商标”除了英文读音与汉字“方正”的读音相近似外，英文的主要含意是：奠基者、创立者、缔造者。我总以为，倘把它读作：方正的事业，有许多“牺牲”为之奠基，我们的情感会更加神圣。

为参加世界银行招标，王选不得不连通了美国 ECRM 激光照排机。还有必要一说，连通美国照排机，并未使我国研制的照排机生命结束，而是让用户可以有国产机和进口机两种选择，也使华光 IV 型系统适应性广了。我国许多中小型印刷厂限于经济实力，选择国产照排机还是合适的。

至此，华光 IV 型系统是不是就没有问题了呢？不是。

华光 IV 型机所凝聚的排版技术是很先进的，但制造工艺上有很大弱点。此时的潍坊总承厂早已从 1977 年的电讯仪表厂发展为计算机公司，应该说在制造工艺方面也有了不小的进步，但在 1988 年生产出来的产品，外观还是粗糙、笨重，若与外国设备放在一起，我们的华光机就粗糙得还不像个商品。此外，还有一个尚未找到原因的“怪毛病”，就是照排时偶尔出现“汉字填充不封闭拖尾巴”现象，也被称为“字长胡子”。

“748 工程”协作组在杭州开会，会后“字拖尾巴”的问题仍没找到原因，工艺粗糙的问题亟待解决，招标已听得见“擂台鼓响”了，究竟如何应战？

沈忠康决断

你会不会问，北大 1985 年就开始组建公司了，为什么到 1988 年才风风火火地开始经营王选主持研制的照排系统？

这是无可奈何的事。“748 工程”是国家拨款的工程，原定由潍坊电讯仪表厂作为生产华光系统的总承厂，是“计划经济制”下的决定，北大没有介入推销和生产的权力。那么，现在为什么又可以了呢？

还记得吗，王选曾说，沈忠康从 1983 年以来就对照排项目倾注了大量心血……1988年，沈忠康在看到华光IV型系统在孤军奋战中仍面对的严峻局面后，果断决定：让北大也参加推销和试生产华光IV型系统，以促进华光系统的商品化。

沈忠康是以“印刷技术装备协调小组副组长”的身份做出这个决定的，在当时他曾受到指责和批评，但这个决定的宝贵程度，足以使他无怨无悔。

或许，可以这样说，沈忠康这个“副组长”是计划体制下的一个领导者，他的决定，恰恰是在领导着我国自主研制的照排系统从“计划状态”走向市场。也可以说，是“国际招标”这种激烈的市场竞争，迫使着沈忠康做出抉择，让起步于计划经济时代的激光照排系统向市场运作方式转移。

这个决策是如此重要。因为在激烈的国际招标中我们并不能保证一定获胜。无论胜负，我们都必须在揭晓之前就去开拓从北京到各省的市场。那么，由北大师生组成的经营队伍去推销，携带的知识含量就是一笔极好的知识资本，是利用优势。正是在这一背景下，北大教师和毕业生组成了一支知识新军，楼滨龙被任命为总经理，黄禄萍、张玉峰为副总经理。

还有必要讲到，当张玉峰在用心地经营北达经销电脑的时候，楼滨龙正在积极地争取参与经营王选主持研制的照排系统。所以王选、张玉峰等人都说过：为争取把“748工程”的激光照排系统作为北大新技术公司的主营产品方面，楼滨龙做出了重大贡献。

现在，可以说，北大新技术公司参与推销和试生产华光IV型系统，是深刻地影响了公司发展的第一个重大决策。这个决策是在沈忠康、王选、楼滨龙以及北大领导者们的共同努力下才完成的，这个决策对日后方正的发展具有决定性意义。

知识的价值

（1989—1992）

1989年初，华光系统与英、美、日、德等国的照排系统正面决战的时刻到来，这是一场名副其实的国际性竞争。华光系统以其无可置疑的高技术、高质量和日益增大的好名声，一举中标，大获全胜！

1989年底，所有来华的研制出汉字激光照排系统的外国公司，全部退出中国大陆市场。

1991年初山东潍坊计算机公司单方宣布推出新一代“华光系统”，同时把广告做到北大门口来，并通知北大新技术公司，你们不可再使用“华光”品牌，因“华光”是潍坊计算机公司注册的。既然是两家公司在竞争，潍坊的意见是该被尊重的。北大新技术公司正在销售的照排系统突然失去品牌，北大的知识分子得赶紧为自己的产品取个新名字了。

有人提议，就以王选的姓名为照排系统命名，王选不同意，认为“这样不利于团结更多的人”。新技术公司在北大校报登启事“征名”，应征者提供了近百个名字。经多方讨论筛选出几个，送到王选办公室。

这是1991年3月8日黄昏，王选的目光最后落在“北大方正”四个字上，这四个字被试印在一张假定的广告上，是琥珀体。这张

"广告"是周瑜采送进来的，她负责征名工作。王选的第一印象是："北大方正"四个字被印成琥珀体很好看，有亲切感，但他望着那字，心中仍在斟酌。

想出"北大方正"四个字的是北大《国学研究》编委、北大党委宣传部部长赵为民。他对这四个字的解释是：北大方正，由"点横竖撇捺，横折竖弯勾"组成，囊括了汉字的全部基本笔画，我国激光照排系统的特点正是汉字，汉字的特点则是方方正正。北大方正，没有繁简之分，在商业活动中，印制商标、广告，无论在哪儿都可以通用。北大方正，读起来字正腔圆。从形象上看，简洁朴实，顶天立地；从意蕴上看，体现的是不偏不倚，光明正大。

这个黄昏下班时间已过，不少人仍在办公室里等待王选决断。当王选看到时钟已经压在6点钟时，他拍板："就用'北大方正'。"此时，北大方正集团尚未成立，北大最新推出的第五代激光照排系统得名"北大方正"。

3月15日，因在报上做广告，"北大方正"首次见报。3月21日，李铁映访问北大，参观了照排系统，中央电视台做了报道，"北大方正"首次出现在电视上。

让年轻人的思想开出鲜花
（1993）

王选在感觉自己不如年轻人的时候，做出了他一生中最智慧的抉择。

一个觉悟

1993年春节前夕，像往年一样，王选闭门搞设计。年后，他的一位硕士研究生回来，王选将设计给他看。

“王老师，你设计的这些都没有用。”学生刘志红25岁，看过后说：“IBM PC的主线上有一条线，你可以检测这个信号。”

王选愣住。因为他明白了，自己苦苦钻研了两个星期的设计，被学生一句话否定了。这是王选一生中极其重要的一个事件。

“本来，我以为自己做一线的工作可以做到60岁。”现在，犹如看见一个海边的黄昏，往事潮水般在夕照中涌来……从投身这项科研至今，18年了，他奉献了所有的寒暑假，所有的节假日。“18年来可以说一口气都没有歇过。”他为自己始终能站在这个领域的最前沿感到自豪。“今天，我看到，在我最熟悉的领域，我已经不如年轻人了。在我不那么熟悉的领域，岂不是更差！”

这似乎是一件残酷的事情，“我已经是黄昏的太阳了”。

但是，犹如一声棒喝，王选在56岁时获得一个“觉悟”。

他做出了自己一生中第六次重大抉择：让年轻人来干！

他表扬了刘志红：“你这个主意非常好。”接着，也批评，“你这好的主意，为什么自己想出不来，非要我用一个馊主意才能把你的好主意逼出来呢？”

这是非常有力的一问，更像是一句对自己的追问。这是由于你还没有把他放到一个担负重任的位置上去，你自己还在扛着，他的大脑中就不容易产生新思想、新方案。

王选的抉择在这一问之后，发生了裂变！一个特别宝贵的亮光出现，这亮光不在于发现自己做一线的工作已不如年轻人，今后由自己多出思想，年轻人出干劲儿……不，不是这样。而是应该创造一种氛围、一种气候，这种气候要能让年轻人自己的思想不断开出鲜花，这样才会硕果累累。

是的，恐怕没有什么比这更重要了。一个人，只有当他的主体意识，他的心愿与心情，他的精神与体力都活跃起来，他才是一个完整的人，一个生机勃勃的富有创造力的人，一个主人。

他在告诫自己，千万不要因为自己拥有成就而不幸扮演一个对年轻人可能构成限制、控制或压制的角色。就在这年，王选把几个不同年龄段的年轻人同时推上研究室主任的位置，这是他实施这一抉择迈出的一大步。他的这一愿望得到了刘秋云的鼎力支持。

肖建国（36 岁）任彩色系统研究室主任。

阳振坤（27 岁）任栅格图像研究室主任。

汤帜（27 岁）任文字处理研究室主任。

如果说王选从前研制的主要成果是照排设备，今后的成果更主要是“人”，能创造高科技成果的人。

智者的选择

王选在 1991 年成为中国科学院院士，1993 年成为第三世界科学院院士，1994 年又成为中国工程院院士。人们盛赞他，他在许多场合却这样表达：“一年戴一顶桂冠，一下子成了三院士，这时我 57 岁了，忽然成为计算机界的权威。可是，在高新技术领域年轻人有明显优势，55 岁以上的专家创造的高峰期绝对已经过去了，哪里有 57 岁的权威呢？”王选似乎一生都没有得到一个骄傲的机会，或者说终于获得了一个可以谦虚的资格。

“当然，”他说，“要找60岁左右，像我这种年龄犯错误的可以找出一批来。”然后他讲到其中最著名的“三位赫赫有名的伟大的发明家”，第一位是美籍华裔电脑巨匠王安，另两位是曾被誉为“巨型计算机之父”的克雷和创办了“小型机王国”公司的奥尔森，他们都在60岁左右犯了跟自己的成就同样大的错误，使公司从辉煌跌入困境。

他也想到了曹操的《龟虽寿》，那“烈士暮年，壮心不已”的名句激励了不少老骥，使人总想在晚年继续做出重要贡献。他说：“这种心态是好的，但是，我以为，伏枥老骥最好用‘扶植新秀，甘为人梯’来实现自己志在千里的雄心壮志。”

他还说：“在高新技术领域千万不要迷信院士。院士者，就是他一生做了贡献，给他一种安慰，一种肯定而已。”并说：“计算机技术是年轻的技术，年轻一代应探索新的方法和途径来超越前辈。”有一回，中央电视台采访李素丽、王选等人，主持人说：“请你们每人用一句话向观众介绍自己。”话筒递到王选面前，王选说：“我是一个曾经做出贡献的过时的计算机专家。”

一言道出，如有惊雷。这是一个科学家的自我介绍，有着惊人的准确。更高的准确性是，他在利用媒体请你——注意青年！

他接着说，在高新技术领域绝对不能崇尚名人，要重视“小人物”。王选懂得重视年轻人，生命就在自己的身心依然绿油油地生长，而不是变成那种人称的“泰斗”。从前苏东坡说：“谁道人生无再少，门前流水尚能西。”56岁以后的王选在往年轻的方向活，这是一种让时光倒流的活法，很高妙。

王选还说：“就科学技术而论，对原子弹贡献最大的是周光召，对氢弹贡献最大的是于敏。我觉得，两弹元勋邓稼先之伟大在于，不仅自己有才华，而且能让他手下比他更出众的人充分施展才华。”

关于王选提携年轻人，我曾很由衷地对王选说过：“这总是很让人感动的事。”王选说：“如果不这样做，就不会有方正后来的更大成功，王选也就被人抛弃了。”

我想，王选说的并不夸张。方正系统实现高保真彩色印刷，不是只拿下某一次招标而已，而是实现了彩色技术的又一重大突破。只要想想，这件事仅在科研方面，就需要几支优秀的青年科技队伍如此努力地协同作战才能走到这一步……如果王选怕年轻人超过自己，如果不是如此努力地创造让年轻人去创造的环境，已取得辉煌成就的方正系统也可能是昙花一现啊！

所以，当王选在他56岁感到不如年轻人的时候，悟到了可以把自己肩上的担子移到年轻人的肩上去，这实在是一个聪明的办法，是他一生中最智慧的抉择。

…………

（节选自王宏甲《智慧风暴》，新华出版社2000年7月出版）

深山信使王顺友（节选）

◎ 保伍拉且

引子：他感动了世界

2005 年 10 月 19 日，瑞士伯尔尼，万国邮政联盟总部。王顺友作为一名普通的乡村邮递员，应邀代表中国邮政发言。

王顺友是自 1874 年万国邮政联盟成立以来第一个被邀请的最基层、最普通的邮递员。万国邮政联盟国际局总局长爱德华·达扬和副总局长黄国忠均表示，这是一个新的尝试，此举也得到各国邮政部的一致认同。

王顺友迈开结实有力的双腿，大步登上万国邮政联盟行政理事会的讲台。他穿着绿色的中国邮政制服，微微有些驼背的身姿让人觉得他随时都在向前迈进，黝黑的脸庞写满了高山雪原上的阳光和风雨，朴实得如同高山峡谷间的岩石，炯炯有神的眼睛沉着而坚定。

他的嗓音浑厚、洪亮，充满着自信。

“女士们，先生们，各国邮政的朋友们，你们好！我叫王顺友，今年 40 岁，来自中国四川省凉山彝族自治州木里藏族自治县邮政局，是一名马班邮路乡邮员……” 41 个万国邮政联盟行政理事成员国和 45 个观察员国共 86 个国家的 300 多名代表倾听了王顺友在木里马班邮路上的经历。

王顺友 1985 年参加工作，工作的第一天他就走上了马班邮路。

20 年来，他平均每个月有 28 天奔走在马班邮路上，翻雪山、过峡谷、穿森林。一个班期回来，只能休息两天。这两天里，他根本没法休息。不仅不能休息，他还得以奔跑的步态忙着去做出发前的准备工作和乡亲们委托的事情，不奔跑着去做就做不完，就得耽误下一个班期。往往把这些事情办好、忙完以后，两天时间已经过去了，他又得出发了。

20 年里，他没有误过一次班期，没有损坏、错发、丢失过一个邮件；20 年里，他雨里来雪里去，在高山峡谷间徒步跋涉了 26 万多公里；20 年里，他把生命过程中最充满活力、最流光溢彩、最灿烂多姿的阶段融解在寂寞的马班邮路上。

20 年里，一个人、一匹马、一条似乎永远也走不完的路构成了王顺友全部的生活。在妻子的眼里，丈夫不是一个称职的丈夫；在儿子的眼里，父亲也不是一个称职的父亲。可是妻子和儿子都为有这样的丈夫、这样的父亲深感自豪。妻子的心里深爱着自己的丈夫，儿子的心里崇拜着自己的父亲。

21 世纪的今天，天空上的飞机比鸟还多，比鸟飞得更高、更快，公路上、铁路上日日夜夜奔驰着各种各样的汽车和长长的火车，电话、电视和电脑把无论多么遥远的距离通通压缩成一张薄薄的饼子。

地球已经被越来越多的人视为一个村庄，一个小小的村庄。王顺友和马班邮路上的乡邮员们却还在用他们的双脚，无休无止地奔波在最古老的山道上，月复一月，年复一年，面对着永远也穿不完的森林，面对着永远也翻不完的高山。他们的世界就是一条永远也走不完的路。

王顺友和凉山木里马班邮路上的乡邮员们好像耕地的牛、拉车的马和推磨的驴。这样比喻似乎有些不雅，但能够形象地说明他们工作、生活的艰苦和辛劳。他们比耕地的牛、拉车的马、推磨的驴更坚韧、更坚强，更能吃苦、更能耐劳。而且，牛之所以耕地，马之所以拉车，驴之所以推磨，是因为有人用鞭子在要求它们。王顺友他们自觉自愿地走着，无怨无悔地走着，最后把自己走成了一条路。他们的心中也有一根鞭子，那根鞭子的名字叫忠诚，叫责任。

王顺友把自己走成了一条路。

接过邮路马缰绳

背着一大背篼玉米走进家门的时候，夜色已经朦胧。王顺友感到有些饿了。他把背篼从背上卸下来，放在屋檐坎上。浓浓的煮腊肉的香味使劲儿往他鼻孔里钻。

“父亲回来了。”他有些兴奋地想。

父亲在邮政局工作，长期奔波在马班邮路上，逢年过节回一次家，住一晚两晚就走，母亲双手残疾，家中里里外外的事就靠他来支撑。六个孩子，他是老大，下面还有两个弟弟、三个妹妹。父亲微薄的工资和一块瘦瘦的耕地勉强能够糊住一家人的嘴巴。

父亲回家的日子或偶尔来了客人才可能煮肉吃。穷啊！

王顺友在白碉小学读到三年级回家参加生产队的劳动，每天挣三个工分。到年底结算的时候，按人口分了口粮，还倒欠生产队的钱。

白碉乡河边队的人都知道，他从小就懂事，做家务、做农活、放羊子。他记得特别清楚，包产到户两年以后，他们家才渐渐还清生产队的欠账。

白碉乡是苗族自治乡，是木里藏族自治县两个苗族自治乡之一，另一个是固增苗族自治乡。

因为山高谷深的阻隔，因为滔滔江水的阻隔，木里过去鲜为人知，现在依然鲜为人知。当然，除了山高谷深、滔滔江水，还有其他原因，比如至今就没有一条贯穿木里全县的公路。从凉山彝族自治州州府所在地西昌市去木里，经过盐源（盐源有公路通到云南省宁蒗县），到了木里，公路也就没有了。

木里县境内山山相连，山峰如林，相对高差 4000 多米。山与山之间云雾缭绕，深渊万丈。矗立的山峰、陡峭的悬崖、险峻的峡谷构成木里地貌的基本特征。雅砻江、木里河、水洛河由北向南，纵贯全境，全县境内有 100 多条大大小小的溪流。

特殊的地理环境产生了木里马班邮路。

在马班邮路上走了 24 年的王友才在 1985 年 10 月的一天下午回到了家里。这次回家不比以往，他心里揣着一件事情，对他来说，对儿子王顺友来说，对他的家来说，算得上是天大的事情，这件事情将彻底改变他的生活，彻底改变儿子王顺友的生活和命运。

对这个家来说，少了一个强壮的劳动力，多了一个老年人。这当然是一件天大的事情。

这也是一件极其自然和普通的事情，许许多多中国家庭在 1985 年前后都经历了这样的事情。根据当时我们国家的就业政策，父亲退休以后，孩子可以顶班参加工作。王友才退休了，他从此就永远住在了家里，住在白碉乡河边队的家里，从此告别了他走了 24 年的邮路，儿子王顺友将接他的班，接他的工作，接着走他走了 24 年的邮路。

这件事情他要等儿子回来再讲，当着儿子，当着全家每一个人宣布这件事情。夜色朦胧的时候，王顺友背着一背篼玉米回到家里。

“我走不动了，要退休了，老大，你来接我的班，接着走我走的邮路。”王友才面对大儿子宣布了这件事情。他不是想退休了才不走了，不是不想走了才要退休，他是走不动了，才退休，实实在在走不动了。

马班邮路上的乡邮员们大都是因为走不动了才退休的，只要走上了这条路，就会不停地走下去，直到走不动。类似于童话中的红舞鞋，只要穿上它就会不停地舞蹈，直到筋疲力尽，直到死去。

可怕而又可敬的红舞鞋是童话里的故事，马班邮路和邮路上的乡邮员们却是现实的存在，存在于 21 世纪的今天。

“只要走上了这条路，就会不停地走下去，直到走不动。”在凉山木里，在马班邮路上，也是一个现实的存在。

为什么呢？

可能会有共同的答案，也可能有多种答案。

因为遥远而艰难的道路，道路上无数的高山和深谷最直截了当地检验着他们的意志，意志的坚强与懦弱紧密地和男人的荣誉感联系在一起，马班邮路上的乡邮员都有着男人强烈的荣誉感与自尊心；还因为生活在深山老林里的父老乡亲们收到远方的一封信时的那种喜悦的心情都足以打动每一颗善良的心，乡邮员们也因此而感到了他们工作的巨大价值和意义。他们也因此深感自豪。

这个答案也许有些简单了。

但是，边远山区人们的生活本身就很简单，他们对生活的态度也不复杂，他们真诚、善良、朴实，为了一个比芝麻还小的诺言，敢于承担天大的责任。他们把人生简单地归纳为：“人活一张脸，树活一张皮。”

父亲走不动了。儿子接着走。

“家里怎么办呢？”王顺友提出了这样一个似乎无法解决的问题。双手残疾的母亲需要照顾，年老的父亲需要照顾，年幼的弟弟妹妹需要照顾。

“娶媳妇，结婚。”父亲显然早就想到了这个问题，并有了解决问题的方案。

一个名字叫作韩萨的姑娘就成了乡邮员王顺友的妻子，而且是在王顺友要接父亲的班，家中急需要人照顾的前提下成为他的妻子的。如果说王顺友在 1985 年以后的日子里把自己彻底奉献给了马班邮路，那么他的妻子韩萨在把自己奉献给了王顺友的家的同时，也把自己间接地奉献给了马班邮路。

韩萨强有力地站在王顺友的身后，为他撑起了家。

这桩婚姻根本不以男女双方的感情为基础，也没有以门当户对、郎才女貌等为出发点，而是完全从家庭需要有人照顾为着眼点。这桩婚姻对韩萨是不公平的，对王顺友也不公平。但面对王顺友兢兢业业、无怨无悔奔波在马班邮路上的身影，面对韩萨默默无语、任劳任怨的面孔，谁又能说什么呢？什么也不能说，什么也不必说，只能给予他们美好的、吉祥的祝福。

令人欣慰的是他们渐渐地有了越来越深厚的感情。

“我们的感情是在结婚以后才慢慢建立起来的。结婚以前话都没有说过一句，根本就不认识。”王顺友说。

10 月份王顺友接了父亲的班，接过了父亲手中的马缰绳，11 月份就把韩萨娶到了家里。然后就开始了一个人的、没有尽头的、漫长的跋涉。

接过父亲手中马缰绳的那一天，王顺友心中涌起了巨大的难以言喻的波澜。他清楚地知道，他的生命历程将以全新的方式展开。

他完全不知道全新的生命历程需要他付出的是没完没了的孤独和寂寞，是没完没了的艰难的跋涉。

父亲在精神上伴随他成长

王顺友说，马班邮路在父亲他们走的时候就这样，现在还这样，没有什么变化。

“当然，他们那时候比我们现在更艰苦。”他说，“他们刚开辟这条邮路的时候，没有马，邮件都是乡邮员自己背的。”

那就是步班邮路了。

“马是后来才配的。他们那时候，买不到吃的。我说的是70年代，我十多岁的时候，白酒凭票供应，每月二两。肉啊糖啊等副食品都凭票供应。现在邮路上有小卖店，买些酒和其他吃食很方便的。”王顺友说。

长期奔走在马班邮路上，酒是必需品，驱寒祛湿。马班邮路上的乡邮员人人都患有风湿病。说起风湿病，自然会说起其他的病以及邮路上各种各样的伤啊痛的，王顺友就想起了父亲在马班邮路上的一次受伤和一次患雪盲的情况。

父亲一次奇特的受伤，使他结识了马班邮路。

他15岁那年，应该是8月。因为有雨，河里涨满了水。他记得非常清楚，那是一个细雨迷漫的上午，有人捎来口信，说他父亲受伤了，住在三棉垭乡武装部杨国刚家里，叫他快去看父亲。他带着几个煮土豆就去了。

那是他第一次一个人翻山越岭走远路，好在从白碉乡去三桷垭乡只有 30 公里的路程，太阳刚落坡的时候，他到了杨国刚家。他不知道还有更远的路等着他去走，他更不知道四年以后，也就是他 19 岁的时候，他将接过父亲手里的马缰绳，接着走这条漫长的路。也许就是他这次出色的表现使父亲产生了让他接班的想法。

原来父亲被一把锯子锯伤了。父亲把邮件送到终点后，去一个熟人那里要回他的锯子。锯子让熟人借去有一年了，好久以前就说下次送完了信顺便带回，每次不是走的时候忘了就是熟人凑巧不在家。

那次也巧，父亲刚从乡政府出来就遇见了那个熟人。父亲就把锯子固定在马鞍旁。

那天父亲肯定有些兴奋，也可能和熟人喝了两杯酒。在要到三桷垭乡的时候，父亲骑上了马，马跑着跳着过一个坎，锯子在猛烈的震动中锯进了父亲的腿肚子。父亲不能动，不能下马，任马缓缓地走，缓缓地走到了三桷垭乡。

在三桷垭乡，遇见一个叫杨二谦的熟人。

杨二谦把父亲从马背上抱下来，交给了父亲的朋友——三桷垭乡武装部部长杨国刚。

杨国刚把受了伤的王顺友的父亲抱进自己的家里，并让人通知王顺友。

王顺友刚走进杨国刚家，父亲就叫他去乡政府，打电话给木里县邮局，报告父亲受伤的情况。杨国刚说休息一会儿，吃点儿东西再去打。

父亲一定要他马上去打。

“打完电话再吃东西，再休息。”父亲说。

父亲完全可以请杨国刚打电话通知县邮局，报告情况。为什么一定要让王顺友来打电话呢?

“这是父亲自己的事情，怎么能让别人去做呢？”王顺友说。这也许就是生活在大山里的人特有的个性，也是马班邮路上的乡邮员特有的个性。在马班邮路上奔走的乡邮员都是一个人负责一条线路，而且必须按照班期的规定走，所以不能像马帮那样成群结队地走。只能一个人走。一路上，三天两夜也好，十天半月也罢，所有的事情都得独自去完成，没有人能够帮你。

生活在大山里的人们，认为儿子不是别人，儿子是自己的延续，儿子就等于是自己，儿子做自己的事天经地义。

王顺友去乡政府，在电话里向县邮局报告了父亲受伤的情况，并带回了指示：让王友才就地养伤，但必须尽快找人把马和邮袋送回局里，不能耽误下一个班期。

儿子王顺友自然承担起了送马和邮袋的任务。

过雅砻江，翻察尔瓦梁子，王顺友按时把马和邮袋送到了邮局。

邮局领导又把送邮的任务交给了他。

也许15岁的王顺友已经像一个大人了，也许他牵着马，风尘仆仆走进邮局的样子太像父亲，太像一个乡邮员，也许他是王友才的儿子的缘故，反正，正在焦急找人代替王友才走下一趟班期的邮局领导一看见他，就把任务交给了他。

“走路我走得起，也不怕，可我不会分邮件。”“我们分好，再教你怎么发。”他就上路了。

15 岁的王顺友满脸透着严肃，一步步认真负责地沿着邮路走去。到了白碉乡，他没有回家，他很想回去，看看母亲，告诉她有关父亲的情况。但他没有回去，因为他在做父亲的事，在为公家做事，是不能够回家的。父亲在送邮的时候就从没有回过家。

到了三桷垭乡，见到父亲。

“怎么是你？”父亲明白了儿子将代替他送这一趟邮件以后，有些吃惊。

“你行吗？”父亲有些不放心。

“走路我走得起，也不怕，可我不会分邮件。”他还是那句话。父亲让他把邮包从马背上卸下，把三桷垭乡的邮件取出，把倮波乡的邮件按种类又一次细细分了一遍。再三告诉他路上住什么地方，怎样搭帐篷，等等。

“其实，那一次代替父亲送邮，几个夜晚，我就没有睡个好觉，基本上都是睁着眼睛到天亮。”回忆起那次送邮，他说，“我注定了该干乡邮员的工作。叫我走我就走了，没有犹豫，没有害怕。实话说，晚上有些紧张、害怕，睡不着觉。白天却一点儿都不疲倦、不累。”

注定了他得接父亲的班，走马班邮路。

15 岁的那一年，父亲偶然受伤，他自然而然地把父亲的马和邮包送回邮局，邮局自然而然地让他代替父亲送邮，一切都自然而然、顺理成章。这就是暗示，是对他今后注定在马班邮路上挥洒青春与热血的暗示。

不过，虽然他走了一次马班邮路，虽然他顺顺当当地完成了邮路上的送邮任务，但是他对马班邮路的艰苦、艰难和艰险还缺乏起码的认识，对马班邮路上的一切还非常陌生。

父亲在马班邮路上奔走了24年，犹如了解自己的身体一样了解邮路。但他可能不知道，儿子是通过对他的认识和了解来认识和了解邮路的，又通过对邮路的不断认识和了解来对他进行不断的认识和了解。

马班邮路把王顺友和父亲的思想、情感和精神紧密地联系在一起。

第一次走马班邮路

在木里县邮局，父亲住的一间小小的房间里，王顺友的思绪乱得像一锅粥。

他一会儿起来看看天色，一会儿起来看看时钟。时间过得可真慢啊，半个小时一个小时就漫长得没有了边。天亮以后他就要上路了，以一个邮递员的身份走上马班邮路，为公家做事，为国家做事。

那个夜晚是一条分界线，是一个分水岭。

那个夜晚之前的王顺友是一个农民，木里县白碉乡河边队的一个农民；那个夜晚之后的王顺友是一个邮递员，四川省凉山彝族自治州木里藏族自治县邮电局（后为邮政局）的邮递员。

以前在农村劳动，更多是为自己，为自己的家；以后做乡邮员的工作，完全是为国家，为父老乡亲。

这让他有了一些高尚和高贵的感觉。

“老大，从现在起你就是公家的人了，一切都要想着国家，要对得起国家。”睡觉前，父亲认真地对王顺友说，“我这辈子对不起你妈妈，对不起你和你的弟弟妹妹。但我没有对不起国家，没有对不起乡亲们。”

“要对得起党。”父亲说。

那个分界线般的夜晚，那个分水岭般的夜晚，在木里县邮局那间小小的房间里，父亲鼾声如雷，19 岁的王顺友通宵未眠。通宵未眠仿佛是他为自己和那个特别的夜晚举行的仪式。

马匹已经备好，邮包已经捆好。

天亮就要出发。

天亮后，王顺友就要和父亲走上马班邮路。

王顺友坚持认为，1985 年 10 月的那一天早上，一个天气和他的心情一样晴朗的早上，是他第一次走马班邮路。虽然在他 15 岁的时候，替受伤的父亲走过一次。他坚持认为那一次是代替父亲在走，不是他在走。

虽然失眠的夜晚漫长得没有边，天终究要亮。天亮以后，父子俩吃了早饭，一点儿也没有再耽误，牵着马就上了路。这次上路，与父亲过去的那么多次上路没有什么不同的地方，与王顺友后来的那么多次上路也没有什么不同的地方。但这次上路在父子俩的心中都不平静，都有千万层波浪在心海里奔涌。

父亲是最后一次上路。

王顺友是第一次上路。

父子俩同时上路，父亲是交班，儿子是接班。在交接班的路上，父亲走了一路，说了一路。一个来回走了 14 天，父亲不停嘴地说了 14 天。父亲认为他 20 多年来在马班邮路上该说而没能说的话在 14 天里全部说完了。王顺友认为父亲在 14 天里把他们父子俩一生的话都说完了。

父亲如潮的话语滋润着王顺友年轻的心田。

他们父子俩缺少一般的父子间的交流。父亲在木里马班邮路上走了 20 多年，在家里的时间屈指可数，那些在家的屈指可数的时间里，他们父子间的话语交流也是屈指可数。在王顺友的记忆里，他和父亲的交谈几乎为零。因为他实在记不起，和父亲之间有过的真正的交谈。他记得的永远是父亲匆匆而来匆匆而去的身影。

父亲回家来了，从此将在家里和家人朝夕相处，而王顺友上路了，一条没有尽头的路，永远也走不完的路。这就是他们父子的命，一个守候在家里，一个就必然在邮路上风雨兼程。

命运把他们父子之间应该有的话语交流安排在 14 天里来完成。14 天，两个星期，他们在邮路上的一个班期。

14 天，对王顺友来说已经太奢侈了。14 天里，父亲讲每一段路的情况、每一座山的特点，讲在不同的季节和各种各样的气候里应该注意的事项，讲宿营地的选择，讲邮路上的村庄、山寨和质朴善良的人们。

父亲把王顺友托付给了邮路上的每一段道路、每一座山梁、每一个村庄、每一户人家，同时也把他兢兢业业走了 24 年的邮路郑重其事地托付给了自己的儿子。他对儿子提出了四点要求：

1. 不许丢失邮件；

2. 不能打湿邮件；

3. 不准贪污和私拆邮件，不准冒领汇款；

4. 准班，准点。

出县城不久他们开始翻越邮路上的第一座山——察尔瓦梁子，海拔 4192 米。傍晚到呷米坪，他们住在父亲的老朋友熊铁匠家。熊铁匠热情地招待了他们父子俩。在熊铁匠看来，乡邮员就是他们与外界联系的重要的桥梁和纽带，他们的生活需要乡邮员，离不开乡邮员。他们对乡邮员怀有深深的敬意。老王在这条路上走了 20 多年，是熊铁匠的老朋友了，他尊重老王，爱戴老王。

老王退休了，小王接着在这条路上走。在熊铁匠的眼里，老王和小王是没有区别的。即使王顺友不是老王的儿子，而是其他别的小张、小李或小刘来走这条路，在熊铁匠的眼里也是一样的，都是他们需要的、离不开的乡邮员，都是他们尊重的、爱戴的乡邮员。

熊铁匠的看法也代表了邮路上其他老百姓的看法。

告别了熊铁匠，父子俩比较轻松地走了 15 公里的山路，到达白碉乡。交接完白碉乡的邮件，父子俩回到家里住上一晚。

父亲和儿子一同出门又一同回家，对许许多多家庭来说这根本就是一件普通得不能再普通的小事情。但对王顺友的家庭来说，这就是一件大事，一件天大的事。在他们的家庭生活史上也就只有这么一次。

过去的几十年里父亲在邮路上奔波，以后的几十年里王顺友在邮路上奔波。这一次他们父子俩一同出门又一同回家全因为父子之间的交接，当然是唯一一次的交接。

这就是他们的家庭生活，也是奔波在马班邮路上的乡邮员们普遍的家庭生活。长期分离，偶尔的短暂而匆匆的相聚。

那一个特别的夜晚，家人有多少话想说，可是没时间说啊。吃了比平常多两碗肉的晚饭，喝了一些酒，父子俩就睡觉了。他们走了遥远而艰难的路，需要休息。明天还要走遥远而艰难的路。

对这个家庭来说，一个特殊的夜晚非常平静地过去了。

和以前父亲回家一样，吃了早饭，就上路了，没有多余的话，没有相送与告别。匆匆而来，匆匆而去，这个家庭早已习以为常。

过雅砻江，经三桷垭乡，穿矮子沟，住鸡毛店，转过“九十九道拐”，翻过刀子山，再走 10 公里左右就到倮波乡。

再从倮波乡到卡拉乡。

一个班期就算走完了。说起来简单，走起来可就艰难了。他所走的这段邮路，一次往返 584 公里。584 公里的道路崎岖蜿蜒在高山峡谷间、悬崖峭壁边。

王顺友从此再没有停下来过，一走就是 20 年，一走就是 26 万多公里，没有误过一次班期，没有丢失和错发过一件邮件。

走到走不动

记者在木里县城找到了王顺友，他在街上买马饲料。他歉意地对记者说，他没有时间接受采访，他要马上赶回家去。家里还有好多事等着他去做，他明天一早要上邮路。

记者说正想去王顺友家看看，并表示不会耽误他太久，他可以边做事边说话。“随便聊聊，绝不耽误你做事情。”记者说。

王顺友同意了。

一条无休无止的路，永远没有尽头的路。王顺友的父亲走了 24 年，王顺友走了 20 年。对于父亲来说，退休了，不走了，也就走到了尽头。对于王顺友和其他的乡邮员来说，只要还在工作，就得走，路就没有尽头。

“没完没了地来来回回地走。你从来就没有厌倦过吗？”记者问王顺友。在离木里县城10多公里一个叫绿音塘的半山腰上，在王顺友家的院子里，他一边用铡刀铡马草，一边接受记者的采访。那是一个初春的上午，天空晴朗，温暖、明媚的阳光洒满院子。

“有过，好几次都不想走了。”他说。

“怎么又坚持走了呢？”记者又问。

他想了想，没说，对记者笑笑，有点儿抱歉的意思。

自从王顺友2001年获得全国五一劳动奖章以来，有很多记者采访过他，很多记者都会这样问他。他诚实地回答着各种各样的问题，回答不了的问题和不好回答的问题，他都笑一笑，笑得有些不好意思，有些抱歉。

记者接着问：“你走的白碉、倮波的线路，哪一段路最难走？”他想了一会儿，然后说：“有一段时间，我感到下雨的时候最难走，天上是雨水，地上是泥水，人的身上又是雨水又是泥水。”

“如果天黑前没有走到村子里，又没有找到山洞，就只能在泥水里睡觉。下雨的时候比平常走得慢，往往就走不到理想的睡觉的地方。”他说。

他没有回答哪段路最难走，而是说下雨的时候最难走。这样的回答应该是准确的。在乡邮员们成百上千次走过的马班邮路上，他们与蜿蜒崎岖的遥远的路，与路上的荒草、树木、岩石、泥土之间产生了内在的、密切的联系，他们与每天都在走的路和路上的一切构成了一个整体、一个世界。所以，他们很难回答哪段路好走，哪段路不好走。

王顺友说：“3月份开始下雨，一直要下到9月、10月，10月份山上就开始下雪了，一直下到来年的2月、3月。”

有的时候，他们每天都要两三次穿越四季。木里广大地区属于典型的高山立体气候特征，有一山分四季之说。冬季永远挺立在山顶，夏季永远横躺在山脚，春秋两季就分别缠绕在了山腰。走在山顶上，穿着厚厚的皮大衣还觉得冷，冷得发抖；到了山脚下干热河谷地带，不穿衣服也觉得热，汗水在脸上、身上流成瀑布；一会儿又到了山顶……

木里县的干部们证实了王顺友的说法是正确的。在木里工作就得下乡，就得走山路，就得在野外露宿。“最难受的是下雨的时候下乡。”木里县的干部普遍都这样说。有个干部还说：“王顺友走的邮路，我想，走一两次、两三次，我能行。不停地一路走下去，走20年，我肯定不行。”

这也是木里县的干部们普遍的看法。

迄今为止，有无数记者跟踪采访过王顺友，还没有一个记者完整地跟随他走完过一次他走了20年的邮路。路太难走，而且太远。

20年呢？那就遥远得没有边了。

记者问王顺友：“你还能走多久？”“走到走不动，就不走了。”他答。

一直走，走到走不动为止。他走不动了，其他的人会接着走，如同父亲走不动了他接着走一样。

一个15岁左右的男孩子背着一背篼白菜走进院子，记者问王顺友是不是他的儿子，他说不是。“我儿子在民族中学上学，住在学校里。这个孩子是邻居家的，常常来我家帮忙做些事。”

“你儿子今后会不会接你的班，走马班邮路？”记者问。“他说他今后愿意走。不过我想，可能性不大，他现在还在读中学，我希望他今后能读大学。”王顺友说，“今后不管他当不当邮递员，走不走马班邮路，他必须了解马班邮路，马班邮路和那些在马班邮路上不停地走着的乡邮员。”

“他了解马班邮路吗？”“了解，我带他走过一次。”“走完了全程吗？”“走完了全程。”

那是一个暑假，儿子王银海回白碉乡去看爷爷。他跟着爸爸从县城出发，牵着驮着邮件的马，一路上风餐露宿。到了白碉乡后，王顺友鼓励儿子和他继续走下去。他有意锻炼儿子，也想通过儿子对邮路的了解来了解他的工作的重要性，从而让孩子理解他、支持他。他发现儿子对他一年到头在邮路上奔波，没有时间和精力关心家里人的状态非常不满，甚至对他产生了怨恨。

他达到了目的。

儿子王银海说：“我以前不理解爸爸，甚至对他有怨气，认为他天天奔波在邮路上，不关心我的学习，连家里也不管；同时也很担心，爸爸的身体明显不如以前了，万一哪一天他走在途中病了，连个照顾他的人也没有，那该怎么办？我和妈妈、妹妹又该怎么办？所以我盼望他早一点儿退休，那样全家人就可以聚在一起了。”

“直到有一次放暑假，我回老家看爷爷，顺道跟爸爸走了一趟马班邮路后，才开始认识到了他工作的意义。”

白天走在邮路上，似乎永远也走不到头，不断地上山和下山。上山难，每一步都得咬紧牙关，使出浑身的力气；下山也难，双腿酸软无力，直打哆嗦。路也根本就不能叫路，也就是牛、马等牲口踩出的一些脚窝。又累又饿，王银海实在走不动了，不想走了，父亲就鼓励他，要他坚持，再坚持。晚上，睡在用塑料布撑起的简易帐篷里，下雨了，帐篷外是雨水的世界，帐篷里也湿漉漉的。虽然是夏季，高原的夜晚也非常寒冷，加上雨水的侵袭，王银海冷得发抖，紧紧贴在父亲的怀里。根本睡不着，睁着眼睛熬到天亮。

天亮了，吃点儿糌粑面，又开始上路。

几天后，王顺友和儿子到了一个村子。王银海看到，小小的山村像过节一样热闹起来了。他看到父亲笑着打开邮包，拿出信件、包裹和给乡亲们捎带的东西。村子里四处都在喊："老王来了！老王来了！"

乡亲们争着抢着请他们去家里做客。

王银海坚持着走，一天又一天地走下去，累了、饿了、困了，他就会想到，前面的乡亲们在盼着父亲、等着父亲，就有了力量，就有了走下去的勇气和决心。就这样，他和父亲一起走完了一趟邮路。他的心中生出难以言传的自豪感。他为自己走完了一趟艰难的邮路而自豪，更为父亲自豪。自己走了一趟就觉得遥远得没有尽头的艰难的邮路，父亲却天天在走，月月在走，年年在走，一趟趟地走着，没完没了地走着。

他想，父亲其实也走得异常艰难，但父亲在他的面前，在家里人的面前从不言苦，从不言累。他充分理解了，父亲不是不关心他，不是不关心妈妈和妹妹。马班邮路需要父亲，马班邮路上的乡亲们需要父亲。

如果他和妈妈、妹妹都不理解父亲、不支持父亲，那么父亲会更加孤独、寂寞和痛苦。一趟邮路走下来，王银海感到自己长大了，懂事了。

邮路使得王顺友和儿子的心灵得以沟通。

王顺友对父亲的认识和理解其实也来源于他自己对邮路的认识和理解。

“九十九道拐”称出他坚强的意志

“九十九道拐”是王顺友走的那条邮路上一个险峻的地方，从这个地名就能感觉得到，它有无数的弯弯拐拐。王顺友在“九十九道拐”这个地方有过一次灾难。

王顺友记得那是一个下午，他来到了“九十九道拐”。驮着邮件的骡子在前面缓慢地走着，和往常一样，骡子到了“九十九道拐”都走得缓慢而沉稳。他紧紧跟在骡子后面。高高的山岭和深深的山谷异常寂静。

挂在骡子身上的铃铛声把寂静的旷野碰撞得越发寂静。

山野覆盖白雪，山风寒冷刺骨，他身上的汗水却湿透了内衣。

就在他快要走出“九十九道拐”的时候，一只野鸡突然从前面的灌木丛中飞出。骡子受到惊吓，一个劲儿乱跳乱踢，随时都有可能摔下悬崖。王顺友急忙往前冲，想冲到前面去拉住缰绳，控制住受惊的骡子。

骡子的后蹄重重地踢在了他的肚子上。

他疼得昏死过去。

不知道过了多长时间。也许很短暂，几秒钟、十几秒钟。王顺友自己觉得昏过去了好长好长时间。他醒过来后，骡子已经安静下来，低着头，用嘴不停地蹭他的脸。

他挣扎着站起来，强忍着一阵阵的剧痛，牵着骡子一步步往前走。疼得实在受不了，就坐下或躺下歇一会儿，就这样坚持着把邮件送完。

一个星期以后回到木里县城。

肚子依然一阵阵疼痛，而且有增无减。

他去了木里林业局职工医院。检查后发现，他的肠子已经破裂，必须立即手术。经过手术抢救，王顺友的命保住了，但他的肠子比正常人短了一截。

医生说，王顺友被骡子踢倒时，肠子已经破裂。他居然能够坚持在马班邮路上走了七八天，那可是正常人走起来都非常困难的路啊。可见他的意志和勇气也不是常人可以比的。从医学的角度来看，肠子破裂一个星期以后，经过手术抢救还活了过来，也是件不可思议的事情，说是一个奇迹也不过分。

20 年里，王顺友在凉山木里马班邮路上的生活经历本身就是个不可思议的传奇，本身就是一个奇迹。

穿越原始森林

木里县山高，林也密。

从西昌市出发，翻磨盘山，小高山，行 160 多公里后到达盐源县，穿过盐源广阔的坝子后，就进入了连绵不绝的群山的怀抱，也就进入了木里。

马班邮路要翻越一座又一座高山，也会穿越一片又一片遮天蔽日的原始森林。当地人把原始森林称作老林子。

“在老林子里走当然没有在空旷的地方安全。”王顺友说。森林里有蚊虫，有蚂蟥，有毒蚁，而且视线不开阔，极有可能遭受猛兽的突然袭击。

王顺友随身带着一把砍刀。他说那把砍刀很锋利，是父亲送给他的。

父亲走马班邮路时就随身带着那把砍刀。王顺友走邮路的第一天，父亲就把那把刀送给了他。在荒山野地里行走，离不得一把砍刀，夜里砍树枝点篝火需要它，烧煮食物时切菜切肉需要它，穿越丛林时需要它。当然，也能够防身。王顺友一直使用着父亲送给他的那把砍刀。那把砍刀不仅仅是他在邮路上生存的工具，也是他和父亲在邮路上坚定、顽强地不停奔走的一个见证。

“那把砍刀是一块好钢打出来的。”他说。

“很多人在老林子里都迷过路。”王顺友说，“我从来都没有迷过路。”他说他在那条邮路上走了20年，非常熟悉邮路上的每一座山，每一道沟和每一片林子，甚至熟悉了路边的一棵棵树。“我闭着眼睛也不会迷路。”他说。

他还说，虽然熟悉每一片林子，虽然不可能迷路，但每次走进老林子以后都想尽快走出去。其实也不是因为害怕危险，害怕被蚊虫、毒蚁、蚂蟥叮咬，害怕遭受猛兽的袭击。“就是想走出去，尽快走出去。”他说。

走出去。

走出老林子，走出原始森林。

他的这种“就是想尽快走出去”的心情令人产生太多的感慨。老林子遮天蔽日，阻碍着高远的辽阔的视线，蜿蜒于茫茫森林里的道路时而踪迹难辨，时而隐藏于枯叶之下、灌木之中或荒草之间。

能够一走20年，翻越一座座高高的山梁，穿越一片片莽莽森林，也离不开乡亲们的关心和帮助。王顺友说起邮路沿途的老百姓，声音里充满了感激。

是的，马班邮路沿途的老百姓都把他当成亲人，对他的行程了如指掌，常常在他路过的地方等他。果子成熟的季节，他的口袋里总有几个乡亲们硬装上的水果，路边的小卖店里也总有特别为他准备的他喜欢抽的索玛牌香烟。

有的老乡在邮路边等他几个小时，就为了和他一起抽一袋兰花烟，说几句闲话。他懂得，乡亲们知道他太孤独、太寂寞，乡亲们在安慰他。

几年前的一天，王顺友感冒发高烧，病倒在邮路边的一个小店里。他不听劝阻，一定要坚持送邮。店主邱拉坡放心不下，把小店交给家里人照看，陪他走了六天，翻越高山，穿越老林子，直到完成送邮任务。

乡亲们把王顺友当成亲人看待，也是因为他总是把乡亲们看成亲人。

1997年，从县城到白碉乡的公路通车了。这段路他完全可以乘坐汽车。不仅路程缩短了，而且既轻松又安全。可他还是老样子，依然牵着他的骡子去翻雪山、穿森林。

有的人想不明白，说："老王，你傻啊，坐车到白碉乡只要四个小时，你还穿林子翻雪山多走两天路。"

他说："多走两天路，自己辛苦一点儿，方便森林边雪山下的乡亲们。"

按邮政局的规定，他只要把邮件送到乡政府就算完成任务。白碉乡的领导看见他疲惫的样子，忍不住对他说："你把邮件放在乡上，让大家自己来取就行了，何必这样苦自己？"

他说："你们乡领导工作忙，不可能专门去送信送包裹。再说，让乡亲们跑那么远的路来取，我也不忍心。我多走几步路，这两头不就都方便了吗？"

在倮波乡的高山上有两个村，离乡政府有几十里路。为了减少乡政府的负担，也为了乡亲们尽快收到邮件，他每次都绕道多走七八个小时，亲自把邮件及时送到这两个村子里。

察尔瓦梁子

察尔瓦梁子是一座山，海拔 4192 米，矗立在王顺友送邮的路上，距离木里县城 45 公里。王顺友牵着马从县城出发，察尔瓦梁子是他需要翻越的第一座高山。

察尔瓦梁子，不是木里马班邮路上最大、最高的山，也不是王顺友翻越过的最大、最高的山，但是察尔瓦梁子险峻、陡峭，矗立在众多山峰之间，刀子般直刺青天。

对于木里的山和马班邮路，没有去亲眼看看，亲自走走，是很难想象的，充分发挥想象力去想象山的险峻和路的艰难都不会过分。天下就没有比木里马班邮路更险峻、更艰难的道路了。

王顺友说，有很多记者跟踪采访他，但没有一个人跟他走完过全程。有一个记者要跟他翻越察尔瓦梁子，走出县城踏上山路，就问他：“路呢？路在哪里啊？”他指着前面说：“这就是路。”

“这就是路吗？”记者无法相信。

记者看到的是陡峭的山坡上，有石头，有荒草，有灌木丛，就是没有路。只好跟在王顺友后面，手脚并用地走这条不是路的路。王顺友说：“这可是最好走的一段路。”记者坚决不相信，说：“老王，你挺幽默的。”

后来记者相信了王顺友说的是真话，不是幽默。记者与王顺友翻越了察尔瓦梁子。

他在日记里写道：“察尔瓦梁子是我有生以来越的第一座高山。走出木里县城就走上了根本就不是路的山路，我原有的那些探险、猎奇和浪漫的心境已经荡然无存。

“翻过了察尔瓦梁子，我感到走了一个世纪，我仿佛翻越了世界上所有的高山。我疲惫不堪，当然也万分自豪，有巨大的成就感。

“如果每个人的心中都有一座需要翻越的高山，那么我认为我翻越了察尔瓦梁子的同时也已经翻越了我心中那座需要翻越的高山。”

在陡峭的山道上，记者骑着马，双手挽着马缰绳，紧紧抓住马鞍子。群山一派寂静，异常寒冷的山风也没有丝毫的声音，刀子一样割着裸露的皮肤，只有马脖子上的铃铛清脆地敲击着山野的寂静。

记者的额头居然挂满了晶莹的汗珠，而王顺友却牵着马在前面轻松地走着。

“吃了简单的午饭，我们继续翻越察尔瓦梁子。越走越高，我一点儿都不敢四处张望。马蹄偶尔打滑就惊出我一身的冷汗。如果从这条山道上摔下去，肯定滚入滔滔的雅砻江，肯定尸骨无存。”

上山的路呈“之”字形紧贴着陡峭的崖壁，一边是万丈深渊，背阴的山凹处铺有终年不化的积雪。

“这哪里是路啊，分明就是牛马踩出的一串串脚窝。骑在马背上，一只脚悬空在外。我硬着腰板，屏住呼吸，动也不敢动，十指紧紧抠住马鞍子底部，心早就提到了嗓子眼儿。”

“路越走越险，马不能再骑，只能步行。王顺友依然牵着马走在前面，我跟在他后面走，头就几乎碰到他的脚后跟（山路太陡）。鞋底一打滑，蹭下的碎石哗啦哗啦往下掉。我只好趴着身体，降低重心爬行，十个手指全被蹭破了皮。有一阵我真产生了抱着头滚下去的念头，那是一种解脱的渴望。”

记者最后和王顺友一起翻过了察尔瓦梁子。

察尔瓦梁子，彝语中意为“披肩”，指山又高又陡，当地人称作“鬼门关”。

“鬼门关”除了地理上的险恶，还有人的侵袭。

2000 年 7 月的一天傍晚，王顺友翻越察尔瓦梁子时，突然从树林中跳出两个劫匪，叫嚣着要他把身上的钱和东西都交出来。他本能地向前跨出一步，用身体护住了驮在马背上的邮包，大声喝道：

“我是乡邮员，是为党和政府服务的，是为乡亲们送信的。要钱没有，要命有一条！”说着，他抽出随身携带的柴刀，死死地盯着劫匪，一副拼命的架势。

两个劫匪一时竟被这个一身正气的乡邮员吓呆了。趁这个机会，王顺友飞身上马，迅速冲了过去。

事后，王顺友得了个外号“王大胆”，他说：“其实我心里也怕得很，是这身邮政制服给我壮了胆。”

“多亏冲过去了，不然邮件怕是保不住。”王顺友说。

邮包，就是王顺友的命。王顺友常说，人在包在，这是规矩。

人在包在！为了兑现这规矩，他差点儿把命都赔进去。

王顺友是这样描述察尔瓦梁子的:“在我邮递途中的察尔瓦梁子，海拔4000多米，气候非常恶劣，一年当中有6个月都是冰雪覆盖，非常寒冷。有一年，我翻察尔瓦梁子的时候，老远看到雪地里有个人站在那里对着我笑，我也望着他笑，问他在那里干啥子。他不开腔，一动不动的。我走近后，用手一摸，全身冰冷的，人早就死了。”

人人心中都有需要翻越的“察尔瓦梁子”，有的人没有能够翻过去，有的人翻过去了，一次又一次地翻了过去。王顺友就一次又一次地翻了过去。

一个人的路

与以往一样，王顺友到了白碉乡，到乡政府交接完邮件，就回到父母家。默默地和父母兄弟一起吃了晚饭，就上床睡觉。父亲不爱说话，王顺友自从走上邮路以后也不大爱说话了。全家人都习惯了相对无语的状况。

即使对话，也极其简单。

“老大，”父亲从来都这样称呼王顺友，“韩萨还好吗？”

“老样子。”

“孩子呢？”父亲问。

“好。”

“路上少喝点儿酒。”父亲说。

“哎。”

其实在他们的心中想说的话很多很多，可就是说不出来，习惯了将关怀、关心、思念、想念、叮嘱、叮咛等亲人之间的情感交流埋在心里，深深地埋在心里。作为家里的主要成员、精神支柱王顺友的父亲在邮路上一走就是24年。父亲老了，回到家里，刚刚长大成人的王顺友又走上了邮路，这个家庭早已经习惯了不用更多的语言来表达思想。

马班邮路上的乡邮员们的家庭基本上都是这种状况。家庭的温情与家庭成员朝夕相处的天伦之乐完全被没有尽头的邮路掠夺得一干二净。

家里的人最大的愿望也就是期盼着邮路上的人能够平安地去平安地归，邮路上的人只希望家里的人无病无痛无灾。

天亮起床，吃了早饭，王顺友牵着他的骡子离开了父母兄弟，没有告别，没有嘱咐，一切都在无言之中。天黑前，他赶到了佐窝梁子。

这里是露宿的理想之地，有水有草。春秋两季风景特别美。过往的马帮、行人大都愿意在佐窝露宿。他迅速搭建好帐篷，把邮包从马背上卸下，让骡子自由地吃草。然后燃起一堆篝火，依着篝火坐下来，开始简单的晚餐。晚餐也就是馒头、糌粑。

因为天气晴朗，又能拾到一些柴火，能把干冷的馒头烤热，再烤几个土豆。很不错的晚餐。更多的时候，也就是啃干冷的馒头，喝冰雪水。

当然，还得喝酒。

在马班邮路上，绝对离不开酒。酒能抵御严寒，能祛风湿。王顺友当乡邮员之前，不会抽烟，不会喝酒。在马班邮路走了几年后，就和烟酒成了最最知心的朋友。马班邮路上的乡邮员的肝脏都遭到不同程度的损伤，就因为酒。酒虽然祛风湿，却没有一个乡邮员不被风湿病所折磨。

可要是不喝酒，谁又能够年年月月在严寒笼罩的高山之间来来回回地奔走呢？乡邮员们的答案是否定的。

任何在高山雪原行走过的人的答案也必然是否定的。“酒对我来说，还有其他的作用。”王顺友说，“能够帮助我睡觉。”

王顺友说，他不怕高高的山梁、深深的峡谷，不怕严寒与酷暑；他不怕遮天蔽日的莽莽森林，不怕毒虫与猛兽；他不怕崎岖而遥远的道路和道路上的千难万险，不怕饥饿、疲惫与流血流汗。“如果问我怕什么？我就怕孤独、寂寞。”

走马班邮路，真的太孤独了。一路上很难见到一个人。没有人和你说话，没有人听你说话。

“白天还好些，要赶路，要翻高山，要穿林子。晚上才不好过。住在山梁上，住在林子边，如果遇到下雨，简直就是睡在泥水里，根本睡不着。冬天在帐篷里也睡不着，只好睁着眼睛等天亮。”他说，“我们送邮件是固定的班期，有时间规定，必须准时把邮件送到，所以不能等马帮一起走，只能一个人上路。在路上，有时几天都看不到一个人影。白天一个人在路上走，实在找不到人说话，我就唱唱山歌，或者干脆和马儿说话。但到晚上就没有办法了，那么大一座山就我一个人，四周静的可怕，什么都看不到，陪伴我的只有风声、水声和野兽的叫声。”

他说：“有时候不留心冒出一句话来反倒把自己吓一跳。”

在熊熊燃烧的篝火旁吃完晚餐，他把骡子拴在一棵高大的杉树旁。一边喝酒一边数天上的星星，数着数着就有了一些醉意。

他熄灭了篝火，进帐篷睡觉。

醒来时，天刚亮。

这是他 20 年里在邮路上比较舒适而美好的一个夜晚。

除了乡邮员们，在木里还有马帮赶着马在群山之间穿行。他们成群结队，赶着驮着盐巴、茶叶、烟酒等生活物资的马队在高山峡谷之间穿行。想歇就歇，想走就走，高兴时就燃起篝火，唱歌跳舞。

与乡邮员们相比较，他们是轻松愉快的，是悠闲的，甚至是浪漫的。

马帮里有人对王顺友说：“老王啊，和我们赶马帮吧，没有你那样孤单、辛苦，挣的钱也比你多。”

他丝毫不为所动。

“为什么没有和他们去呢？”有记者问。

“如果只是为了挣钱，我宁愿回家去，和老婆孩子们守在一起。”王顺友说，“既然我干上了这个工作就必须干到底。”他没有说大道理。

一个人，一匹马，一条路。

一条没有尽头的路，一条永远也走不完的路，一条只能一个人去走的路。

王顺友孤独地、寂寞地在他一个人的路上忠诚地、坚毅地走着。当然，伴着他的还有他悠扬而洪亮的歌声。

山歌在寂寞的山道上飘扬

很多人都喜欢唱歌，很多人唱歌是唱给别人听的。王顺友也很喜欢唱歌，也唱给别人听，但他更多的时候是唱给自己听的。

一年 365 天，他有 330 天左右独自走在马班邮路上，他唱歌的时候基本都在路上，基本上就是唱给自己听的。他要表达自己对生活、对工作的认识和理解，对亲人的思念和牵挂；他要排解难以言说的孤独和寂寞。

有的时候他把自己唱得泪流满面：

高山起云遮住山，马尾缠住钓鱼竿，藤儿缠住青冈树，歌声缠住你心肝；獐子下山山重山，岩间烧火不见烟，三天不见你的面，当得不见几十天。

这一类的情歌他说是唱给他的妻子韩萨听的。虽然他在山顶上、峡谷间，在森林里、篝火边唱这一类情歌的时候，韩萨根本就听不见。他唱的时候，心中想着的是韩萨，念着的是韩萨，当然就是唱给韩萨听的了。

韩萨听不听得见并不重要。

王顺友说，他唱的歌都是他自己编的。在凉山、在木里的方言里，“编”不是编辑的意思，是编写的意思，是创作的意思。

翻一坡来又一坡，
山又高来路又险。
不是人民需要我，
哪个喜欢天天走。
太阳出来照山坡，
照亮山坡白石头。
要学石头千年在，
不学半路丢草鞋。
今年老王四十岁，
牵着马儿翻山坡。
为人民服务不算苦，
再苦再累都幸福。

有人说，王顺友的歌唱得好，他的嗓子好，歌词也编得好。

这些歌词倾注了王顺友真实的情感、真实的思想，是他真情实意的表达。在凉山，在木里，邮政把服务的意识和意义提到了一个理想的高度。邮政的投递业务，面对凉山、木里的广大的山区老百姓，根本就不能够讲经营，讲经济效益，而只能讲服务，讲奉献。乡邮员们最具体地体现着这种服务和奉献精神。用他们的青春热血和健康、健壮的身体，去服务和奉献。

“人民”的概念在王顺友和马班邮路的乡邮员们的心里，不抽象，不虚无，非常具体而实在，“人民”就是那些生活在深山老林里，等着他们、盼着他们的父老乡亲。

王顺友这样唱：

山靠山来水连水，
不是送邮人不熟。
时间长了心连心，
鱼水相连永不分。

木里深山老林里的“人民”在他的心里，不仅非常具体、实在，还和他非常熟识、非常亲密。“为人民服务”对他来说绝对不是一句空话。

2001 年夏季，木里遭受了特大洪水灾害，导致山体滑坡，邮路中断。送邮工作也被迫中断。他发现邮件中有一封西昌师专的录取通知书，已经是 8 月下旬，如果不及时送达，孩子就可能赶不上开学报到了。他坐不住了，冒着大雨赶了一天一夜的路，把通知书及时送到了白碉乡白碉村海旭燕的手上。

“8 月下旬了，都没有收到录取通知书。”海旭燕说，“那天我心灰意懒地坐在火塘边，屋外的大雨仿佛把天都快下塌了。居然有人来了，浑身湿淋淋的，像刚刚从水里捞出来。他身后的骡子身上却披着雨衣。”他就是王顺友。

他揭开骡子背上盖着的雨衣，取下邮包，对海旭燕说，“有你的录取通知书。”她哭了起来，她的家里人全都哭了起来，既高兴又感动。

现在海旭燕回忆起几年前那一幕，眼睛里依然闪着晶莹的泪珠。

“看到海旭燕一家人拿到通知书后那个高兴的样子，我心里也非常高兴，觉得一路上的苦和累都是值得的。”王顺友说。

“我一边送邮件，一边尽量为乡亲们做些力所能及的事情。”他说，“乡亲们就说我是雷锋。我哪里赶得上雷锋啊？当然，我要学习雷锋。”大山里的乡亲们把王顺友看成亲人，也看成政府的人，他们固执地认为老王就是政府派来为他们服务的。而王顺友因为做了一些工作以外的事情，他们就说他是雷锋。

雷锋在他们眼里，就是为别人做好事不计报酬的人。老王在送邮的路上为了方便别人，苦自己，累自己，还做了许多额外的事情。他就是雷锋。

倮波乡磨子沟多年以来习惯于种土豆、玉米、荞子，习惯成自然。王顺友认为这个习惯应该改变。从1988年开始，他送邮件经过磨子沟的时候，常常给乡亲们带去一些白菜、青菜、萝卜等种子。渐渐地，那里的老百姓有了自己的菜园，冬天也能吃到新鲜蔬菜。

我家住在银盘坡，
心里有话好想说。
天天出门为人民，
家中只有妻一个。

“天天出门为人民”，无疑让王顺友在孤独、寂寞和艰难的行走中感受到了一种高尚的、高贵的情怀，从而使他走得无比坚定而执着。“家中只有妻一个”给他的歌声染上一层淡淡的伤感的雾岚。

山歌不唱不开怀
钢刀不磨生黄锈。
大路不走成草窝，
胸膛不挺背要驼。

王顺友在邮路上一边走，一边想，一边唱。

在从木里县城至白碉至三桷垭至倮波的邮路上，王顺友是闻名遐迩的歌手。他的歌声伴着他的身影在寂寞的邮路上不倦地流淌着。

高山下雪雪满坡，
我的衣裳穿得薄。
哪个伙伴心肠好，
借件给我穿过河。
山路弯弯坡连坡，
风雨又来欺哥哥。
肚子咕咕直叫饿，
浑身冷得打哆嗦。

他真实地描绘着送邮路上的艰苦状况。

对面山上马铃响，
绿衣使者送信来。
端茶送水好热情，
亲人看信乐开怀。

他歌唱着乡亲们的快乐，也歌唱着自己的快乐。

唯一的一次休假

在20年的送邮路上，王顺友几乎没有休过假。结婚的时候，他利用的是两个班期之间的间隙，也就是三天时间，不能算休假。其实只有两天，他第三天就上了邮路。

王顺友说：“头天办喜酒，第二天在家，第三天就上了路。”

那一年，在“九十九道拐”那个地方，王顺友被骡子踢破了肠子以后，住院做手术，休息了一个星期左右。这也不能算休假。

木里马班邮路上的乡邮员们就没有谁正正经经地休过假。他们的工作性质特殊，每个人负责每个人的线路，每一个班期都有时间规定。谁要是休假，就得临时找人代班。人可以歇着，邮件是不能耽误的。

乡邮员们除了万不得已的情况，一般都不愿意找别人代班。因为其他的人不熟悉邮路的情况，自己休假或休息，让别人去替自己送邮也是乡邮员们所不能认同的行为。

王顺友无病无痛，却休了几天假，这是他在马班邮路上奔波20年来的唯一的一次休假。那是因为他的妻子韩萨患了重病。

韩萨比王顺友大六岁，46岁的人看起来像60岁的老人。“我是一个孤孤单单的女人。”韩萨说，“王顺友长期在邮路上跑，一年到头在家的日子加起来不到30天。”

一年四季永远都是她一个人在家。抚养孩子，下地劳动，饲养牲畜，一户农村人家需要做的事情基本上靠她一个人来做。

结婚后，王顺友把自己交给了马班邮路，韩萨把自己交给了王顺友的家。

“我和王顺友是1985年冬天结的婚，那时候他已经开始跑现在的马班邮路了。刚开始的时候，我们住在白碉乡的家里。虽然人多，事也多，但是不孤独。”韩萨说，“1994年我们一家四口搬到了现在这个地方。当时附近没有一户人家，王顺友一出门，家里就是我和两个娃娃。后来儿子银海上初中住到学校去了，家里就只有我和女儿晓英。再后来，女儿也出去打工了。一天到晚家里就只有我一个人。王顺友一个月在家最多住两天，两天里，也只是在整理邮件，准备路上的干粮，准备喂马的饲料。”

“他还需要好好吃两顿饱饭，睡一个好觉啊。”韩萨诉说自己的孤单，说着说着就心疼到自己的丈夫身上去了。

有记者问她，愿不愿意让王顺友不再跑马班邮路了。她沉默了好久，流着眼泪哽咽着说：“有时候我想，只要他可以天天在家陪我，哪怕他什么活儿也不干，只要我回家有个人陪我说说话我就很满足了。可是我又会想，如果他不送信了，那些等着收信的乡亲们该怎么办啊！”

“以前孩子小，我都熬过来了，现在孩子大了，再几年，王顺友就退休啦。”韩萨宽慰着自己。

一个孤孤单单的女人，在家里承担着全部的家务，白天盼着夜晚，夜晚盼着白天，在一个个白天一个个夜晚里盼着丈夫。每个月丈夫回家来的两天里，却想的是丈夫在邮路上的辛苦，需要吃两顿饱饭，需要睡一个好觉。

她最大的愿望就是盼着丈夫退休的日子早些到来，这样就可以和丈夫日日相守，夜夜相伴。这也是韩萨从结婚那一天起就有的愿望。

她日日夜夜都在想孩子，想丈夫，想马班邮路和邮路上等着收信的乡亲们。她很少想到自己。有病有痛也自己忍着，不愿意告诉王顺友，生怕使他分心，打扰了他的工作。

韩萨住过两次医院。一次王顺友不知道，他在邮路上；一次他陪了她三天。而这三天就是王顺友唯一的一次休假。对韩萨来说，王顺友陪她三天应该是丈夫起码的责任和义务，陪十天半月也是应该的。

提起他在邮路上的那次，王顺友说："那次她得疾病，我在邮路上，全靠了邻居陈老六。"王顺友家1994年从白碉搬到一个叫绿音塘的地方，住在半山腰，离木里县城有十多公里。当时周围没有一户人家，后来搬来了邻居陈老六。

那是年底，韩萨发高烧躺在床上两天两夜无人知道。也是她命大，被陈老六发现了。元旦的早上，陈老六发现王顺友家的大门开着，养的牲畜也没有关进圈里。陈老六推开房门才知道韩萨病了，躺在床上已经说不出话来。陈老六立即报告了木里县邮政局领导。韩萨被送进医院。

当时王顺友在邮路上，离家还有三四天的路程。如果等到王顺友回到家，别说疾病，躺在床上起不来的韩萨饿也饿死了。

对于王顺友来说，对于他在马班邮路上走过的20年来说，在医院里陪伴韩萨三天，已经是破天荒的事啦。结婚的时候也没有陪伴过三天。儿女出生的日子，他也在邮路上。

那一天，他回到家里，看见妻子躺在床上，满面的汗水，说是肚子痛。他知道韩萨不是痛得实在受不了，绝不会躺在床上。他立即用骡子把妻子驮到医院。经过检查确定为急性阑尾炎。王顺友到邮政局借了 2000 元钱，安排妻子做了手术。

他为此请了三天假。

这就是他自从走上马班邮路以来的 20 年里唯一的一次休假，而且没有耽误下一班的班期。

他生命的另一半

通常情况下，一个男人会说妻子是他生命的另一半。王顺友说，他生命的另一半是他的马，他的骡子。

他的马，他的骡子，与他日夜相伴，朝夕相处，是他 20 年来在孤独的、寂寞的邮路上忠实的唯一的伙伴。他们一同跋山涉水，穿森林，过峡谷，经历着邮路上的千辛万苦，感受着邮路上的喜怒哀乐。

他爱惜骡马胜过爱惜自己。

走得再难、再苦、再累，他都舍不得骑马，而且经常把邮包从马背上取下来，自己扛着走。他说："我爱马，马也爱我。这些年来，跟我度过最苦、最难、最多的日子的都是马，只有马。我跟老婆和孩子偶尔相聚，和马却天天在一起。"

"马通人性呢。"他说。

20 年来，王顺友有过 30 多匹马，他熟悉每一匹马的性格，根据马的特点和性格给每一匹马取了很好听、很贴切的名字。一匹名字叫“青龙”的马同他走得最久，同他上路的时候刚满 5 岁，一直伴随他走了 13 年。这匹马聪明，灵气十足，熟悉邮路上的坡坡坎坎，记得王顺友习惯休息的每一个地方，每到天色朦胧王顺友的脚步因为疲意而渐渐慢下来的时候，“青龙”就会轻轻咬咬他的肩头，意思是叫他打起精神，加快脚步。然后“青龙”就快步向前走去。

王顺友赶到休息的地方时，“青龙”站在那里静静地等着他。

“青龙”还救过他的命。

王顺友清楚地记得那个日子，2005 年 1 月 6 日。他从倮波返回的路上。他牵着马走到雅砻江边的一座吊桥时，“青龙”不走了，任他又拉又叫，就是不上吊桥，四个蹄子像钉子一样死死钉在桥边。

正好有一队马帮上了吊桥，王顺友想和他们搭伴走，大声叫：“等等我，等等我。”等待他的是一幕恐怖的景象。吊桥一侧手臂粗的一条钢缆突然断了，吊桥翻转，正走在桥上的三个人六匹马全部掉进江水中，瞬间就全无踪影。他惊呆了，半天才回过神来。他抱着他的“青龙”哭了起来。

如今他把“青龙”寄养在一户乡亲家里，隔上一段时间就去看看。他说平原上的马一般活 30 岁左右，马班邮路上的马只有 20 年的寿命。

“‘青龙’应该过几天轻松的日子。”他说。

王顺友每个月的工资 800 多元，他硬抠出 100 多元来补贴马的饲料。县邮政局每月发给饲料费 70 元，买草料也基本够了。但他坚持自己掏钱买足够的玉米喂马，他认为最好的马饲料就是玉米，只有玉米，什么也比不了玉米。

他常常对妻子开玩笑说：“你给我吃差一些没有关系，一定要给我的马吃得好，吃得饱。”他还常说：“马和人一样，只有吃得好，身上才有力气，走路才走得凶。”

他说，在马班邮路上奔走的这20年里，听他唱歌最多的是他的马，听他说话最多的也是他的马。

他已经习惯了和马在一起，身边没有马，心头总觉得空空的，一点儿都不踏实。与马相伴，吃饭香，喝酒香，睡觉也格外香。他说他最爱看的电视节目是赛马，他最爱逛的地方是马市。见到好马他就要去摸，去品，那副爱不释手的样子不可能不让妻子和孩子心生妒意。

妻子说：“我去喂马的时候，王顺友总要再三交代，他总是不放心别人。”

儿子说：“我爸爸对他的马的关心胜过对我的关心。”

他说“我有三个家”

在邮路上走了20年，王顺友回顾自己的人生历程，发现他的工作就是走路，不停地走，他的生活也基本上在路上。他的人生过程就是不停奔走的过程，在马班邮路上实实在在奔走的过程。

他的人生在路上。他的人生在马班邮路上。

如果说，家是遮风避雨的房子，是吃饭和睡觉的地方，那么王顺友的家就在邮路上，是邮路上的山洞和帐篷。

如果这样理解家，王顺友说的就没有错。

王顺友说：“实际上我有三个家，一个在山上，一个在江边，一个在路上。”他说，山上的家，就是那个在营盘村的一个叫“绿音塘”的半山坡上的家，家里有妻子，有儿子和女儿；江边的家是他出生成长的地方，有父母和兄弟；路上的家当然就在马班邮路上。

比较三个家，路上的家更像他的家。一年到头有 330 天左右走在路上，吃在路上，睡在路上。马是他亲密的伙伴。

他在邮路上走得英勇顽强。

什么样的艰难险阻都挡不住他向前迈进的步伐，他走得坚定而执着。1998 年夏季，木里县遭到百年不遇的暴雨和泥石流的袭击，通往外边的公路完全被冲毁，木里成了孤岛。王顺友走的邮路上的倮波乡更成了孤岛中的孤岛，和外面的联系全部中断。人们只有等待，也只能等待，等待暴雨和泥石流过去后再与外面取得联系。

倮波乡的人们万万没有想到，他们等来了王顺友。王顺友出现在他们的面前时，他们简直无法相信自己的眼睛——人和马都裹满了泥水。

“浑身裹满了泥水，裤脚挽得高高的，蹭破皮的腿上，鲜红的血混着泥水一个劲儿地往下流。额头上鼓出两个核桃大的包。”乡长扎西龙布回忆道。

邮包打开后，人们吃惊得睁大了眼睛。所有的邮件完好无损，干干净净。

平常走这条路也需要吃万般的苦受万般的累。可以想象，这次他不知吃了多少的苦，受了多少的累，才到达倮波乡。怎样去想象都不过分。

“只是比平常多摔了几个跟头。有好些地方，我是抓着马尾巴过的。”王顺友说得十分平淡，十分轻松。

他在邮路上走得情深意长。邮路是他的家，他把邮路上的乡亲们都视为自己的家人、亲人。

俗话说："说话容易拉手难。""望到屋，走得哭。"从这个山梁走到对面的山坡，从早走到黑，可能也到不了。木里的山路，大多如此。为了把邮件及时送到乡亲们手里，他会舍近求远，在山间小路上绕三天两夜。

2004 年秋天，"健康快车"到木里，为当地群众免费做白内障复明手术。时间紧迫，木里山高路远，乡邮员们承担了送通知的任务。

"要快。"邮政局领导把通知单交到王顺友手里。

王顺友的胃病正闹腾得厉害，可他什么话都没有说，带上胃药，揣上通知就出发了。他没有认真吃顿饭，饿了就边走边啃冷馒头，日夜兼程，比平时提前三天到达倮波乡。把通知送到后，他也被送到了乡卫生院。

当天夜里，"健康快车"到木里免费做白内障复明手术的通知在倮波乡广泛传开的同时，王顺友因为带病送通知而病倒住院的消息也广泛传开。第二天，很多乡亲们到医院去看他。一位双目失明的老人来到他的病床前，不停地喊："好人啊，好人！"

在邮路上的这个家，王顺友把乡亲们都看作家人、亲人，乡亲们也把他看作家人、亲人。

要对得起党

王顺友牵着马，躬着背，勇敢而奋力地朝前走着。20 年里，他走了 26 万多公里的路程，平均每年走 13000 多公里。在路上，他每天都会遇到各种各样的困难和危险，可是，他没有耽误过一个班期，没有错发过一封邮件。

王顺友就这样一路走着，走出来的震撼人心的精神和力量深深感动了每一个认识他的人，知道他的人；深深感动了每一个读到他事迹的人，听过他报告的人。他一路走来，从木里走到西昌，从西昌走到成都，从成都走到北京，从北京走到万国邮政联盟总部。

2001 年，王顺友被评为四川省邮政劳动模范，并荣获全国五一劳动奖章，第一次走出大山，到了首都北京。“其实我也就是做了我应该做的工作。”他说。

他的话语朴实得就像木里的群山和群山间崎岖的道路，没有丝毫的修饰。他认为他所做的都是他应该做的，却得到了崇高的荣誉和热烈的掌声，他高兴，兴奋，也有一些惶恐和不安。他想，以后一定要更加努力地工作，更加努力地走，走得更好，走得更坚定。

所以，他参加完在北京举行的授奖大会后，马不停蹄地回到凉山，回到木里。来不及好好回味一下梦境般的“现代生活”，来不及与妻子、孩子、朋友和同事分享一下他的荣誉、他的激动的心情，便把奖章收进抽屉，把为参加大会才舍得穿的崭新的邮政制服换下来装进箱子，把邮件搬上马背，牵着马，迫不及待地走上了人迹罕至的马班邮路。他走得更执着，更坚强，更崇高，更激情澎湃，更情深意长。

“要对得起党。”走上马班邮路的前一天，父亲还是这样对王顺友说。他知道，小的时候，父亲这样说，是要他永远记住党对他们的恩情；参加工作的时候，父亲这样说，是要他干好自己的工作。

“要对得起党。”王顺友从未忘记父亲的话，并一直这样要求自己。

所以，他从北京领奖归来，回到凉山，见到凉山州邮政局领导的第一句话就是：“我要入党！”

他的思想升华了，升华到了一个新的境界。

他不仅要对得起党，还要为党争光。

2005 年 10 月 24 日，王顺友离开万国邮政联盟总部，当天就回到祖国，接着就回到凉山，回到木里，回到他魂牵梦绕的马班邮路。

他的一些同事和朋友从木里赶到西昌，准备了鲜花和美酒，要祝贺他，要为他接风，要听听他在国外的见闻和感受。他让朋友和同事们失望了。

到了西昌，他没有与朋友和同事们联系，没有休息，马上就赶往木里。过后，朋友和同事们指责他，他一个劲儿地抱歉：“对不起，实在对不起。我离开邮路太长时间，我耽误得太久了。我得赶快上路啊。”

他对朋友和同事们开玩笑说：“我担心在外面耍得太久，吃得好，睡得也好，心耍懒了，人长胖了，再也走不动了。那该怎么办啊？我就得下岗了。”朋友和同事们清楚，貌似玩笑的语气里，王顺友道出了他的心声，他离开邮路越远，越思念邮路，离开邮路越久，越牵挂邮路。

他的家在凉山木里，在马班邮路上，邮路上的家早已深深扎根于他的思想上、心灵上和灵魂上，邮路上的父老乡亲是他离不开的家人。

父老乡亲也离不开他。

“在国外的日子里，每夜都梦见木里，梦见马班邮路。”王顺友说，“梦见我的马瘦了，醒来后心里难受得不得了。”

他一刻不停地回到了邮路上。

他会在马班邮路上一刻不停地走下去，走得更出色、更完美。他一直认为，在马班邮路上，他只是做了自己该做的工作，只是比较好地完成了他的送邮任务，党和人民却给予他极高的评价、极大的荣誉。他只有更加努力地工作，在马班邮路上全心全意地为父老乡亲服务、服好务，才对得起党和人民对他的关怀和鼓励。

2005 年，王顺友已经在马班邮路上走了 20 年，在这一年里，他得到了更多的荣誉，在荣誉面前，他依然说：“我只是做了我应该做的，我还应该做得更好。”

王顺友继续走着，在他走了 20 年的邮路上一如既往地走着。

一个人走在邮路上依然孤独，依然寂寞，可他心中有一团熊熊燃烧的火，那团火的名字叫自豪。

他的步伐在艰苦、艰难、艰险的崎岖山道上走得更加坚定，更加自信，更加无畏无惧。

…………

（节选自倮伍拉且《深山信使王顺友》，中国工人出版社 2006 年出版）

海棠，海棠

“时代楷模”吕建江纪事

◎ 李春雷

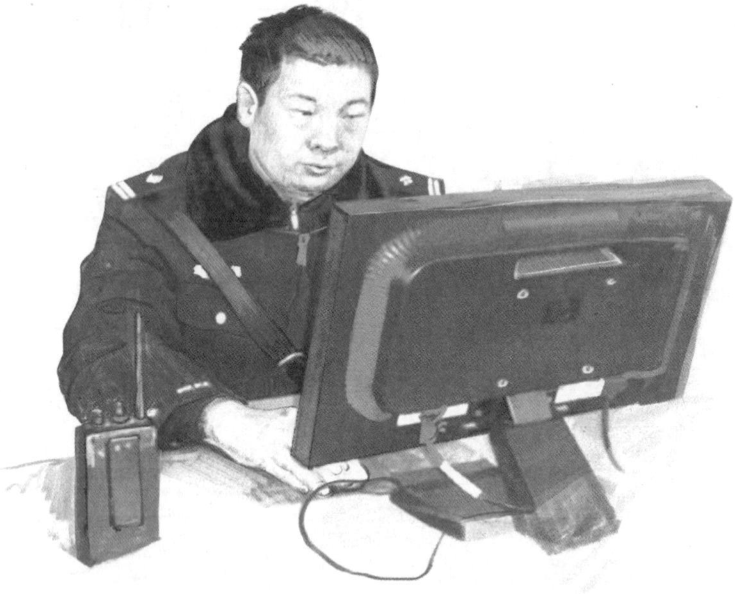

吕建江，男，汉族，1970年4月出生，河北井陉人，中共党员，大学文化，一级警督警衔。

1989年参军，1990年至1993年就读于中国人民解放军第四军医大学。毕业后，到驻陕西某部队卫生所任军医，1994年加入中国共产党，后任卫生所所长（正营职）。

2004年转业到石家庄市公安局桥西分局汇通派出所成为一名普通民警，2005年起任留村社区警务室“片警”，2010年任汇通派出所副所长，2011年任安建桥综合警务服务站主任。

2017年12月1日，因长期劳累，积劳成疾，突发心脏病，经抢救无效不幸去世，年仅47岁。

2018年1月27日，公安部追授吕建江同志为“全国公安系统二级英雄模范”。

2018年4月17日，中共中央宣传部追授吕建江“时代楷模”称号，称其是新时代广大党员干部和公安干警的楷模，他以自己的实际行动践行了习近平总书记对全国公安机关和公安队伍提出的“对党忠诚、服务人民、执法公正、纪律严明”的总要求，诠释了人民公安为人民的铮铮誓言。

2018年4月19日，由中共中央宣传部、中共中央政法委、公安部、河北省委联合主办的“时代楷模”吕建江同志先进事迹报告会在北京人民大会堂举行。

留村的留念

灵感：外挂“副大脑”

2004年，吕建江从部队正营职卫生所长位置上转业，来到石家庄市公安局汇通派出所，成了一名负责留村社区的“片警”。

当时的留村，是个治安环境较差的城中村，居住着2863户人家，有2万多人，流动人员很多，社会环境复杂。

作为留村社区的“片警”，吕建江吃饭睡觉都在琢磨：怎样才能把工作开展好？怎么才能把社区治理好？

“‘片警’‘片警’，先得把这一‘片’的情况摸清，然后才有‘警’可说。”吕建江这样想。于是，他首先从摸“片情”着手，开始了他的片警生涯。

片区治理，关键是人。要摸清“片情”，最基础的是要摸清人员情况。

可是，2万多的人口，人人各异，千变万化，片警的脑子再好使，海量的信息也记不住啊。吕建江想，能不能给我的大脑外挂一个“副大脑”啊？就像电脑的外置硬盘，专门存贮人员资料。

“灵感！绝对的灵感！”吕建江抬手拍了一下脑袋，“对！自己编写一个系统，建一个‘片情信息库’，用信息化手段处理人员信息！”想到这里，吕建江得意地笑了，两只笑眯眯的小眼睛，就像用记号笔在蛋壳上画出的两条弧线。

世上的事，总是说来容易做来难。这个外置“副大脑”，可不是那么好“挂”的。

然而，对于倔强、善学、爱钻、能做的吕建江来说，他认定一个理儿:“世上无难事，只要肯登攀。”

接下来的日子里，他把全部身心都投入到建立“片情信息库”上了。

要建这个信息库，首先要从收集“片情”着手。

早晨，他比以往起得更早了：他背着一个小挎包，里面装着绘制好的各种登记表，走大街，穿小巷，一步步丈量着留村每一寸土地，描画着村容村貌；他走近每一个常住村民、暂住人员，问询着相关情况，记录每一个人的资料；他叩开每一家大门，认真聆听每一句有用的话，了解辖区治安问题以及村里存在的主要矛盾；他掏出小本子，记录下每一个细节，然后分析加工成有用的数据，累积着、构建着庞大的数据库。

晚上，他睡得比以往更晚了：他从军 15 年，干了 11 年内科医生，对电脑编程完全是个外行。要把外行变成内行，吕建江自己想来也是“道路阻且长”啊！

可他偏偏一次次默念小时候听到的那个故事:“只要功夫深，铁杵磨成针！”

他一头钻进数据堆里，一边翻看有关书籍，现学现用；一边把白天采集来的人员信息，一个字一个字地输入到电脑里。

夜以继日，艰苦奋战，攻坚克难，他用了半年时间，“留村信息库”电子系统终于大功告成！

打开“留村信息库”，就像走进了一个井然有序的图书馆，过去那些纷繁庞杂的信息，如今变得井井有条，一目了然：片区的每条街道、每个沿街门店、每家每户的基本情况、人员交往情况、联系方式、实地照片、人员照片，等等，全都分门别类地汇聚在系统中。

“留村信息库”不仅信息丰富，还对片警工作大有裨益：哪里有案件发生了，直接到信息库分类检索，就能准确及时安排布控；就连谁家的灭火器到期该换了这些小事，信息库也都标记了出来，到时候可以直接给当事人打电话提醒。

此后，吕建江走到哪里，都要背着存有“留村信息库”的笔记本电脑。有时候，他走在大街上，忽然想起了某件事情，于是就坐在路边，打开电脑，熟练地翻阅起来。他说：“我这叫‘运筹大街当中，决胜留村之内’。”自言自语说罢，他左右看看，见没人注意他，于是“嘿嘿”一笑，就又埋头钻进了“片情信息库”中……

“小片警”·“吕村长”

“片警”，是群众对负责辖区民警的一种昵称。

“片警”职务很低，权力不大，但工作职责范围却很广，涉及辖区百姓的衣食住行、吃喝拉撒、生老病死等方方面面，名为“小片警”，实则“大管家”。

特殊的修炼

在吕建江的日常工作中，调解民事纠纷占很大比重。

对他这个干了11年军医的“老转”来说，一开始那真是既隔行又隔山，一点儿也摸不着门道，这让吕建江很苦闷。并且，做民事调解工作还得有一张巧舌利嘴，这对性格内向、不善言谈的吕建江来说，更是一道难关！

刚开始调解民事纠纷，嘴笨语拙的吕建江开口没说两句话，就让事主给怼了回来，弄得他脸红脖子粗的，真没面子！

但是，寡言少语的吕建江，却有倔强和不服输的脾气。

“不就是嘴笨吗？不就是多说话、会说话吗？难道比学外语还难吗？难道比给人治病还难吗？我就不信这个邪！”他下定决心，重新“学说话”。

俗话说：“江山易改，禀性难移。”要想在35岁的年纪再改变自己不善言谈的性格，并非易事。

但是，倔强的吕建江下定决心：再难的关口也要攻克。

于是，吕建江开始了一场特殊的修炼。

为了练说话，吕建江在警务室的墙上专门挂了一面镜子，没人的时候就对着镜子，盯着自己的眼睛，大声背诵唐诗宋词，朗读报纸文章。

后来，吕建江又想到，做调解就是和人进行对话，这样单纯的背诵朗读，与对话还是有距离。于是，他又找来一些影视剧本，让自己变成里面的角色，变换着不同声音，进行对话练习。

再后来，吕建江又练上了绕口令：“八百标兵奔北坡，炮兵并排北边跑，炮兵怕把标兵碰，标兵怕碰炮兵炮……”

有时候，吕建江在睡梦中还在练说话，把妻子都吵醒了。妻子推他一把，说：“你这是要考播音员呐？”吕建江迷迷糊糊地说：“考社区播音员！”

在室内练了一段时间，吕建江就把说话练习场搬到了室外，走到了百姓中。

每天他一到留村，就专门往人堆里扎，哪里人多往哪儿挤，哪里热闹往哪儿凑。并且，不管遇见谁都先打招呼，看见谁闲着就拉住人家聊天。这样不仅能练嘴皮子，还有一个额外的收获，能了解很多社情民意！

慢慢地，吕建江变了：走到大街上，嘴里的话多了，脸上的笑更多了，见着岁数大的就喊大娘、喊大伯，见着年轻点儿的就喊大姐、喊老哥，见着岁数比自己小的就喊老兄弟、喊妹子，直喊得人们耳顺心喜，如沐春风。

为了练说话，吕建江还养成了一个习惯：不管到了谁家，都要先把自己介绍一遍，还生怕群众记不住，临走再发一张自己制作的“警民联系卡”，并且嘱咐大家：“有事儿就给我打电话。”

经过一段时间的自觉主动锻炼，吕建江的说话能力、表达能力，都大有长进。后来，让他自己都没想到的是，他这个原本拙舌笨嘴的人，竟成了远近闻名的“吕叨叨”。

杏花雨，杨柳风

吕建江感到，做民事调解，仅“能说话”还不行，还得“会说话”才行。

常言说：“清官难断家务事。”任何一个纠纷，总是公说公有理、婆说婆有理，各执一词，互不相让。而调解民事纠纷，不像法院判案子，不能一锤定音，需要解开疙瘩，让纠纷双方都心情舒畅，握手言和，长久和睦相处，这才是民事调解的高标准。吕建江懂得，要达到这个高标准，在调解纠纷时，只讲理不行，还要讲情；一本正经不行，还要态度和蔼，注意方式方法。

吕建江非常喜欢这副对联：“沾衣欲湿杏花雨，吹面不寒杨柳风。”他觉得，和群众打交道，片警的行为就得像杏花雨一样滋润人的心田，片警的话语就得像杨柳风一样吹展人们脸上的皱容。

他还总结出了调解纠纷“六到位”工作法，即：调查取证要到位，法律条文用到位，思想工作做到位，调解后果想到位，防范教育讲到位，后期关注做到位。

为此，他在留村社区警务室专门设置了民事纠纷调解室。

那些日子，留村的群众天天都会看到这个矮墩墩、胖乎乎、笑眯眯的小片警，走街过巷，走家串户，和这个说说，跟那个聊聊。

一年到头，吕建江总是穿着那条宽腿大裆的警裤，由于走路太多，裤脚边上都磨开了花儿。

虽然在部队十几年，但吕建江还是乡音未改，很多天南海北外来的人，有时候听不明白他的家乡话。

为了让人都能听明白自己说的是啥，他就努力学说普通话。学了一阵子，但一开口，嘴里的普通话还是浓浓的“井陉味儿”。

并且，每当他“叨叨”得时间长了，两个嘴角还总积着一小撮唾沫，他自己都觉得自己还是一身的“土气”。

吕建江的衣着、话语虽然很“土”，但群众看着他却很亲。

2007年的一天，吕建江接到报警：东平小区有人打架。吕建江赶紧跑了过去。

原来是两家邻居起了纠纷。老大爷82岁，老大娘78岁，两个耄耋老人，因为一点儿小事，大动干戈。

老大爷抡起拐杖，“噼里啪啦”就把老大娘的阳台玻璃打碎一地。

老大娘身手不行，就气冲冲打电话喊来了儿女增援。

老大爷见状，也把儿子姑爷一并招来了。

于是，两军对峙，剑拔弩张，引得众人围观。若不尽快处置，双方大打出手，后果不堪设想。

吕建江见势不妙，奋力挤到对垒两军中间，先是严厉地高喝一声："息怒！"随即笑容满面，把双方子女叫到一边，动之以情，晓之以理，叨叨了老半天，总算平息了双方的怒火。

但接下来的事儿就难办了：那边老大娘提出，老大爷必须把玻璃给安上，并且还要赔礼道歉。老大爷这边却把脖子一梗，坚决不答应。

为了防止怒火重燃，吕建江劝说两方，先各自回家，余事另谈。

随后，吕建江开始来来回回到两位老人家里做工作。他始终是脸上堆笑，嘴巴抹蜜，陪着两位老人拉家常，讲古人"六尺巷"的故事，说"千年邻居，万年街坊"的道理，直说得两位老人的心气慢慢地平和了下来。

可是，老大娘还是坚持要老大爷给按玻璃。

让一位 82 岁的老人低下头给对方安玻璃，也不现实。

怎么办？吕建江有办法。

他从一处拆迁工地找了两块玻璃，亲手给老大娘安了上去，并且擦拭得干干净净，一尘不染。老大娘这才心里平衡了，也给了老大爷一个台阶下，这场纠纷终于画上了圆满的句号。

2008 年夏天，吕建江接到群众报警说，塔谈村有人打架。他急赴现场了解情况。原来是一对亲兄妹，因为家里拆迁分房的事，大打出手了。

他让双方各自退避三舍，随后分别谈话，寻找化解纠纷的切入点。

吕建江常说，要调解好矛盾纠纷，自己首先要做到心中有数，兵法上不是说"知己知彼，百战不殆"嘛。

他先走访了街坊邻居，摸清了兄妹双方的情况。

妹妹比较爱面子，孩子高中毕业想当兵。

于是，吕建江先做妹妹的工作，给她讲法律、叙亲情，说为了这点儿事闹得不可开交的，影响多不好。孩子都这么大了，街坊邻居议论起来，让孩子的脸往哪放？再说了，要是真打出了伤残，还会影响孩子当兵呢，这要耽误孩子一辈子的前程啊。妹妹听了，觉得有理，心里的气也就先消了一大半。

吕建江转身又去给哥哥做工作："一母同胞，亲情无价，你当哥哥的要照顾妹妹一下，你当男人的要有胸怀和气度，妹妹都让步了，你怎么就不能呢？"吕建江情理交融一番话，让哥哥也消了气，低了头。

最后，兄妹俩各退一步，握手言和，重拾亲情，至今仍是和和睦睦一家人。

2010 年 6 月的一个下午，老高的孙子在菜地里被一条狼狗咬伤了腿，他怀疑是老杨家的狗咬的。

老杨一听就急了："凭啥说是我家狗咬的？你哪只眼睛看见了？你有啥证据？"

老高一听这话，"嚯"地一下就跳了起来："我怎么不说是别人家的狗咬的？就是你家的狗咬的！你要是不出 2000 块钱医药费，我跟你没完！"

老高和老杨像是一对斗鸡，脸红脖子粗地大吵了一通，就怒气冲冲地找到了村委会，结果村委会没调解下来。

老高愤然而去，到社区警务室找到了吕建江。

吕建江见老高又气愤又伤心，就劝他先消消气，泻泻火，说："我这就去找老杨。"

他顶着毒辣辣的日头，急匆匆跑到村南头老杨家里，不料老杨去菜地了。他又满头大汗地追到菜地。

没等他开口，老杨就愤愤不平起来：“说我家狗咬的，拿出证据来我全部负责，不然爱上哪儿告上哪儿告去。”

吕建江也不着急，就地坐下来，开始耐心给老杨讲法律上关于养狗的规定，讲邻里关系，讲村规民俗。

几个小时过去了，被烈日晒得满脸通红的老杨，只是蹲在地上“吧嗒吧嗒”抽烟，还是没松口。

吕建江已是汗流浃背，口干舌燥，可菜地里只有烈日，没有水喝。

真心需要时间，耐心更需要时间。吕建江还是苦口婆心地劝说。眼看着日头挨着了山头，天快黑了，老杨才铁着脸说了一句话：“明天俺去警务室找你吧。”

看来，这事儿还没完。

第二天，老杨阴沉着脸来到了警务室。吕建江先给他倒了一杯水，又把凳子向前挪挪，挨近老杨，再一次和他促膝长谈。吕建江使出浑身的本事，叨叨了好长时间，老杨的态度才稍有转变。

接下来的几天，吕建江前前后后到老杨家里去了五六次，又找到菜地两三次，每一次吕建江都是笑眯眯，情深深，循循善诱，嘴里的话如春风拂柳，讲出的理像春雨润物，那份“铁棒磨针”的韧劲儿，你不服不行。

老杨万万没有想到，眼前这个矮墩墩胖乎乎的小片警，竟有这么大的耐心。他被感动了。终于，老杨紧紧握住吕建江的手说：“老弟，俺听你的。”

在做老杨工作的同时，吕建江也是以同样的耐心做着老高的工作。终于，老高也被感动了。他对吕建江说：“就凭你的工作态度，我也不要老杨的赔偿了，他家里条件也不好，他只要给我赔个不是就行了。”

最后，老杨和老高当着吕建江的面达成了和解。

原本一场极有可能升级到暴力冲突的纠纷，吕建江靠着两条不知劳累的腿，凭着一张充满爱心和耐心的嘴，最终春风融冰，化水涓涓……

含泪的眼睛

留村社区住着一家外来户，户主是刘老四。他左腿多次做过手术，欠下医疗费五万多元。媳妇常年有病，女儿正上小学，穿衣吃饭都成了问题。刘老四感到生活无望，想走绝路。

吕建江在登门家访时，得知了刘老四这个情况后，马上自掏腰包，买来米面油等生活必需品，给刘老四送到了家里。然后，他坐在刘老四的床边，劝慰、鼓励了老半天，说：“你不能走绝路，你得为媳妇和孩子着想，你走了，媳妇孩子咋办？有困难咱想办法克服，我来帮你。”

根据刘老四的实际情况，吕建江经过一番斟酌，拿出600块钱，给刘老四买了一辆二手电动三轮车，让他收废品，这样就保证他有了一份固定的收入。

从那以后，刘老四终于鼓起了生活的勇气，一家人开始了新的生活。

刘老四常常在大街上指着吕建江对别人说：“这个小吕，俺的恩人。”

说罢，刘老四就用衣袖不停地擦起泪眼来……

冬夜，吕建江和师傅李春明值班，来了警情。

吕建江说：“师傅，我去出警，你在单位守着吧。”说罢就匆匆去了。

一个多小时过去了，还不见吕建江回来。李春明心里想：“小吕是个新警，别出啥事吧？”他随即给吕建江打电话。

原来，辖区一个独栋宿舍居民家的暖气管爆裂了，家里只有老太太和小孙女，东西都给淹了，吕建江正在帮他们从屋里往外舀水呢。

李春明赶紧过去了。还没进门，就看见热水横流，屋里屋外一片白雾腾腾，只是不见吕建江。他高喊：“小吕，小吕！”

这时，吕建江从白雾里钻了出来，只见他穿着单薄的内衣内裤，手里拿着脸盆，全身湿透，满脸大汗。

“你的棉衣棉裤呢？”

“湿了，碍事，脱了。”

李春明心疼不已，就和吕建江一起舀起水来。

按理说，吕建江已经通知了热力部门，等着维修人员就行了。可他为老人着急，担心积水把老人的家具物品给淹了，所以在维修人员没来之前，他就一盆盆往外舀水。

寒冬单衣，结满冰碴，满头大汗，毫无怨言。李春明心想，有人说我的徒弟有点儿“傻气”，但他这份“傻气”正是一个好警察需要有的优秀品格，他做得好！

热力抢修人员终于来了。由于是老旧小区，管件生锈，关上阀门都难。在他们师徒二人的帮助下，众人几经折腾，终于把漏水的地方修好。

老太太拉着师徒二人的手，嘴唇颤抖，含泪道谢。

那年夏季的一天，已经下了 3 天的雨依然越下越急。

到了深夜，留村一家养羊专业户的羊圈被大雨泡塌了，20 多只羊趁着大雨越圈逃窜。

如果这些羊丢了，可是几万元的损失！羊主人奋力去追，但追了这只追不了那只，面对冒雨逃散的羊群，急得抓耳挠腮，但却束手无策。

忽然，他想起了吕警官家走访时留下的“警民联系卡”，就试着拨电话求助。

吕建江接到电话，翻身起床，穿上雨衣，拿上手电，骑着自行车就飞赶过去。

他一边骑车，一边打电话通知治保队成员紧急行动，前来追羊。

吕建江赶到了，事主正在院子里拼命围堵着剩下的3只羊，其余众羊都冒雨往官家庄方向跑散了。

此时治保队员也赶来了，吕建江急令：“追羊！”

天黑雨大，道路泥泞。吕建江骑车太快，人仰车翻了好几次，浑身成了泥猴。渐渐地，听见羊叫了，他扔车在地，和队员一起，开始了“雨夜抓羊”的战斗。

那羊群机警狡猾得很，岂甘束腿待捉。大雨滂沱中，众羊东蹿西跳，犹如泥鳅，人捉羊躲，双方展开了一场泥水大战。好不容易捉住一只，一不小心又被它挣脱了，其他的羊就往更远的地方逃窜，吕建江带着队员继续追。

就这样，吕建江和队员们冒着大雨，从深夜一直折腾到第二天下午，足足和羊群大战了近10个小时，才把越圈逃窜的羊群全部捉拿归圈。

养羊户感动得不知道说啥好，跑到屋里拿出两千块钱，硬往吕建江的口袋里塞，说：“请大家吃顿饭吧。”

吕建江拍拍他的肩膀说：“老哥哥，这钱你还是留着修羊圈吧。”

说着，抹了一把脸上的泥水，带着队员们就走了。

养羊户手里拿着钱，眼里含着泪，在门口看着他们远去的背影，站了好久好久……

“留村之最”

在留村，人们天天都能看到吕建江的身影。2万多名群众，人人都能随时找到他帮忙。

居民有人中煤气了找他，孤寡老人房子漏雨了找他，两家人因为宅基地起纠纷也找他，两口子吵架了找他，有人丢失物品了找他……没过多长时间，吕建江就成了留村百姓最信赖的人、最可爱的人、最离不开的人。

吕建江用对百姓的大爱写下的“留村之最”，成为留村历史上最闪亮的一页。

芸芸几万人，天天有事情，有些工作很难做，吕建江也受过不少委屈。

一天，辖区发生一起入室盗窃案。吕建江前去调查时，事主心里不痛快，就冲着他一通抱怨：“留村有片警，咋还有小偷啊？”吕建江只能连忙道歉：“是我工作没做好，抱歉抱歉！”

那天中午，两家居民打起架来。

吕建江闻讯赶到，刚要开口劝说，怒火正旺的甲方就开始骂吕建江收了乙方的钱，是来拉偏架的！

吕建江被骂得愣住了，一头雾水。

这时，乙方也冲上前来，大骂甲方血口喷人，不得好死。

眼看着双方又要大打出手，吕建江赶紧挡在中间，止怒灭火。

吕建江心平气和地对甲方说：“老哥，你要真认为我收了乙方的钱，是来拉偏架的，我这就陪着你去派出所找领导告我的状，好吗？”

甲方把手一挥说：“我现在没力气跑那个腿。”

吕建江说：“好，等你有力气了，随时可以去所里反映问题。现在咱先说眼前的事吧。”

问清了这次矛盾纠纷的原因，一直调解到天黑，吕建江才拖着疲惫的双腿向家走。

回到家里，他对着妻子委屈得直抹眼泪。妻子问他怎么了？他说，没事没事。第二天一大早，吕建江又走进了留村百姓中。

片警工作，既有婆婆妈妈的琐碎，也有惊心动魄的时刻。每当遇到危险，吕建江总是第一个冲上前去，英勇无畏，置生死于度外。

2008 年的一个夏夜，吕建江获悉，一个有故意伤害前科的犯罪嫌疑人，藏匿在某民居二楼出租屋。

吕建江和同事岳战辉，带领协警前去执行抓捕任务。

到了犯罪嫌疑人藏匿的门前，吕建江机警地往门缝里倒了一脸盆水，敲门说：“跑水了跑水了，快开门。”待嫌疑人打开门时，他第一个冲进屋里，迅速勒住了犯罪嫌疑人的脖子，众人很快就将那个魁梧高大的嫌疑人制服。随即，在嫌疑人床铺下搜出好几把闪着寒光的大砍刀，真是危险。

当上片警之后，吕建江还养成了一个习惯：走访群众的时候，他都要随身背个挎包，里面装着两件“宝物”——一件是听诊器，一件是血压计。他要发挥自己 11 年军医的特长，为父老乡亲的身体健康服务。

他看见谁的气色不好，就主动给人家摸摸脉搏，看看舌苔，量量血压。大家都说，吕警官都成了咱们的保健医生了！

那天，吕建江在村里巡逻，发现一个老人坐在路边，脸色很难受，就上前询问。老人说，我有些头晕。吕建江从挎包里掏出血压计，给老人一量，血压高的厉害。吕建江说："老人家，您的血压太高了，坐在这里千万别动。"随即，他跑到一个菜摊那里，借来一辆三轮车，把老人扶上去坐好，然后骑着三轮把老人拉到了卫生院，及时进行了治疗。

老人的子女赶来后，拉着吕建江非要去饭店请他吃饭。吕建江说："没必要没必要，今后你们能好好照顾老人，我就放心了。"说罢，骑上三轮就走了。

看着吕建江远去的身影，老人对子女说："你们也要向吕警官学习，多做好事啊！"

日子一天天过着，脚步一天天走着，不知不觉间，吕建江这个"小片警"，就成了留村社区的活地图、记事本和大管家，完完全全融入了留村，村里人没有不认识他的，他成了留村百姓最离不开的人。

留村人一开始都喊他"吕警官"，但到后来都喊他"吕村长"了。

一个称呼的变化，听得出百姓对他有多亲。

由于工作成绩突出，2010 年吕建江被任命为汇通派出所副所长。

听说吕建江要调走了，留村百姓含泪不舍，执手相送，挥手相别，眷念深深……

离开留村后，吕建江还是牵挂着留村，想念着留村百姓，他时常去留村转转。留村人一看见吕建江，老远就打招呼："吕村长来了！"

这时，吕建江招手微笑，心里甜甜的。

安 建 桥 下

2011年7月8日，110座综合警务服务站在石家庄市区正式运行，2640名民警和协警驻守在石家庄街头，构筑起五分钟警务圈，实现了“全时空打击犯罪，零距离服务群众”的目标功能。

2011年9月9日，吕建江被任命为安建桥综合警务服务站主任。

上任那天，他站在离警务站很远的地方，望着“安建桥综合警务服务站”这十个洁白醒目的大字，端详了老半天。他在心里牢牢地记住了其中的四个关键字：“综合”“服务”。这四个关键字，成为他的座右铭。

吕建江是这样理解这四个字的：

“综合”——凡是群众的事，不管西瓜芝麻，不管分内分外，全都要管，不推不拖，不等不靠，尽全部力量去办。

“服务”——民警是为人民办事的，办事要有爱心、真心和信心，不管白天黑夜，有求必应，有难必帮，积极主动，不等不靠，毫不懈怠。

为你风露立中宵

安建桥综合警务服务站，共有12名民警和12名协警，民警中论年纪吕建江最大，他矮矮胖胖，憨厚朴实，脸上总是笑眯眯的，一眼望去就给人和蔼可亲的印象，大家都爱喊他“吕哥”。

警务站管辖的区域属于老城区，老旧小区多，小街小巷多，是案件多发地。为保一方平安，吕建江带班巡逻时，要把辖区的每一条街道、每一个角落都走遍。

有人说：“吕哥，你这样巡逻也太辛苦了。”

他说：“咱警察是百姓的‘守护神’，咱们的车辙和脚印是小区的‘镇宅石’，再辛苦也要为百姓守候平安。”

巧合的是，辖区里面就有一个“平安小区”，里面全是20世纪80年代的老房子，有33栋楼、1702户，但却没物业、没门卫，租住户多，人员复杂，流动性强，安全隐患大。有一段时间，溜门撬锁、翻爬阳台等盗窃案件时有发生，居民们自嘲说：“平安小区不平安。”

听到这话，吕建江心中不安起来。

此后，只要天一黑，他就开上警车亮起警灯，在小区里来回转。遇到车开不过去的小胡同，他就徒步巡逻，经常巡逻到凌晨两三点。他说：“老百姓看到咱就觉得安全，不法之徒看到咱就觉得害怕，只要警灯在路上闪着，咱在小区转着，小偷他就不敢来，老百姓就能睡个安稳觉。”

吕建江还做出决定：每天中午至少巡逻两圈，凌晨至少巡逻3圈。每个班是怎么巡逻的，走了哪些路段，都要在工作日志上写清楚，少巡一圈、少走一步都不行，必须把多发案件的势头打下去！

一天夜巡时，他们在平安小区抓住了一名盗贼，从他背包里搜出了相机、手机、名表和现金，并查获两把管制刀具。经过进一步讯问，这盗贼交代，他刚刚砸了汽车玻璃、盗窃了车里财物，近期他在市内用同样手段作案十余起，盗窃财物价值5万多元。

抓了个盗窃老手，吕建江没高兴起来。他对同事们说："再好的刀伤药也不如不拉口子，破案多不如发案少！所以，还得做好安全防范！"

他和社区民警一道，协调小区管理部门，让他们承担起治安环境治理的责任，关闭了部分出入口，架设起视频监控探头，配齐了门卫力量，还宣传发动低楼层居民安装防盗网，小区明锁全部更换暗锁……

经过一番综合整治，小区发案率直线下降，平安小区终于"平安"了。

解开"死疙瘩"

安建桥警务站辖区内有座加油站。按照规定，没有警方允许，加油站绝对不能出售散装汽油。

可是，有时候市民的车跑到半路没有油了，司机就必须购买散装汽油。

就这样，"硬性"制度规定和百姓的"刚需"之间，就发生了"硬碰硬"的矛盾。

为这事儿，加油站的工作人员和前来购买散装汽油的司机经常吵架！

一边儿是坚决执行规定："不能卖！我要是卖给你，我的工作就丢了！"

一边儿是怒气冲冲高声喊："必须卖！你要是不卖给我，我的汽车就'趴窝'了！"

双方都在使劲儿"拽"，于是就结出了一个"死疙瘩"。

你说咋办？众人摇头，一脸无奈。

这事儿让吕建江知道了。

按说这不是他分内的事儿，可以不管。但是，他不能不管，因为他记得"综合"与"服务"这四个字。

吕建江走访了加油站之后，心里就有了解开这个"死疙瘩"的办法。他对加油站的人说："今后凡是遇到前来购买散装汽油的，你们就通知我好了！"

加油站的人一愣，心想，你有啥办法？

好像是要故意测验吕建江，他刚离开加油站，就有一个因缺油抛锚的车主前来买散装汽油。于是，加油站的人就打电话告诉了吕建江。他们心想，倒要看看你是啥办法。

很快，吕建江开着警车过来了。只见他手里提着一个小油桶，问清情况后，就按车主要求的数量灌上了汽油，车主付过钱之后，他开车拉上车主，把汽油送了过去，并亲手加到汽车油箱里。

有了油，"趴窝"的汽车又活蹦乱跳地跑了起来，车主高兴地向吕建江挥手致意，吕建江开心地挥手微笑。

啊！原来是这样！"死疙瘩"解开了，加油站的人个个竖起大拇指！

吕建江说："作为一个公务人员，你只要真心想为群众办事，群众那些感到很难办的事，其实很容易解决；如果你不想为群众办事，再容易的事，群众办起来也会很难，甚至根本就办不成。有没有为百姓办事的真心，这是检验我们人民警察合格不合格的'试金石'。"

吕建江干事，不分大小事，在他眼里，凡是涉及群众利益的事都是大事。

贺权曾是吕建江的“徒弟”，2013 年在警务站当辅警。

“以前夜班跟师傅巡逻，很多路段走过一遍没发现什么问题，师傅仍会严格按照要求来回走几遍。”当贺权说少走几趟也行时，吕建江说：“事情是大是小，就看你怎么对待它。你把它当成大事它就是大事，你觉得是小事它就成了小事。每天按要求认真做事，成了习惯，事情坚持起来也就不难了。”

贺权说：“师傅把每一件小事当大事，是因为他心里装着老百姓。”

正是通过一件件纤若微尘的小事，吕建江把对老百姓的那个“爱”字，书写得闪闪发光！

爱的“天平”

街头警务站，公安工作的露天平台，人民警察最贴近百姓的岗位。

“有困难，找警察。”当这句话成了中国百姓的口头语的时候，街头警务站就成了这句话的“检测台”。

2013 年 1 月 23 日，大雪覆盖着石家庄的街巷，天寒地冻，路上结着厚厚的冰，湿滑难行。

凌晨 2 时许，建胜路一个小区有位孕妇在娘家住着，突然破了羊水，即将生产，情况危急。当时丈夫不在身边，陪着她的只有父母两位老人。

老父亲跑着来到街边，想要拦一辆出租车，赶紧把女儿送到医院去。但寒冬雪夜，大街上空荡荡的，只有北风卷起的雪花，根本看不见出租车的踪影。老人站在寒风呼啸的街边，急得跺脚搓手，后背都出汗了。怎么办？怎么办？

突然，老人想到了向警察求助。

正在路上巡逻的吕建江接到同事的电话："有位孕妇羊水破了，急需送往医院，但打不上出租车，紧急求助。"

吕建江立刻调转车头，飞速赶到孕妇家里。

床上，孕妇疼得不停地哭，旁边的两位老人束手无策，急得团团转。

吕建江说："别怕，有我呢。"他和两位老人一起，把孕妇搀下楼，扶到警车上。警车紧急启动。

雪夜路滑，雾又很大，为了保证孕妇安全，吕建江不敢把车开得太快；但孕妇即将生产，时间分秒必争，又不能开得太慢。吕建江心里那个急啊，头上汗津津，手心湿漉漉，他瞪大双眼，仔细辨识着路面，在确保行车安全的前提下，尽量加速，加速……

只用了不到 10 分钟，吕建江就安全地把警车停在了河北医科大学第一医院楼下。

这时，孕妇的丈夫也已赶到医院。当他看到妻子被警车安全送来时，一边搀扶妻子，一边鞠躬道谢。

吕建江抹了一把额头上的汗，看着孕妇被医护人员接去，深深呼了一口气，悄然离开了。

第二天，吕建江在网上看到石家庄一家媒体报道了这件事，得知那位孕妇生下一名女婴，母女平安，他心里非常欣慰。

在这条消息下面，很多网友点赞、好评。网友"布谷婴夏"说："好样的！当孩子长大了，妈妈讲给宝贝听的时候，宝贝会是什么样的感觉呢？是不是觉得警察叔叔很有爱心呀！”

“这就是件小事！”看到网友的赞誉，吕建江不好意思地说。

但对孕妇一家来说，这是天大的事。

大事与小事的界定，全凭一颗爱心；小事与大事的视角，全凭一双慧眼。在吕建江爱心的天平上，自己永远很轻很轻，而百姓永远很重很重。

一个红苹果

一个夏日的中午，天阴沉沉的，吕建江接到电话，有位老人迷路了。

他马上前去，把老人搀扶上了警车。

老人说：“我要去白佛客运站坐长途车，你送我到公交站就行了。”

吕建江见老人肩背大包小包，手里还提着一个陶缸，就问她：“您有坐公交的零钱吗？”老人说：“没有。”吕建江掏出5元硬币，递给老人。

细心的吕建江从老人的话语里，感觉老人好像有点儿智障。这么大年纪了，自己换乘肯定不行，要是再走丢了呢？于是决定，直接送老人去白佛客运站。

快到白佛客运站的时候，老人却突然说：“我不在这里坐车了，我家就在东边，一直往东走吧。”

这时，一声响雷过后，大雨骤降。吕建江专注地开着车，冒雨向东走。

可是，向东走了好远好远，也不见老人反应。

吕建江就问老人：“您家在哪儿啊？”

老人说："还往东走。"

每到一个路口，吕建江就问，是不是这里？老人摇头。

走啊走啊，走了很久，还是不到。

一路走一路问，又走了一个小时。吕建江问老人："还往东走吗？"老人说："还往东。"

吕建江继续慢慢地开。车开到一个三岔路口，吕建江停车，问路边的人，认识老太太吗？回答不认识。于是继续慢慢东行。

就这样，边走，边停，边问，一直走了4个小时，才终于给老人找到了家。

有邻居看见了老人，说："你可回来了，都走失五六天了。"

当吕建江把老人交给她家人的时候，又发现她的儿媳妇也是智障人。吕建江心里有些凄楚。

这时，老人摸索着从包里掏出一个红红的苹果，两手捧着，颤巍巍地递给吕建江，老眼含泪，说："孩子，你吃个苹果吧。"

顿时，吕建江鼻酸眼热，泪水盈眶……

最珍贵的礼物

深情爱民之心如涓涓细流，深情为民之事皆微微小碎，吕建江正是用涓涓细流汇成了大爱江河，正是用微微小碎铸就了至高丰碑。在老百姓的眼里，吕建江是一个平凡的英雄。他们也用最朴实无华的"点赞"，带给了吕建江最深的感动。

2014年1月10日上午，吕建江依照惯例，沿着辖区巡视了一圈，回到警务站抬头看了看挂在墙上的钟表，刚好12点半。

他还没坐稳，就有一位老人出现在警务站门口，他习惯性地赶紧起身去迎接。

老人一进门就冲着他笑呵呵地说：“小吕，我来了！”

“哦，耿大伯，您好啊！”

“好！好！”

听这语气，吕建江和老人很熟悉。

这位老人叫耿玉福，66岁了，家住在石家庄北二环附近。他这是第二次来警务站。

北二环距安建桥警务站直线距离也有十几里，老人的家不在安建桥警务站管辖之内，他是怎么认识吕建江的呢？

原来前段时间，老人在收音机的广播里听到消息：安建桥警务站在春节前要为群众发放台历。

“警察发台历？这倒挺新鲜。”耿大伯蹬上自行车就直奔安建桥警务站来了，他要亲眼看看这新鲜事儿。

吕建江热情地接待了耿大伯，还和他亲切地聊天。老人觉得这个警察很亲民，知道了他是警务站的主任。

昨天，耿大伯听说安建桥警务站又在为老人赠送防走失的“二维码黄手环”了。他想，安建桥警务站咋就做得这么好呢？嗯，肯定又是那个吕主任的主意。

于是，老人就又骑着自行车来了。

“小吕啊，我今天来，一是领取‘黄手环’，二是来给你送一件礼物。”

吕建江笑着说：“老人家，您是知道的，咱们民警是不收礼的。”

老人说：“小吕啊，我这礼物你不收也得收。”说着，就从上衣口袋里拿出一张皱巴巴的纸，在桌子上铺展平整，说：“这就是我要送给你的礼物。”

这时，警务站的几个民警都好奇地凑上前来观看，只见纸上用蓝色圆珠笔写了满满一页字。原来，这是老人昨天晚上熬了大半夜写的一首打油诗——《夸夸我们的好警官》。

耿大伯清了清嗓子，操着浓重的唐山口音，现场为警务站的民警和前来办事的群众朗诵了起来：“建桥市民心欢畅，因为安全有保障；因有警官吕建江，出入平安又顺畅。吕主任的觉悟高，他为市民把心操；市民有事把他找，事情办得快又好……”

老人写的“打油诗”，虽然没有对仗平仄，但他读得声情并茂，眉飞色舞，听得出来，这是老人从心底深处唱出的歌。

老人读罢，引来满堂掌声与喝彩！

吕建江把一杯热水送到老人手里，说：“大伯，您过奖了，我做得还不够，还请您老人家多多提意见。”

老人指着手里的水杯说：“就这简简单单一杯水，也能看得出你对老百姓的一片心。”老人紧紧拉着吕建江的手，一脸灿烂的笑容：“等孩子回来了，我让他们把这诗打印出来，再正式送给你小吕。”

“老人家，我就收下您这份礼物了，您亲手写的，比打印的要好多了。”吕建江把这页皱巴巴的纸，郑重地夹到了笔记本里，他要以此为鞭策，为百姓服务得更好。

2014 年的春节，这是吕建江收到的最珍贵的礼物！

“陌陌”之谜

2016 年春天，石家庄街头春意深深，草坪青绿，桃花绽放，景色迷人。

年轻人小张，忘记了窗外的春光，却迷上了手机里的“陌陌”。

前几天，他通过查找“附近的人”，联系上了一个名字很性感的“妙龄女”，二人聊得很投缘。

从照片上看，“妙龄女”唇红齿白，眉清目秀，含情脉脉，风情万种……聊起天来，蜜语甜言，娇嗔含羞，引得小张神魂颠倒。

那天早上，小张再次和“妙龄女”聊天时，对方说聊天使用了很多流量，手机都欠费164元了。

听到“妙龄女”这么一说，小张要了对方的电话号码，马上就给她充了170元话费。不料，“妙龄女”说电话还欠费，影响聊天，意思是要小张再充一些话费。

这时，小张心里犯了嘀咕，觉得有些不对劲儿。但他对“妙龄女”正处于忘情醉迷中，心想，万一是自己多疑了呢？那样岂不错过了这个“天上掉下的林妹妹”了吗？

是骗局？还是真情？这是一个问题。小张犹豫不定。

左思右想，他终于想出了一个“妙招”：通过警察暗暗确认一下“妙龄女”的真实情况。于是，他一大早就来到了安建桥警务站。

听了小张的讲述后，吕建江肯定地告诉他：“这是一种典型的骗术。”接着，他对小张耐心地解释：“在虚拟的网络世界里，短时间内陌生的网友之间根本没法知道对方的真实情况，丑老汉可以扮成美少女，老太婆可以扮成帅小伙。更何况，如果对方有意行骗，就会伪装身份，就会光说动听的话。通过聊天，让你产生好奇心、爱慕心甚至同情心。你真想帮，她正想骗，正好中了骗子的圈套。”

真诚的一番话，合情合理，但小张还是有点儿犹豫。

看到小张将信将疑，吕建江心想，如果就这样让他走了，他十有八九还会被“妙龄女”忽悠，如果进一步发展下去，说不定还会发生什么事情。不行，他这事儿我得管。

为了彻底打消小张的幻想，吕建江对他说：“小伙子，你要是不相信，就把那个‘妙龄女’约到我们警务站来吧，反正她就是‘附近的人’，如果她真的困难到连电话费也交不起了，咱们一起帮她！”

“这主意，我看行。”小张随即给“妙龄女”发出了一条约她来警务站的信息，但好长时间也没有得到回复。此后，小张再也没有收到过“妙龄女”的回信。小张终于醒悟过来了，他紧紧握住吕建江的手说：“吕哥，谢谢啊！”

后来，小张多次对别人说：“要是吕大哥没管我这事儿，我说不定要被‘妙龄女’骗到啥地步呢！”

安建桥下又是绿草青青，桃花灼灼，可小张再也看不到吕哥的身影了。在春风习习的傍晚，他一次次走近安建桥警务站，默默伫立，静静思念，然后转身，一步三回头，不想离去……

那一次回眸

光阴荏苒，岁月如歌。吕建江不舍点滴、爱心为民的事迹逐渐在石家庄广泛传播开来，并且通过网络传遍了燕赵大地，传向了长城内外，大江南北。

2014年，石家庄市民边志红看到吕建江“通过微博挽救太原自杀女孩儿”的事迹后，觉得这个警察心眼儿真好。但她又有些怀疑：这事儿是真的吗？这个警察真的这么好吗？

一天，边志红外出办事，路过安建桥警务站时，就想进去一探究竟。

那天吕建江正好当班。坐下聊了一会儿，边志红就觉得眼前这个警察面善心慈，朴实厚道，待人热情，是个好人。“我要记住这个好警察。”于是，她就把吕建江的电话号码存到了自己的手机上。

“我用一千次回眸，换得今生在你面前的驻足停留。”边志红上学时就读到过席慕蓉的诗，自从见到了吕建江之后，她就时常想起这句诗来。

让边志红没想到的是，随手保存的一个“好警察”的电话号码，竟然在 3 年之后救了她的急。只用“一次回眸”就“换得今生在你面前的驻足停留”。

2017 年夏天，已经退休的边志红在家中干活儿时，一不留神被碎玻璃深深地割破了左手指，顿时血流如注，吓得她“哎呀”一声惊叫。她急忙用右手紧紧攥住流血的手指，但鲜血还是“滴滴答答”从指缝中涌流。此时家中无人，自己又两手不能动，连手机也打不了，她惊慌失措，不知道如何是好。

紧急中，她紧紧攥着血流不止的手指，飞跑到大街上，恳求路人用她的手机打电话找熟人。手机打开了，恰巧翻到了吕建江的名字。边志红下意识地说：“快快，就找吕警官吧！”

安建桥警务站里，吕建江的电话响了，他低头一看，是个陌生的号码。凭着职业敏感，他迅速接听了。因为自从他把电话号码在网上公布出去后，特别是他的事迹被广泛报道后，经常有陌生来电，大多是群众求助。果然，听筒里传来一个陌生女子惊慌的声音：“吕警官啊，我的手指被割伤了……”

“别怕，我马上就到。”吕建江很快就和同事驾着警车来到了边志红的家门口，立刻把她送到了市三院，又跑上跑下帮着她挂号、找医生、办住院手续。由于身上带的钱不够，吕建江又借同事的钱为边志红交了住院费。安顿边志红住了院，又等到她的女儿赶来，吕建江才放心离去。

从那之后，边志红就把吕建江当成了自己的大哥。“我心里有啥疙瘩解不开了，或者家里有啥好事了，我都要给吕哥说说。”如今提起来，边志红抽泣得两肩发抖。

边志红刻骨铭心记得这个日子：2017 年 11 月 27 日——这是她和吕哥最后一次通话的日子。

那天，她在电话里告诉吕哥：“我母亲被推销人员洗脑了，非要花大钱购买人家的东西，不管我怎么说，她都听不进去。等你有空儿了，帮我劝劝老人吧。”

吕建江一口答应：“没问题，12 月 1 号我值夜班，到时候我给你打电话，你把老太太带到警务站，我帮你劝她。”

12 月 1 日，都吃过晚饭好久了，边志红也没有接到吕哥的电话。“他是太忙了，还是有事出差了？”边志红不好意思直接给吕哥拨电话，万一他在开会呢，拨电话会影响他工作。

又过了好久，夜已很深了，还是没有吕哥的来电，边志红就给吕哥发了一条微信：“吕哥，你是不是在忙啊？”

很快，边志红得到回复：“他不在了。”

边志红没在意，接着又问：“他不在了？是去哪儿啦？”

对方再次回复：“吕建江，走了！”

边志红一看就急了，立刻发去微信：“吕哥，你别开这种玩笑好不好？”

发出微信，她又琢磨着不对劲儿：吕哥平常是绝对不和她开玩笑的人，今天这是怎么了？

边志红急忙拨通了吕哥的手机，接电话的是吕建江的爱人。

嫂子在电话里抽泣着告诉她："建江……走了……"

晴天炸雷，一下子就把边志红击晕了。她两眼直瞪瞪地看着前方，洁白的墙面一片漆黑……

她扶着墙，从屋里出来，独自坐在冬夜黑洞洞的楼道里，捂着脸，埋着头，"呜呜"悲哭，一直哭到两眼发疼，一直哭到窗口发白……

12 月 3 日，她在呜咽的寒风中送别了吕哥。

后来几天，边志红多次来到安建桥警务站，远远地望着，都没敢进去，因为警务站里再也看不见吕哥的身影了。

在安建桥警务站工作的六年时间里，吕建江究竟为百姓做了多少好事？谁也说不准，数也数不清。安建桥见证了吕建江这个名字闪耀着的爱民之光，警务站见证了吕建江这个名字散发的为民之热。

在吕建江去世后的第四天，2017 年 12 月 5 日，他生前工作了六年的"安建桥综合警务服务站"，正式更名为"吕建江综合警务服务站"，这是石家庄市首个以民警名字命名的警务站。

曾经有人问吕建江："你得了很多荣誉，最珍视哪一个？"

他回答说："是深夜值班时，群众给警务站送来的那一碗热腾腾的饺子。"

一“网”情深深几许

“菜鸟”·“达人”

“如果你真的为人民服务，首先就别让群众为难。”吕建江这样说。

吕建江正是抱着绝不让群众为难的信念，就是为方便群众办事，他自主创办了河北省第一个“网上警务室”，把公安机关办理的行政业务、政策、流程、办事指南等上网公布，还公开了自己的全部联络方式，手机24小时不关机，全天候接听群众来电、受理短信咨询。

创建“网上警务室”，需要具备专业的网络知识和操作技能，而吕建江在这方面是一只“菜鸟”，对网站设计、制作和管理一窍不通。但他凭着一股苦钻研、不服输的倔劲儿，硬是把自己这只“菜鸟”修炼成了网络“达人”。

2009年1月，留村辖区居民小张想注册一家网吧，需要找吕建江开具相关证明。

吕建江本来和小张约好去警务室办理，但在去警务室的途中，他接到所里电话，有紧急任务，于是就折身赶快去了所里。结果，没给小张开成证明。

后来几天，吕建江不是临时出差，就是有紧急任务，一直没沾警务室的边儿。就这样，小张跑了好几趟，才拿到了一纸证明。

开完证明后，小张说：“哎呀，吕哥，你要再不来，我的手续都要过期了，投资 60 万的网吧也就彻底泡汤了。”

吕建江听了小张的话，心里很不是滋味，深感愧疚。虽说不是自己故意拖延，但毕竟让小张空跑了好几趟。吕建江想，如果群众找警察办事都像这样难，那咱“人民警察”的“人民”二字就成了虚的，就会失信于民。

没过几天，吕建江得知别的辖区发生两起入室盗窃案，他就赶紧打印了一份“民警提示”，在小区门口、超市门口、单元楼门口贴了个遍。可万万没想到，当天晚上留村辖区就发生了一起入室盗窃案。听到这消息，吕建江急得挠头跺脚。

他迅速赶到案发现场，头一句话就问当事人：“你没看见昨天刚贴上的‘民警提示’吗？”

当事人说：“我是跑车的，早晨天不亮就走，回来已经天黑了，我是隐约看到门口贴了一张纸，但看不清内容啊。我要是能及时看见，肯定会把门窗管好，这样东西也就不会被盗了。”

这两件事对吕建江触动非常大。晚上躺在床上，他翻来覆去睡不着，两眼盯着天花板出神。怎样才能让百姓少跑腿、多办事、不为难呢？怎样才能做到 365 天 24 小时警民互动全覆盖、警情提示无死角呢？

妻子崔利平回忆说：“有一回建江回来跟我念叨，那天下着大雨，一个居民打着伞到所里办户口，抱怨说，跑了好几趟了，不是缺这就是缺那，看来非得把腿跑断不可。”崔利平记得，当时吕建江脸色很难看，就像是自己做错了什么事一样。

这天下班回到家，吕建江突然灵光一闪：随着电脑和智能手机的普及，网络已经延伸到千家万户，如果把警务室搬到网上，动动手指就能办事，那该让老百姓多方便啊？

“啪！”他突然用力拍了一下桌子：“对啊！”

妻子被吓了一跳：“你发疯啦？”

吕建江嘿嘿一笑，说：“我没发疯，我发明了！”

崔利平不解，问：“发明什么了？”

吕建江说：“要是建个‘网上警务室’，把办事流程、警情提示，都公布到上面，老百姓不就方便了吗？”说着，他兴奋得像寻找到了宝贝的孩子。

晚上，吕建江在梦里还在喃喃自语：“网上警务室，好，好……”

第二天，吕建江把这个想法向所领导进行了汇报，得到了所领导的肯定和支持，鼓励他尽快把网站建起来。

当时，吕建江对制作网站一窍不通，是个典型的“菜鸟”，要建一个“网上警务室”，不是容易的事情，一切要从零开始。

既然有了这个想法，就一定要办成它、办好它。吕建江相信，办法总比困难多。于是，他决定自己动手。

他一有空就趴在电脑前，在网上查找资料，搜集模板，一点一点看，一点一点学，一点一点写，一点一点改。一遍不行两遍，两遍不行三遍，反反复复，日日夜夜，就是为了达到一个理想的效果，直到满意为止。

那些日子，深夜妻子都睡醒一觉了，看见吕建江还在电脑前点着鼠标，敲着键盘。

“都后半夜了，快睡吧。”妻子催他。

“嗯，弄完这一页就睡。”吕建江打着哈欠。

有一次，凌晨1点多了，他想修改一下网站的分栏就睡觉。但由于太困了，眼睛也模糊了，一不小心，点错了鼠标，结果刚排布整齐的网页一下子就乱了套，图像、文字、表格就像受到惊吓的羊群，乱哄哄地拥挤在一起。

吕建江急忙关闭了页面，然后又从头开始，一点一点看，一项一项改，一直弄到凌晨4点，网站恢复了原貌，他才松了一口气。

那段时间，他白天工作奔波一天，本已非常疲惫，可是回到家里，晚上还要做网站，并且经常要做到凌晨两三点才睡觉。他学习修图片，学习剪视频，学习做链接，一个原本只会上QQ的网络“菜鸟”，硬是修炼成了网络“达人”。

自从开始做网站，家里的那台电脑除了女儿抽空查资料用一用，基本上都被吕建江占用了。这么费劲儿弄网站，有用吗？妻子一开始也不理解。后来，当看到网站上不断有网友赞扬、鼓励的留言，妻子也转变了态度：“有那么多人支持你，看来你的网站还是有作用。以后，像打字这些我能干的活儿，让我帮你做吧。”

吕建江心里明白，妻子说这话，一是觉得网站对百姓好，二是心疼他太辛苦，他很感谢妻子。

尤其让他感到高兴的是，公安分局和派出所的领导们，对他的“网上警务室”给予了大力支持：为他购买了笔记本电脑、无线上网卡，等等。

有了“内外”“双核”的鼎力相助，吕建江的热情更高了，干劲儿更足了，运转速度也更快了。

经过一个多月的艰辛努力，2009年2月26日，吕建江亲手创建的河北省第一家“网上警务室”正式开通。

吕建江打开网站，看着不知看了多少遍的首页，就像当年第一眼看到自己的女儿诞生那样，心中涌满了幸福感。

“网上警务室”设置了警务公开、通知通报、法律法规、常用信息、温馨提示、教你一招、户籍一点通、消防天天讲、有话你说等9个板块。为了帮助群众办理户口，吕建江还精心撰写了“落户须知”，告诉大家在哪个板块下载申请表，甚至用什么纸、什么笔、什么颜色的墨水，都说得一清二楚，非常方便人们浏览和使用。

他还公布了自己的手机号码、电子邮箱、QQ号等联系方式，这样就可以24小时随时接受群众咨询、求助、报警、监督和业务预约。

吕建江用对百姓的爱心，打开了一个警务公开、警民互动的新窗口！

吕建江随即又陷入了沉思：“网上警务室”是开通了，但许许多多群众还不知道啊？浏览使用的人少，“网上警务室”也不能尽快发挥作用啊？于是，他又开动脑筋：如何尽快让人们知道“网上警务室”，并充分利用起来。

他制作了印有自己照片的警民联系卡，把“网上警务室”的网址印在上面，挨家挨户向社区居民发放，努力扩大“网上警务室”的知晓面。

不仅要让大家知道，还得让大家会用。于是，吕建江走到哪里都背着笔记本电脑，利用一切机会，现场给群众做演示，讲解网站的功能，手把手教他们浏览和使用网站。

由于“网上警务室”是吕建江从片警工作实践中构想的，是按照居民实际需求设计的，它贴近现实生活、贴近百姓需要，很快就得到了居民的认可和欢迎。不仅本辖区的居民登陆“网上警务室”，还有北京、天津、上海、广州等全国各地的网友也纷纷登录“网上警务室”浏览，并给他留言，进行鼓励和称赞。

一个网站要持续运营，需要购买域名，还要缴纳维护费，这也是一笔不小的开支，都是吕建江自掏腰包。有人劝他给上级打个报告，申请点儿资金吧。他挠了挠头说：“又不是上级安排的任务，这是我自己想做的，哪能向上级伸手要钱呢，还是从工资里挤挤吧。”头一回他投入了3000元，跟着又投入5000元。

当时，吕建江每月的工资有3000多元，但他那个月只拿回家几百块钱。

妻子问他：“那3000呢？”他说：“用来支付网站维护费了。”妻子笑了笑，一句抱怨的话都没说。

吕建江对妻子充满了感激，也深怀歉意。

自从开通“网上警务室”，吕建江就有了网上网下两条工作线。他更忙了。

每天在所里开完晨会，他就背起笔记本电脑，下到社区，入户走访，采集并录入信息。等到处理完线下实体警务室的事儿，他就打开笔记本电脑，登陆“网上警务室”，查看留言、邮件，看看有没有信息需要处理；然后，再登录QQ，接受网友实时咨询。对网友提出的问题，可以答复的都马上答复；一时答复不了的，他就请教同行或专业人士，然后回复。他的回复总是很及时。

吕建江说：“办‘网上警务室’就是为了方便群众，如果回复不及时，就体现不出网上的优势了。”有时白天工作太忙了，根本挤不出时间，他就在下班回家后第一时间进行回复。从那时起，他就给自己立下了规矩：回复网友留言，一般不能超过24小时。

吕建江说：“‘网上警务室’是实体警务室的延伸和有效补充，

只有将网上网下紧密结合起来，融为一体，才能更好地服务群众、更好地发挥作用。”

工作中，他充分利用网上发现的每个有价值的情报信息，为现实警务工作服务。

一天，吕建江正在留村警务室工作，9 点 36 分，他的 QQ 突然“滴滴滴”响了。他点开一看，弹出来一个临时会话框，是一个陌生网友。

网友说：“你是吕警官吧？我给你提供一个线索。”吕建江赶忙和他对话，但对方不愿透露真实姓名，只是说他知道有一个人在留村住着，是在老家把别人打成重伤后跑到石家庄来的。当吕建江询问详细情况时，对方支支吾吾不想多说。吕建江马上意识到：他有思想顾虑，好像担心不是吕建江本人在和他对话。

吕建江说：“这样吧，我把视频打开，你看看是不是我。”

视频打开了，吕建江把摄像头对准了自己。对方确认后，很快将那个嫌疑人的信息发了过来。

他立即通过市局内网进行查询。经查，该人的确是一名因聚众斗殴被保定市公安局网上通缉的逃犯。

吕建江立即向所领导做了汇报，分局及派出所火速组织警力，赶到现场，将嫌犯当场抓获。

那天，吕建江接到留村二区一位居民的网上留言，她说自己的孩子离开家好几天了，怎么也联系不上。原来，前几天因为琐事，她和孩子发生争吵，孩子一气之下离家出走了，打电话已关机，家人很是着急。

吕建江马上联系上这位居民，要来了孩子的 QQ 号，用自己的 QQ 号和孩子聊天，聊得挺投机。

聊着聊着，孩子慢慢觉得吕建江知道他的信息挺多，就起了疑心。吕建江干脆就直接告诉了孩子自己的真实身份。没想到孩子说："吕叔叔，我爸我妈总是提起你，说你是一个好人。吕叔，说实话，我也想回家，可我和我妈吵成那样了，我自己回去不是太没面子了吗？"一个十五六岁的孩子，的确已经知道要面子了。

吕建江想，这次需要搭一个桥。于是对孩子说："你等着，一会儿，我和你爸妈去接你。"

随后，他与孩子的父母取得了联系，并亲自陪着他们，前去把孩子接回家。接着，又给他们做了一番劝解，孩子和父母和好如初了。

"网上警务室"覆盖面广，很多网友咨询的事儿内容宽泛，有些已超出了吕建江的知识范围，他只好"现学现卖"。

妻子崔利平回忆说："我的公益岗位和户籍工作相关，遇到户籍方面的咨询，建江就问我，我解答不了的，还得替他找我的同事问。"

那次吕建江接了一个咨询电话，由于问题特殊，他先后向朋友和同事打了七八个求助电话，才问明白了应该怎么办。然后，他给网友答复过去，感动得网友连声道谢。

一天，吕建江接到一个来自西安的长途电话，对方说在石家庄买了房，想把户口迁过来，问他怎么办？

吕建江回答："电话里一时也说不清，我给你一个网址，你到网上先看看，按照要求准备资料，如果还不清楚，再给我打电话。"

过了几天，一个小伙子跑到派出所找到吕建江，拉着他的手感激地说："我就是给你打电话的那个西安人，户口落好了，你这个'网上警务室'真管用，资料齐全，说明详细，我按照上面的提示，一趟就搞定了。要不然，我得来来回回跑多少趟啊，先不说路费，光时间也耽误不起啊。谢谢！谢谢！”

“网上警务室”如同一棵小树，在吕建江的精心浇灌下，越长越高，枝叶繁茂，为百姓了撑起一片绿荫。

根据网友建议，吕建江又及时增加了“社区小喇叭”栏目，主要是为已在户籍大厅提交了申请资料的居民提供查询服务。

有位居民在办完落户后，主动给吕建江打电话说：“吕警官，你的‘小喇叭’真方便，让我少跑一趟路。谢谢你啦！”听到这些话，他的心里感到暖暖的。

“老百姓认可，说明我的工作做对了！”决不让群众为难，吕建江做到了。

由于受到群众广泛赞誉，2010年，“网上警务室”在河北全省推广。

古道热肠

2010年，是中国的“微博”元年。

2010年7月14日，吕建江在新浪网注册了实名微博“片警吕建江”，后来改为“老吕叨叨”。

当天22点50分，他发出了自己的第一条微博：“今天开通微博了，有了和大家交流的平台，高兴！！”

兴奋之情，溢满他的脸。

吕建江的第一条微博，并没有得到回应，既没有转发，也没有评论，更没有点赞。他是从“0”起步的。

两分钟之后，吕建江发了第二条微博：“欢迎大家登录我的网站，欢迎大家提出宝贵意见。”

这条微博直到第二天才有一个网友评论：“会分享些什么呢？会告诉大家一些新近发生的案件，给大家警示吗？都是河北银儿，挺你！”

7月15日10点38分，吕建江发了第三条微博：“昨晚对火车站周边清查，这些人反侦查能力真强，同事说：‘你一去，人都走了。’看来自己的侦查能力还要加强啊。对这些地方要经常抓，抓经常，才可以好转。”

从此，吕建江正式拉开了利用微博开展工作、服务百姓的帷幕。

急人所急，帮人所需，尽心尽力，真情实意——吕建江既是一个为民尽责的警察，更是一条古道热肠的汉子！

生死时速

2013年5月4日，周末。

下午4点交班之后，吕建江又在警务站处理了几件事，回到家《新闻联播》节目已经结束了。

20点33分，网友“猫娜娜要奋斗”在新浪微博发帖：“紧急求助！我家亲戚现在在从邯郸市广平县到石家庄的308国道上，腹部疼痛难忍，一度休克……现在市里交通难走，向各位求教，从308国道进市里到省四院的最佳路线！”

这条求助信息经省会各媒体官博转发，不断在网上扩散，有网友还@片警吕建江。

吕建江还是老习惯，一边吃饭一边上微博，看看网友的咨询留言。

晚上8点多，他突然看见了“猫娜娜要奋斗”的信息，饭也顾不上吃了，撂下碗筷就给“猫娜娜要奋斗”连发六条信息：“男的还是女的？”“多大了？”“啥病？”“内伤还是外伤？”“有没有出血？”“有没有高血压？”

随后，吕建江通过“猫娜娜要奋斗”与救护车上的病人家属取得了联系。

当时，救护车已行至邢台市内丘县境内。吕建江告诉他们，从308国道转107国道，再走汇通路到建设大街，然后一路向北至省四院。他还交代了一些有关病人注意事项。

虽然已是晚上9点，但路上的车流还很大。吕建江担心病人的病情恶化，甚至再度休克。于是，他又嘱咐病人家属：“如果需要帮助，随时联系我，我们警车可到南二环附近迎接，帮忙开道。”并把自己的手机号发给了他们。

发出信息后，吕建江就坐在电脑前，一会儿看看屏幕，一会儿看看手机，生怕漏掉他们的信息，但好长时间没有音讯。

他突然灵机一动：大部分司机都有收听广播的习惯。于是，吕建江马上与河北交通广播电台联系上，请主持人空中导航，请求沿途车辆为生命让道。

21点21分，病人家属的短信总算来了：“救护车到栾城了，病人危急，请求用警车带个道！”

吕建江马上回复：“你可急死我了，办了。”

他立即安排值班民警于晓青驾警车前去迎接，同时把警车的车牌号、停车位置告诉了病人家属。

建设大街是市区主干道，晚上车辆和行人也是川流不息，并且一路上有10组红绿灯，还有一段单行道。为了抢时间，吕建江告诉于晓青：在确保安全的情况下，可以鸣警笛，也可以逆行！

22点07分，警车接到了救护车，警灯闪烁开道，引领着救护车向省四院疾驰。

河北交通广播台也中断正常播出，主持人不停预告救护车行驶路线及实时位置，沿途车辆和行人纷纷避让。

从南二环到省四院，按照最短路线常规行驶，至少也要半个小时。但在警车开道引领下，仅用了5分钟，救护车就飞驰到了省四院，病人立刻被实施了急诊手术。

生死时速，一路惊魂。医生说，病人腹腔内已有血肿，稍有耽搁，一旦破裂，生命不保。

后经了解，病人老刘，51岁，5月2日那天骑电动车时摔伤，导致腹腔血肿，在广平县医院抢救了两天，仍未脱离危险。根据医生建议，5月4日傍晚，救护车拉着老刘往省四院赶。没想到，老刘在半路上出现休克，而救护车司机对省会石家庄的道路又不熟悉，既担心晚上走错路，又担心堵车，事态紧急，一位亲戚就在微博上发出了紧急求助信息。

事后，老刘的女儿说："多亏了吕主任的紧急相助，我的父亲才转危为安，谢谢所有警察！谢谢交通广播台！谢谢一路避让的行人和车辆！"

泪眼含笑

2014年，网友"鱼妈"靠制作、网售"板筋"为业。当时销量不好，收入微薄，心里非常着急。

她看到吕建江的微博"老吕叨叨"影响力比较大，就主动私信给吕建江说："我是一个80后的创业者，现在生意很难做，想送几包板筋给吕哥尝尝，并希望吕哥帮我发微博推广一下。”

“鱼妈”本来只是抱着试试看的想法，没想到很快就收到了“老吕叨叨”的回复：“我的微博是为群众服务的不假，但不能以警察的身份做商业推广。不过我会通过其他途径帮助你，请放心。”

这些年，“老吕叨叨”有粉丝近 3 万人，影响力很大，曾经就有一些企业找到吕建江，想要“借借”他的名声，和他合作，并给他开出不菲的赞助价格，但都被吕建江拒绝了。他说：“我是党员，是警察，绝不能用微博捞钱，决不能给党徽、警徽抹黑！”

后来，吕建江帮“鱼妈”联系了做自媒体营销的一个朋友，以低于市场价近一半的价格，帮助“鱼妈”连续做了 15 天商业推广。很快，“鱼妈”的板筋生意大有起色，她打心底里感激吕哥。

她在网上对吕建江说：“回头我请你吃饭，挣得少就请吃面条，挣得多就请吃大餐。”可是，直到吕建江去世，她也未见到过吕哥本人，也没能请吕哥吃一碗面条。

得知吕哥去世的消息后，她神悲心痛，哭成了泪人。

她在微博里写道：“已经习惯四年里看你叨叨，可是明天，你还能接着叨叨吗？我不能相信……说好的好人一生平安呢？我挣钱了吕哥，可是我怎么请你吃饭呢？”

永远的“老吕叨叨”

吕建江最初注册的微博名叫“片警吕建江”，那时他还是留村社区的“小片警”。

为了服务百姓，在现实工作中，他从一个寡言少语、不善言谈的人，练出了滔滔不绝的嘴皮子。

为了服务网友，在微博上，他又从不紧不慢地发帖，变成了终日“叨叨”个不停的“大叔”。

注册微博的第二天，吕建江从他的第四条微博起，就开始为百姓、为网友“叨叨”起来了。这一天，他“叨叨”了两次：

2010年7月15日，10：47

近期入宅案件多发，大家晚上休息时一定注意关好门窗，尤其不要忽视卫生间、厨房的窗户，楼层高的居民也不要麻痹大意。自己关好门窗，插好插销。望互相转告。

2010年7月15日，19：58

教您一招：您在外出行走时，要走人行道，背包时要左肩右斜，防止抢夺。包尽量放在胸前，防止被盗。

此后，在长达8年的时间里，从黎明到深夜，在微博里几乎天天都回响着吕建江为百姓利益不停的“叨叨”声。

一天，有个网友对吕建江说：“你为群众操心真是操到家了，天天都能听到你老吕叨叨，真亲切，真感动，赞赞赞！”

吕建江心想，是啊，如今俺老吕是挺能叨叨的，一天不为群众叨叨几句，这一天心里就不踏实。干脆，我就把微博名改成“老吕叨叨”得了。

于是，他的微博就从“片警吕建江”改成了“老吕叨叨”。

这一改，他为百姓“叨叨”得更多了，更细了，也更深情了。

听“老吕叨叨”，已经成了他“粉丝”们的习惯，一天没听到“老吕叨叨”，心里就觉得空落落的。

仅仅过了一年，“老吕叨叨”就被新浪网评为“2015年河北最具影响力人物”。

“老吕叨叨”吸引了越来越多的“粉丝”，成了石家庄警界一张靓丽的名片。吕建江也由当初的“菜鸟”“小白”炼成了微博界的“大咖”“网红”。

2017年11月30日，这是吕建江在微博上“叨叨”的最后一天。

这一天，他发了9条微博，是“老吕叨叨”发微博最多的一天。

这天下午16：14，他转发“中国警察网”追记秦皇岛抚宁镇派出所所长潘权的文章，并写下评论——

> 我认识潘所长还是他在北京参加公安英模大会后，他给我的第一印象：我和他年龄相仿却觉得他比我老、比我憔悴；第二印象：腼腆、不爱说话；第三印象：工作狂，没聊几句就谈到了工作。我和其他同事聊的时候，他偶尔憨憨一笑，同事说了他的一些事，我才对他有所了解，这么好的所长怎么就突然走了，唉。

20：40，吕建江转发了潘权的女儿潘柏屹追忆爸爸的文章《我眼中的他》，并置顶微博。

22：02，吕建江发出了他此生最后一条微博——

一位做公益的石家庄网友“庄亲大本营”@了“老吕叨叨”：“亲人们，帮转一下！”

吕建江给予了“友情转发”。

此后，“老吕叨叨”戛然而止，没有了动静。

八年来，习惯了“老吕叨叨”的网友们，突然就听不到“老吕叨叨”了。

第二天，有消息传来：12 月 1 日，老吕走了！

网友们一片震惊，一片疑惑：

“怎么回事？别吓我，吕叔不是好好的吗？”

“多么希望这是个谣言……”

“吕哥你回我句话，你回了我，我就去骂那帮造谣者！快，我等你回话！”

“从听到消息到现在，一直在默默落泪，心已碎……”

“这不是真的！”

可是，这是真的——老吕永远停止了“叨叨”！

河北省公安厅、石家庄市公安局官方网站公布吕建江不幸去世消息的微博，一天的浏览量就高达 200 多万次，转发、点评上万次。

不愿相信，不敢相信；缅怀深深，悲痛刷屏！

从 2010 年 7 月 14 日到 2017 年 11 月 30 日，吕建江一共发出了多达 17357 条微博，平均每天近 7 条。

这些微博绝大多数都是他利用休息时间发布的，他为此付出了多大的心血啊！

他拥有 28458 名“粉丝”，是名副其实的“大咖”“网红”。

自从开通了微博，吕建江就没有了“辖区”之分、“职责”之分、“上下班”之分，他被群众誉为“不下班的民警”。

通过“老吕叨叨”这个平台，吕建江已经不单纯是一名治安警察了，他的工作跨地域、跨警种、跨时空，他几乎做了所有能做的警务服务。

"老吕叨叨"在网上网下拥有极高的影响力，"有事找吕叔"、"信谁不如信吕叔"成为网友们的口头禅。

"老吕叨叨"连续五年被新浪网评为"河北十大公职人员微博"，吕建江连续两届被人民网、新浪网联合授予"全国十佳惠民公职人员"称号。

在"安建桥综合警务服务站"更名为"吕建江综合警务服务站"之后，他的战友们也接过了"老吕叨叨"这个为民服务的网上平台。

吕建江的精神和生命在这里传承着，延续着。

"老吕叨叨"永远在百姓身边！